# 비상 4

비상 4

ⓒ 유호, 2010

초판 1쇄 인쇄일 2010년 2월 12일
초판 1쇄 발행일 2010년 2월 16일

글 유호
펴낸이 김지영  펴낸곳 작은책방
편집 김현주  디자인 박혜영
제작·관리 김동영
영업 김동준, 조명구

출판등록 2001년 7월 3일 제2005-000022호
주소 121-840 서울 마포구 서교동 395-36 1층
전화 (02)2648-7224  팩스 (02)2654-7696

ISBN 978-89-5979-153-8 04810
      978-89-5979-157-6 (SET)

● 잘못된 책은 교환해 드립니다.
● 저자와의 협의하에 인지는 붙이지 않습니다.

|차 례|

| 1장 | 바르샤바 | 7 |
| 2장 | 원폭 原爆 | 44 |
| 3장 | 끝나지 않은 전쟁의 끝 | 76 |
| 4장 | 제3차 중동전쟁 | 152 |
| 5장 | 유대인 자치구 | 161 |
| 6장 | 이스라엘 | 214 |
| | 참고 문헌, 참고 사이트 | 279 |

바르샤바

**1941년 10월 10일 07:35 영국, 런던**

9월에 들어서면서 독일 공군은 영국 비행장에 대한 공습을 계속해 요격에 나선 1천여 기의 영국 전투기들을 격추시키는 상당한 성과를 올렸다.

괴링은 지난 몇 달의 대규모 공중전으로 영국 공군은 거의 괴멸상태에 들어갔다고 굳게 믿었다. 그리고 기껏해야 200여 대 정도 남아 있을 것으로 예상되는 영국 공군을 완전히 뿌리 뽑기 위해 히틀러에게 런던에 대한 대규모 공습을 건의했다. 사실상 10월 30일로 예정된 영국 상륙작전을 성공적으로 수행하기 위해서도 영국 공군의 씨를 말릴 필요가 있었다.

마침내 10월 10일, 히틀러의 승인이 떨어졌다. 민간인의 피해를 우려한 구데리안, 롬멜 등 몇몇 장성들의 반대가 있었지만 히틀러와 괴링의 결정이 내려진 마당에 더 이상의 이견은 의미가 없었다.

활주로에 늘어선 JU88폭격기들이 아침 햇살을 반사하기 시작하자 드넓은 비행장이 눈에 띄게 분주해졌다. 괴링이 직접 폭격기들의 출격을 참관하고 있는 가운데 800여 대의 폭격기들이 일제히 이륙하기 시작했다. 뒤이어 외부 연료통 장착을 통해 항속거리를 1천1백 킬로미터까지 연장한 600기의 메서슈미츠 109BF 호위전투기들이 차례차례 아침햇살 속으로 솟구쳐 올랐다.

레이더에 독일군의 대규모 항공기가 나타난 것을 확인했지만 영국 공군 사령관 다우닝은 500기 정도밖에 남지 않은 전투기의 출격 명령을 주저하고 있었다. 레이더에 나타난 독일 전투기의 숫자는 무려 1천 개가 넘어갔고, 아군기가 출격했을 경우의 승부는 보지 않아도 뻔했다. 반면 출격을 시키지 않는다면 비행장 공습에 대비해 꼭꼭 숨겨놓은 아군 전투기에는 더 이상 큰 피해가 없을 것이었다. 그래서 출격을 보류하고 있던 다우닝이지만 뭔가 좋지 않은 예감에 안절부절 중심을 잡지 못했다.

사실 영국 공군은 줄곧 독일의 제트기 ME262A-1A 요격을 위해 독일 공군기들이 대형을 풀면 전투기의 출격을 명령해왔었다. 독일 공군기에 비해 상대적으로 항속거리의 여유를 가지고 적기가 칼레로 돌아갈 때를 기다려야 했기 때문이었다. 그런데 평소 해협을 건너오기만 하면 일제히 대형을 풀어 남부의 비행장들을 폭격하던 독일 폭격기들이 좀처럼 대형을 풀지 않았다. 뭔가 수상했지만 선뜻 출격을 명령할 수도 없었다. 결과가 뻔했기 때문이다. 이러지도 저러지도 못한 채 초조한 20여 분이 흘렀다.

그리고 오전 08시 정각, 다우닝의 불길한 예감은 최악의 악몽으로 이어졌다. 그대로 런던 상공으로 진입한 독일 공군이 시내에 무차별 폭격을 시작한 것이었다. 영국 공군은 런던이 온통 화염 속에 휩싸인 뒤에서야 부랴부랴 전투기들의 이륙을 명령해야만 했다.

하늘을 새카맣게 가린 800기의 독일 폭격기들이 폭격 대형을 풀지 않은 채 런던 상공을 휩쓸기 시작했다. 폭격기들이 템즈강의 상공에 접어들면서 런던 외곽의 몇 안 되는 부실한 고사포들이 일제히 포격을 시작했으나 독일 폭격기들의 진입 고도는 영국군 고사포탄의 성능을 훨씬 웃돌았고 독일 폭격기 조종사들의 눈에는 발밑에 뿌려진 눈송이였다.

가장 먼저 폭격을 받은 곳은 템즈 강변의 무기 공장과 저유고貯油庫였다. 피탄된 저유고가 유폭되면서 불길이 치솟았고, 공습경보가 정신없이 울리는 가운데 런던 시내 곳곳에서 폭음과 검은 연기가 뭉게구름처럼 피어올랐다.

과거 런던 시민들은 제1차 세계대전 때 겪었던 대한제국 공군의 정확한 군사 시설 폭격을 생각하고 있다가 인구 밀집 지역에 대한 무차별 폭격이 계속되자 패닉 상태에 빠져들었다. 특히 빈민 지역인 이스트엔드에서는 화재와 무너지는 건물에 의해 순식간에 2만 이상의 민간인들이 목숨을 잃었다. 결국 런던은 하루아침에 생지옥으로 변해버리고 말았다.

영국 공군은 폭격이 시작된 지 무려 50분이 지나서야 런던 상공에 도달할 수 있었다. 독일 공군의 목표가 런던임을 뒤늦게 확인하고 남아 있는 11, 12비행단의 모든 전투기들이 출격해 런던을 방어하기 위해 달려든 것, 그러나 600대가 넘는 메서슈미츠 109BF의 대응으로 인해 폭격기 요격은 생각조차 하기 어려웠다.

단 하루의 폭격으로 런던의 대부분 지역이 초토화되면서 4만 명 이상의 민간인 사망을 기록했고 실종자와 부상자는 숫자 파악 자체가 아예 불가능했다.

폭격을 마친 독일 폭격기들은 뒷일을 메서슈미츠 109BF에게 맡기고 유유히 칼레로 돌아가고 잇달아 ME262 100여 기가 다시 도버해협을 건너오기 시작했다.

영국 공군 최후의 날은 그렇게 시작되고 있었다.


**1941년 10월 15일 16:00 호주, 캥거루섬 동남쪽 40킬로미터 해상**

호주 대륙의 중남부 세인트빈센트만 동쪽 토렌스강 하구에 위치한 애들레이드는 사우스오스트레일리아주에서 가장 오래된 도시였다. 제1차 세계대전 이후 인근의 철광 개발에 따라 제철, 자동차, 조선 등 근대 공업이 급속도로 성장한 전형적인 계획도시였다. 전쟁이 가까이 다가옴에 따라 시내에는 군인들의 모습이 자주 눈에 띄었고 항구에도 10여 척이 넘는 거대한 전함이 보였다. 그러나 아직은 평화로운 도시의 모습을 잃지 않았다. 그런 인구 20만의 아름다운 대도시에 죽음의 그림자가 빠른 속도로 다가오고 있었다. 원자력 잠수함 '벌휴'에서 발사된 10기의 탄도미사일 천무가 날아든 것이었다.

애들레이드 상공 300미터에서 일제히 1차 폭발을 일으킨 천무는 무려 600개의 소형 탄두로 산탄되면서 애들레이드의 공업 지역과 항구를 향해 일제히 내리꽂혔다. 제국 정부는 며칠간의 긴 논란 끝에 호주의 무정부 상태를 유도하고 호주군의 전의를 완전히 꺾어버리기 위해 미사일 사용 지역을 애들레이드로 한정하고 완전 초토화를 명령한 것이었다.

600개의 소형 탄두는 고도가 50미터까지 떨어지자 본격적인 폭발을 일으키며 엄청난 재앙을 만들어냈다. 소형 탄두의 폭발이 일어난 곳에서 반경 1킬로미터 이내의 모든 생명체는 폭음으로 인해 순간적으로 고막이 터져나가 고통에 몸부림치기 시작했고 폭발은 대기의 모든 산소를 빨아들이면서 인근 지역의 공기를 모조리 요동치게 하는 엄청난 후폭풍을 일으켰다.

폭발이 삼켜버린 도시 중심부에 남아 있는 것은 아무것도 없었다. 불과 5분여 만에 항구의 모든 선박들을 포함한 호주 중남부의 해안도시 애들레이드는 지도상에서 사라져버렸다.

### 1941년 10월 19일 09:30 서울, 경복궁

경회루의 아름다운 연못과 조금씩 노랗게 변해가는 은행잎이 가을 햇살을 받아 그림 같은 조화를 이루어내고 있었다. 연못의 비단잉어 떼에게 눈길을 빼앗겼던 이민숙은 황후 민갑완이 손수 따라주는 찻잔을 받으며 자신의 실수에 당혹감을 감추지 못하고 있었다. 황후가 차를 따르게 했으니 조선의 여자였던 그녀에게는 있을 수 없는 일이었다. 이민숙은 황급히 머리를 조아렸다.
"송구하옵니다, 황후마마. 제가 했어야 하는 일인데……."
민갑완이 환하게 웃었다.
"그런 말씀 하지 마세요. 제국의 실질적인 경영을 하시는 두 분입니다. 하나도 송구할 것이 없어요."
륭무제가 옆에서 거들었다.
"하하, 맞아요. 짐도 같은 생각입니다. 어서들 드세요."
유상열 역시 황제 부처의 밝은 얼굴을 마주한 채 민갑완이 건네주는 찻잔을 받아들며 깊숙이 머리를 숙였다. 시간을 건너온 자신의 개입이 없었다면 황후인 민갑완은 황제와의 약혼을 파기당하고 상해 망명에서 돌아와 홀로 외롭게 죽었어야 했다. 하지만 지금은 세계를 호령하는 대한제국의 황후요 또한 국모였다. 이제 40대 중반, 초로의 나이였으나 민갑완은 아직도 30대 초반으로 보일 만큼 아름다운 자태를 간직하고 있었다. 찻잔을 건네는 손길에도 일국의 황후다운 우아한 품위가 배어 있었다.
유상열은 황후와 주거니 받거니 하며 당황한 이민숙을 놀리는 륭무제 이은의 모습을 보며 다시 한 번 미소를 머금었다. 유상열이 이은을 처음 만난 건 이은이 겨우 열세 살 소년일 때였다. 당시 유상열은 눈앞으로 다가온 전쟁 준비에 여념이 없어서 조금은 귀찮다는 생각으로 그를 만났었다. 그러나 경외의 눈초리로 자신을 바라보는 초롱초롱한 눈동자에 굴복해 하루라는 긴 시간을 빼앗겼던 기억이 새삼 떠올랐다. 그렇게 작은 소년이었던 그가 이제는 장성해 정상외교의 일부를 맡아주었고 활력이 넘치는 그의 행보에서 세계의 중심으로 발전한 제국의 모습을 찾아볼 수 있었다. 유상열의 미소를 느낀 륭무제가 눈을 마주치며 말했다.

"수상, 무슨 좋은 일이라도 있는 겁니까? 혼자만 웃지 마시고 짐도 같이 웃게 해주세요."

유상열은 결국 웃음을 터뜨리고 말았다.

"허허. 제가 폐하를 처음 뵙던 날이 생각이 나서 잠시 웃었습니다. 죄송합니다."

"하하하, 그날은 저도 확실히 기억합니다. 지금도 거의 마찬가지지만 그때의 수상은 짐의 꿈이요, 우상이었습니다. 아마 그 시절 모든 젊은이들의 공통적인 생각이었을 거예요."

"쑥스러운 말씀은 그만 하십시오, 폐하."

유상열은 더 이상의 낯 뜨거운 이야기가 나오지 못하도록 재빨리 대화 주제를 바꾸었다.

"그나저나 지난 동투르키스탄 방문은 즐거우셨습니까?"

"아! 그랬어요. 대충은 보고를 받으셨겠지만 동투르키스탄과 티벳은 도움이 많이 필요할 것 같아요. 특히 동투르키스탄은 최근 가을임에도 불구하고 식량 사정이 아주 나빠졌고, 티벳은 천화공국과 중화민국의 전쟁 때문에 신경이 곤두서 있는 눈치였어요. 양국 모두 제국군 주둔과 산업기반시설에 대한 투자를 원하고 있으니 검토를 해주세요. 그렇지만 솔직히 제 개인적인 생각으로는 티벳에 대해서는 별로 도움을 주고 싶지 않습니다."

"네? 어째서요?"

"상대적이긴 하지만 동투르키스탄에 비해 노력은 전혀 하지 않은 채 도움만을 원하고 있어요. 도움을 주어도 밑 빠진 독에 물붓기가 되지 싶습니다. 그냥 참고만 해주세요."

각료들 사이에서도 티벳에 대해서는 소규모 원조만으로 투자규모 축소를 결정한 상태이니 황제의 뜻을 따른 것이라 해도 무방할 것이었다. 유상열은 고개를 끄덕였다.

"알겠습니다. 폐하의 뜻에 따르도록 하겠습니다. 그리고 다음달에는 보르네오와 필리핀, 인도에도 한 번씩 다녀와주셨으면 합니다. 특히 보르네오와 필리핀은 제국에 가장 협조적인 나라이니 조금씩 선물을 들고 가시는 것도 좋을 듯합니다."

"선물이라면 어떤 것을……."

"의류 등 노동집약적 산업시설 이전을 생각하고 있습니다. 아무래도 인건비가 제국보다는 적게 드는데다 보르네오 같은 경우는 교육 수준도 상당히 높아서 품질 관리에도 문제가 전혀 없을 것입니다. 제국 상단 관계자들을 대동하고 가시면 될 겁니다."

"다녀오지요. 헌데 이번에는 황실 전용기로 갈 수 있겠지요? 지난번처럼 기차나 배로 이동하는 것은 황후가 조금 힘들어 하는 것 같아서요."

"그러십시오. 호위 전투기들을 붙이겠습니다."

두 사람의 대화가 길어질 듯하자 가만히 듣기만 하고 있던 황후가 자신의 찻잔을 내려놓으며 물었다.

"아녀자가 할 이야기는 아니지만 전쟁은 언제쯤 끝나게 될까요? 방송을 통해 듣고는 있습니다만 실상이 너무 궁금해서요. 수상께서 조금 말씀해주실 수 있나요?"

유상열이 빙긋이 웃었다.

"어려운 이야기는 아닙니다. 일단 호주와의 전쟁은 마무리 단계에 들어가 있다고 보셔도 좋습니다. 곧 항복을 받거나 동부 2개 주에서 백인들을 대부분 몰아내게 될 것 같으니까요. 후자가 될 경우, 호주 대륙 동부 지역에 제국 직할 영토를 만들 생각이고, 전자가 될 경우에는 동부 지역에 제국령의 새로운 국가가 생기게 될 겁니다. 그리고 미국은 시간이 조금 더 걸릴 것으로 보입니다. 뉴질랜드와 타히티에 주둔하고 있는 미군의 소개 문제도 그렇고 해서 여유 있게 생각하려고 합니다. 그래서 우선 내년 초에 나성과 캐나다를 제국에서 독립시킬 생각입니다. 물론 제국령이고 대한제국 황제께서는 나성과 캐나다의 황제이십니다. 선거를 통해 당선된 각국의 수상은 가장 먼저 제국 황제를 알현하고 헌법에 명기된 임명장을 수령해야 합니다. 아! 그리고 유럽의 전쟁은 앞으로 한 1~2년은 더 끌 것으로 생각됩니다."

유상열의 말에 민갑완이 고개를 주억거렸다.

"그렇군요. 앞으로도 1~2년이라…… 어렵네요. 그리고 여자들도 있는데 딱딱한 정치 이야기는 그만하세요. 우리도 대화에 끼워주셔야지요. 호호. 그리고 오랜만에 오셨으니 식사는 꼭 하시고 가세요. 준비를 시키겠습니다."

전쟁이 여유가 있어진 탓이기도 했으나 오전 시간 내내 아시아 전역을 들끓게 하며 인기를 모으고 있는 젊은 여성 가수의 노출 심한 복장과 한솔기계에서 새로 시판되는 전자사진기에 대한 잡다한 이야기를 나눈 유상열은 점심식사를 마치고서야 경회루를 빠져나올 수 있었다.

유상열은 김포 전투비행단으로 이동하는 수상 전용 직승기 안에서 오늘 첫 실전운행에 들어가는 개천開天-1 전술공격기의 개요를 간단하게 보고받은 뒤, 잠시 눈을 붙였다. 직승기에서 내려다보이는 서울의 수많은 고층건물들 사이로 한강을 질주하는 쾌속유람정들의 하얀 항적이 새삼 눈에 들어왔다.

### 1941년 12월 24일 18:00 미국, 워싱턴

서울의 평화로운 분위기와는 달리 루스벨트는 최악의 크리스마스 이브를 보내고 있었다. 동부해안으로 진출한 대한제국 해군 항공대가 동부의 발전 시설을 집중적으로 공습하면서 매년 휘황찬란하게 빛나던 대형 크리스마스트리는 고사하고 백악관의 전기 공급마저 들쑥날쑥했다. 아무래도 올해는 제대로 된 성탄절 행사를 할 수 없을 것 같았다.

유명한 전쟁광이자 유대인인 3선 대통령 루스벨트는 2차 세계대전의 참전이 미국의 불황을 확실하게 잠재울 것으로 믿었다. 사실 대한제국의 해군 전력은 육군에 비해 상대적으로 확실히 약해 보였다. 겨우 경항모 4척에 1만톤 급 전함 20여 척으로 5만톤 급 이상의 전함들이 즐비한 호주와 미국 연합해군의 엄청난 전력을 감당하기는 불가능하다고 판단했던 것이다.

실제로 태평양 함대가 파죽지세로 타히티와 뉴질랜드를 점령할 때까지만 해도 그의 희망은 곧 이루어질 듯 보였다. 그러나 대한제국이 일본의 기습을 받으면서 본격적으로 전쟁에 뛰어들자 상황은 급변해버렸다. 호주와 미국을 합쳐 20척이 넘어가던 초대형 항공모함들은 개전 6개월 만에 모조리 태평양의 바다 속으로 사라져버렸고 수천 대의 항공기와 숙련된 조종사들도 함께 녹아내렸다. 자그마치 5개국이 연합해 개전했으나 그 많은 전투 중 단 한 번의 승리도 맛보지 못하고 패전을 거듭했다. 대한제국의 전쟁 수행능력은 그의 상상을 완전히 초월한 것이었다.

개전을 함께 선언한 5개 연합국 중 아직까지 남아 있는 국가는 오로지 러시아와 미국뿐이었다. 그나마 러시아는 이미 독일과 터키의 강력한 공세에 전전긍긍하는 상황이고 물량공세로 근근이 버텨오던 미국은 캔자스와 카리브해 전선이 무너져버리자 유일한 희망인 물량 공급의 원천마저 초토화되고 있었다. 미국의 대공황을 멋지게 타개하면서 유사 이래 최초의 3선 대통령이 될 정도로 드높았던 그의 인기도 제국 해군의 동부 공습과 함께 끝없이 추락하고 있었다.

루스벨트는 백악관 상황실에 모여 앉은 군 장성들의 맥 빠진 얼굴을 보는 것 자체가 불쾌했다.

"이것들 보세요. 개전 이전에 보이던 그 자신감들은 다 어디 가고 이런 한심한 몰골로 앉아들 있는 겁니까? 대책을 내놓아야 할 것 아닙니까? 누가 대답을 좀 해보세요!"

루스벨트가 20여 명이나 되는 장성 한 사람 한 사람의 얼굴을 모두 뜯어볼 때까지 대답을 하는 사람은 없었다. 루스벨트는 한숨을 내쉬었다.

"좋습니다. 대안이 없으면 텍사스를 포기합시다. 아이젠하워와 멕시코 전선의 병력을 빼 오세요. 유일하게 남아 있는 주력군입니다. 그에게 새로 징집한 80개 예비사단과 남아 있는 신형 전차와 항공기를 모두 내줘서 제국군과 마지막 일전을 벌이는 것으로 합니다. 제국도 무한정 무기가 보급되지는 않을 테니 이제부터는 그들도 편안한 전쟁은 아닐 겁니다. 그렇게 아시고 준비를 서둘러주세요. 부통령만 빼고 모두 나가들 보십시오."

루스벨트의 축객령에 군 장성들이 자리를 털고 상황실 밖으로 나가자 부통령 트루먼이 그의 얼굴을 빤히 건네다 보았다.

"각하, 무슨 일로……."

"거두절미去頭截尾하고 본론만 이야기하지요. 전쟁의 승패에 상관없이 이번 전쟁이 끝나면 나는 하야해야 할 겁니다. 다행히 휴전이 성립된다면 모를까 패전하게 되면 전범으로 몰려 감옥에서 생을 마칠지도 모르지요. 그러니 부통령께서는 지금부터 미국의 미래를 준비하세요. 그리고 대한제국을 방문해주셨으면 합니다. 이런 상황에서 전쟁을 계속하는 것은 바람직하지 못합니다. 제국과 휴전 협상을 하세요. 이제 계절도 겨울로 들어가니 지상전은 당분간 소강상태를 보일 것이니 어렵겠지만 가능성이 전혀 없는 것도 아닙니다. 그 이야기를 하려고 부통령을 남으라고 한 것입니다."

트루먼이 낮게 한숨을 내쉬었다.

"휴…… 전황이 아군에게 너무 불리해서 쉽지는 않겠군요. 그래도 시도는 해봐야겠지요. 그렇게 하겠습니다, 각하. 그리고 너무 의기소침해 계시지 마십시오. 기운을 내세요."

루스벨트는 가만히 고개를 끄덕였다.

"알겠소. 기운 냅시다. 올해는 손자 녀석에게 줄 선물조차 마련하지 못했군요. 부통령은 돌아가시는 길에 선물이라도 사가지고 들어가시지요. 후후."

루스벨트의 자조 섞인 웃음이 상황실 벽면에 걸린 대형 북아메리카 지도 위로 흩어졌다.

### 1941년 12월 27일 07:10 폴란드, 바르샤바

바르샤바의 거리는 아직도 짙은 안개에 싸여 잠에서 깨어나지 못하고 있었다. 기에렉은 잠비코 광장 중앙에 고즈넉하게 서 있는 지그문트 3세의 동상 건너편에서 초조하게 누군가를 기다리고 있었다. 독일군 화물차 한 대가 지나가고 나자 기에렉이 서 있던 길 반대쪽 골목에서 콧수염을 기른 작은 키의 남자가 고개를 내밀며 손짓을 했다. 기에렉은 천천히 길을 건너 남자의 뒤를 따랐다.

좁은 골목길 두 개를 통과해 허름한 건물 안으로 들어가자 10여 명의 남자가 그를 맞아들였다.

"반갑소, 기에렉 동지."

"반갑습니다."

독일의 폴란드 합병 이후 폴란드 국토 내에서 계속된 독일과 러시아의 전쟁으로 폴란드는 완전히 초토화되어 가고 있었다. 한술 더 떠서 강제징집에 의한 젊은이들의 피해가 감당할 수 없을 정도로 심각해지자 폴란드 노동자당 소속 인민군 사령관 고무우카는 독일에 저항해 게릴라전을 펼치고 있던 폴란드 정규군 대령인 기에렉에게 연합을 제안했다. 기에렉 역시 바라던 바였으므로 두 사람의 만남은 빠르게 성사되었고 또 자연스러울 수밖에 없었다. 고무우카가 말했다.

"독일이 러시아군을 물리치기는 했지만 심각한 피해를 입은 상태인데다 계절이 겨울로 넘어가서 당분간 독일군의 대규모 병력 이동은 없을 것으로 보입니다. 게다가 영국 상륙작전을 위해 100만 이상의 병력을 칼레 지역으로 집결시킨 상황입니다. 지금 우리가 거사를 일으켜 독일 정부와 협상을 한다면 러시아와의 전투에서 뒤통수가 가렵게 된 독일이 폴란드의 독립을 인정할 가능성이 높습니다. 솔직히 조금만 더 지나면 독일은 러시아를 완전히 제압하게 될 겁니다. 그렇게 되면 폴란드의 독립은 물 건너간 것이라고 보아야 합니다. 지금 이후에 또 다른 기회는 없을 것으로 보입니다."

"저도 그렇게 생각합니다. 그쪽의 병력은 얼마나 됩니까? 우리는 전차 20대 포함 7천 명입니다."

"무기 상황이 조금 열악하지만 우리가 인민군 1만6천 명을 동원할 수 있으니 전부 2만3천 명이군요. 이 정도면 바르샤바는 금방 장악할 수 있을 겁니다. 일단 점령이 끝나고 나면 즉시 독일에 사람을 보내 독립을 인정받도록 해야 합니다. 협상 대표로는 제가 직접 갈까 합니다. 협상에 능한 사람이 필요하니까요."

"좋습니다. 그럼 1월 1일 새벽, 동시에 바르샤바 주둔 독일군을 공격하도록 합시다. 우리가 맡을 지역은······."

두 사람은 세 시간이 넘도록 상세 진격로와 책임 지역을 나눈 뒤, 간단한 점심식사를 마치고 밝은 얼굴로 헤어졌다. 훗날 바르샤바 봉기라 일컬어지는 폴란드 독립전쟁이 제국이 개입하지 않은 원래의 역사보다 빠르게 그리고 완전히 다른 방향으로 시작되고 있었다.


**1941년 12월 29일 14:00 호주, 캔버라**

애들레이드가 천무에 피폭되면서 무정부 상태가 되어버린 후에도 캔버라의 호주군은 끈질기게 저항을 계속했다. 그러나 보급이 끊어진 지 두 달이 가까워지자 차츰 저항의 강도가 약화되었고, 도망병이 급격히 늘어나면서 부대 단위의 대규모 투항이 걷잡을 수 없이 늘어나기 시작했다. 실탄과 식량이 없는 군대가 존재하는 건 이래저래 불가능했다.

투항과 도망병이 턱없이 늘어나자 아직 애들레이드 피폭을 알지 못했던 스미스 소장은 3만 정도의 병력을 어렵사리 수습해 캔버라를 포기하고 애들레이드로 후퇴를 시도했다. 그러나 1천 킬로미터에 가까운 거리를 도보로 후퇴하는 것은 생각보다 쉽지 않았다. 호주군이 지나간 자리에는 어김없이 엄청난 수량의 버려진 무기들이 널려 있었다. 추격하는 인도군이 별도의 무기회수부대를 만들어 운용해야 할 정도였다.

박정욱 준장은 이미 무너져버린 호주군 제압은 인도군에게 맡기고 제3기계화사단과 해병 6사단을 태즈메니아로 상륙시켜 잔류 호주군의 무장 해제를 지시했다. 다시 호주 대륙 동남부의 퍼스에 해군 구축함 3척을 파견해 항구의 폐쇄를 지시한 다음, 신속하게 대륙 전체에 대한제국 군정을 선포하고 중요한 기반도시의 장악을 시작했다.

그러나 애들레이드로 후퇴하던 호주군을 제압한 뒤, 멜버른과 시드니의 상황을 파악하고 나자 제국 정부가 예상하지 못했던 문제가 발생했다. 대략 250만의 사상자를 낸 호주 동부 지역에는 사실상 성인 남자가 거의 존재하지 않았던 것이다.

전세가 극도로 불리해지자 호주 정부는 유럽의 여타 국가들과 마찬가지로 16세 이상 50세 이하의 모든 남성에 대해 징병을 실시했고, 그들 대부분이 전사하거나 심각한 부상으로 내일을 알 수 없는 처지였다. 게다가 뉴질랜드와 뉴기니에 10만 정도의 병력이 잔류하고 전쟁포로가 15만 정도, 동양인 인구 200만이었으니 개전 초에 총 인구 1천5백만 명이 겨우 넘던 호주의 인구에서 노인과 아이들을 제외하면 살아남은 성인 남성이 거의 존재할 수 없었던 것은 당연한 일이었다.

상황이 심각하다는 사실을 인지한 제국 정부는 애초에 계획했던 백인 소개계획을 일부 수정할 수밖에 없었다. 이들을 그대로 중부 사막 지역으로 소개해버릴 경우 굶어죽으라는 것밖에는 되지 않았다. 그렇다고 그냥 제국령의 국민으로 받아들이자니 가족 중 1명 이상이 제국군에 의해 사살된 상황인지라 정상적인 국민이 될 수도 없었다. 이들의 처리에 부심하던 제국 정부는 결혼 전의 17세 이상 성인 여성들은 제국령의 국민으로 받아들이고 나머지에 대해서는 가족 중 성인 남성이 없는 경우에 한해 가족당 1년간의 식량 구입비 정도인 제국화폐 6천 원씩을 지급한 후 제국이 제공한 선편으로 웨스턴오스트레일리아주로 이주시켜버리기로 했다.

어차피 웨스턴오스트레일리아주도 제국군의 군정이 실시되면 모든 무장을 해제시킬 예정이었지만 제국 정부는 기본적으로 호주 대륙을 두 개의 국가로 분리하기를 원했다. 따라서 중부의 사막 지역을 경계로 백인 거주 지역인 웨스턴오스트레일리아주를 서호주 공화국, 나머지 동부 지역을 대한제국령 동호주 공화국으로 분리 운영하기로 하고 즉시 체제 정비에 들어갔다. 시간이 많이 소요될 작업이니 서두를 일은 아니었다. 게다가 아직 남아 있는 호주군의 무장 해제도 완전히 끝나지 않았으니 본국과 보르네오에서 파견될 관리들을 기다려 1년을 목표로 차근차근 작업에 들어갈 생각이었다.

이로서 앵글로색슨족이 지배하던 호주는 역사에서 사라졌으나 제국으로서는 원치 않는 사람들의 생계까지 책임져야 하는 부담을 떠안고 말았다.

### 1942년 1월 1일 11:20 독일, 바르샤바

가장 먼저 독일군 보급사단을 제압한 기에렉의 판터 전차부대는 잠비코 광장을 거침없이 가로질러 바르샤바에 마지막 남은 독일 SS보병대대를 공격하고 있었다. 빌라노프 궁전 정문에 설치된 서너 개의 기관총좌가 필사적인 저항을 하고 있었으나 전차부대에게 위협이 되지는 못했고 왕궁의 장악도 시간문제일 뿐이었다.

　새벽 다섯 시에 시작된 폴란드 반군의 기습공격은 50만에 가까운 바르샤바 시민군의 폭발적인 참여로 인해 2개 사단에 불과한 바르샤바 주둔 독일군 보급부대를 순식간에 무너뜨려버렸다. 화력이 우세하다고는 하지만 20대의 전차와 50만이 넘는 병력의 기습적인 공격은 바르샤바 곳곳에 분산 주둔해 있던 1만의 독일군 보급부대가 감당할 만한 수준이 아니었다. 사실 시민들의 도움을 예상하기는 했지만 시민들 거의 전부가 반란군이 되어버리리라고는 기에렉 자신도 전혀 생각지 못했던 것이다.

　독일이 폴란드를 합병할 당시 폴란드에 거주하던 유대인은 350만에 가까웠고 히틀러의 엄청난 탄압에도 불구하고 바르샤바 인근에 숨어 있던 유대인의 숫자는 15만을 웃돌았다. 그 유대계 폴란드인들의 목숨을 건 참여가 기폭제가 된 것이었다.

　몇 개 남지 않은 독일군의 기관총좌가 전차포에 날아가고 폴란드군 전차들이 왕궁 방어선 안으로 난입하자 SS보병대대 역시 무리한 저항을 포기하고 급히 바르샤바 동쪽 비솔라강을 향해 후퇴하기 시작했다.

　한 해를 무사히 보낸 기쁨을 약간의 술로 달래며 방심하고 있던 독일군은 새벽의 기습에 저항다운 저항도 해보지 못한 채, 겨우 5시간의 전투를 치른 뒤에는 대부분의 병력을 잃고 빈손으로 동부군 지역을 향해 허겁지겁 달아나고 말았다.

　가장 큰 문제는 50개 사단에 달하는 롬멜의 동부군에게 전달되어야 할 보급품 상당량이 폴란드군에게 고스란히 넘어간 데 있었다. 전선에서 500킬로미터 이상 떨어진 후방의 여유로움은 초병의 숫자조차 터무니없이 줄여 놓았고, 그 여유로움이 폴란드 반군 15만 병력의 무장 확보라는 최악의 결과를 가져오고 말았다. 기에렉은 50대의 신형 타이거 전차와 수만 정의 소총과 총탄, 야포 등을 노획하면서 15만에 가까운 무장세력을 확보하고 폴란드 독립을 위한 첫발을 내디딜 수 있었다. 훈련은 태부족이지만 부대의 사기만은 하늘을 찔렀다.

그러나 기에렉의 폴란드 독립을 향한 여정은 그리 평탄하지 못했다. 폴란드 반군의 바르샤바 장악 소식을 보고받은 히틀러의 분노가 폭발한 것이었다.

베를린을 찾아간 고무우카를 비롯한 폴란드 협상대표단이 말도 꺼내보지 못하고 처형되면서 바르샤바에는 다시 일촉즉발의 긴장감이 감돌기 시작했다. 민병대에 불과한 폴란드 반군에게 2개 사단이 전멸하고 귀중한 보급품을 강탈당했다는 것은 히틀러의 자존심을 건드리기에 충분했다.

분노한 히틀러는 협상대표라며 베를린을 찾아온 고무우카를 그 자리에서 총살해버렸다. 이어 내부의 적을 방치한 상태로 전쟁을 계속할 수 없음을 공포, 동부군 사령관 롬멜에게 바르샤바의 반군 진압과 재발 방지를 위한 철저한 파괴를 명령하고 추가로 5개 예비사단과 2개 기계화사단을 바르샤바로 진군시키면서 전쟁은 예상치 못한 혼란 속으로 빠져들었다.

수세에 몰려 있던 러시아군은 우크라이나에 충분한 병력 증강과 새로운 방어선을 구축할 시간을 벌 수 있었고, 독일은 가뜩이나 풍족하지 못한 보급에 메우기 어려운 구멍이 뚫린 셈이었다.


### 1942년 1월 18일 13:00 나성, 덴버

　제국 정부가 콜로라도를 관광지로 개발하기 위해 로키산맥 기슭에 건설한 덴버 여관의 최상층 회의실은 사방이 열선으로 처리된 대형 전면유리로 만들어져 있어서 한겨울에도 성에의 영향을 받지 않고 창밖의 아름다운 풍경을 그대로 감상할 수 있었다. 그리고 전면유리를 통해 보이는 얼어붙은 체리크리크 너머 눈 덮인 1월의 로키산맥은 말 그대로 그림엽서를 방불케 하는 절경이었다.
　미국 부통령 트루먼을 비롯한 미국 종전협상단은 그 덴버 여관의 최상층 회의실에서 대한제국 조현태 파견군 사령관을 포함한 4명의 제국인과 마주앉아 주변의 경관에 대해 가벼운 농담을 주고받았다.
　그러나 실상 트루먼은 로키산맥의 절경을 바라보기는커녕 오로지 끓어오르는 노화를 참아내기 위해 필사적인 노력을 해야만 했다. 일국의 부통령이 사전 통보까지 하고 찾아왔건만 외무부 관리는 온데간데없고 군사령관이라는 작자와 몇몇 비전인지 뭔지 하는 정보국 직원으로 보이는 젊은이들이 자신을 맞이한 것이었다. 모욕을 당한 것이라는 생각이 계속해서 머릿속을 메아리쳤지만 불쾌함을 밖으로 내비칠 수는 없었다.
　심호흡을 하며 마음을 다잡는 그에게 조현태 제국군 사령관이 입을 열었다.

"자, 그럼 본론으로 들어가 볼까요? 경치 감상을 위해 방문하신 것은 아니라고 생각됩니다만?"

트루먼은 엷은 웃음을 머금고 있는 조현태를 마주보며 다시 한 번 마음을 가다듬었다.

"서로간의 오해 등 여러 가지 이유가 있지만 귀국과의 이번 전쟁은 불필요한 전쟁이었습니다. 미국과 멕시코 간의 전쟁에서 귀국이 멕시코를 지원하지 않았다면 우리가 태평양으로 진출하지도 않았을 것이고 이렇게 큰 싸움으로 번지지도 않았을 것입니다. 결국 이번 전쟁은 귀국이 먼저 미국을 도발한 것이라 해야 할 것입니다. 게다가 미국은 이번 전쟁으로 인해 수많은 산업 시설이 파괴되었고, 수백만의 젊은이들이 전사했습니다. 이것들에 대한 배상은 차치하고라도 미국은 우선 대한제국과의 이 불필요한 전쟁을 조속히 끝냈으면 합니다."

조현태는 어떻게 하든 협상의 기선을 잡기 위해 책임회피부터 시작하는 트루먼을 보며 제국 정부의 훈령을 다시 떠올렸다. 훈령은 간단했다.

'무조건 항복'

조현태는 일단 트루먼을 좀 심하게 흔들어보기로 하고 짐짓 정중하게 물었다.

"그럼 항복하시겠다는 뜻입니까?"

트루먼의 얼굴이 눈에 띄게 굳어지고 있었다.

"항복이라니요. 농담이 지나치십니다. 아직 전쟁이 끝나지도 않았고 또한 미국의 영토에서 귀국의 군을 물려주셔야 끝날 전쟁입니다."

조현태가 빙긋이 미소를 내보였다.

"하하. 항복이 아니라고 하시니 그럼 제국의 조건을 말씀드려야겠군요. 제국의 종전 조건은 이렇습니다. 첫 번째는 로렌시아 공화국 주둔 미군의 철수입니다. 물론 로렌시아 공화국은 대한제국이나 독일이 군정을 실시합니다. 두 번째는 현재 제국이 점령한 캔자스주와 알래스카의 영구할양, 그리고 플로리다 반도의 100년간 조차입니다. 세 번째는 미국이 불법적으로 강점하고 있는 멕시코 영토인 루이지애나와 오클라호마에서 철수하라는 겁니다. 마지막으로 네 번째는 과거 북아메리카 대륙에 거주하고 있던 천만 원주민을 학살한 책임을 지고 그 원주민 부족대표에게 제국화폐 3천억 원을 지불하십시오. 미국화폐로 6천억 달러 정도 될 겁니다. 또……"

조현태는 잠시 말을 멈추고 트루먼의 얼굴을 건네다 보았다. 아마 자살을 하는 한이 있어도 이런 조건으로 종전하자고 하지는 않을 터, 노련한 상대의 염장을 지르려면 이만한 정도는 되어야 할 것 같았다. 아니나 다를까 트루먼의 얼굴은 굳어지다 못해 새파랗게 변하고 있었다. 주먹을 움켜쥔 팔뚝에서 금방이라도 핏줄기가 튀어나올 것 같았다. 조현태가 다시 말을 이었다.

"또, 전쟁 배상금으로 제국화폐 2천억 원을 지불하셔야 하며 향후 미국은 군대를 가질 수 없습니다. 몇 가지가 더 있습니다만 지금 생각나는 것은 이 정도군요. 생각나면 다시 말씀드리지요."

트루먼은 어이가 없었다. 이건 협상을 하자는 것이 아니었고 무법자들이나 할 이야기를 상대 국가의 수뇌부에게 거리낌 없이 지껄이고 있었다. 트루먼이 조현태를 잡아먹을 듯 노려보자 조현태가 다시 입을 열었다.

"외교석상에서 드릴 말씀은 아니지만 귀하가 세계시는 땅에 살던 천만 원주민들은 불쾌하다는 말조차 하지 못하고 당신들에게 학살당했습니다. 남의 땅을 강제로 빼앗으신 분들이 그 정도 보상도 하지 않는다면 원래의 주인들은 더 억울해할 겁니다. 당신들이 사는 땅은 나성에 살고 있는 원래의 주인들이 당신들에게 판매를 한 것이라 생각하시고 보상금을 지불하십시오. 또한 대한제국 역시 귀국이 일으킨 전쟁으로 인해 엄청난 전쟁비용을 소모했고 귀중한 젊은이들이 목숨을 잃었습니다. 따라서 조금 전에 거론한 조건이 이루어지지 않을 경우 휴전이나 종전은 없습니다. 귀국의 정부가 사라지고 색슨인들이 북아메리카 대륙에서 모두 사라질 때까지 전쟁은 계속될 겁니다."

트루먼의 언성이 턱없이 높아졌다.

"무리한 요구입니다. 특히 인디언에 대한 낭설은 그만둡시다. 미국 정부가 그들을 죽인 것도 아닐 뿐더러 애초에 인디언의 숫자가 천만이나 된다는 것은 말도 되지 않는 궤변입니다."

"그렇습니까? 그렇다면 아메리카 대륙 동남부의 그 살기 좋은 땅에 아무도 살지 않았다는 말씀이군요. 그럼 이건 어떠십니까? 강 대령, 그 서류 좀 주겠나?"

조현태가 옆에 앉아 있던 젊은 장교에게 말을 건네자 뒤쪽에 서 있던 원주민 출신으로 보이는 장교가 두께가 30센티미터나 되는 묵직한 책자를 그에게 넘겨주었다. 조현태는 받아든 책자를 트루먼에게 넘겨주면서 말했다.

"휴, 무겁군요. 이건 날짜별, 지역별, 사망한 인원별로 정리된 문서입니다. 물론 귀국 병사들과의 전쟁에서 죽은 전사자들은 제외하고 여자와 노약자들 그리고 비무장인 상황에서 학살된 경우만 정리한 것입니다. 확인된 숫자만 대략 120만 명 정도 되는군요. 그리고 귀국이 몰아넣은 인디언 레저베이션(보호구역) 안에서 아사한 사람들이 160만 정도입니다. 사진이나 물증은 부족하지만 증인들은 모두 상당수 확보되어 있는 것들입니다. 귀국 정부의 정중한 사죄와 함께 배상이 이루어져야 할 것입니다. 물론 전쟁이 끝나기 이전이어야겠지요. 그리고 나성은 8월경이면 제국에서 완전히 독립합니다. 그 수뇌부의 상당수는 당신들이 그렇게 말살하려고 기를 쓰던 아메리카 대륙 원주민이 될 것이고 사과와 배상이 이루어지지 않을 경우 전쟁은 영원히 끝나지 않을 겁니다. 부통령 혼자서 결정하실 수는 없는 내용일 것이니 오늘은 호텔에서 푹 쉬시면서 눈 구경을 하신 후에 내일 워싱턴으로 돌아가십시오. 좋은 결과를 기다리겠습니다. 아참! 앞으로는 인디언이라는 말씀은 사용을 자제해주십시오. 그분들은 아메리카 대륙 원주민입니다. 인도 사람들이 아니에요. 하하하."

귀찮은 자리가 파했다는 듯이 훌훌 자리를 털고 일어나는 조현태를 노려보는 트루먼의 얼굴은 이미 새카맣게 죽어 있었다. 검은색의 대형 회의탁자 위에는 '북아메리카 원주민 학살통계보고서'라고 쓰인 두꺼운 책자가 그 두께만큼이나 무거운 중압감으로 그에게 다가오고 있었다.

**1942년 2월 15일 19:00 독일, 바르샤바 동쪽 150킬로미터**

    롬멜은 예하병력 중 보병 8개 사단과 3개 기계화사단을 대동하고 비솔라강을 도하해 바르샤바 외곽까지 진출, 진지 구축과 병력 배치를 모두 마치고 바르샤바 진입 계획을 점검하고 있었다. 바르샤바 서쪽으로 진출한 예비사단은 기계화사단을 전진 배치한 전형적인 기동 공격진형을 구성하고 롬멜의 명령을 기다렸고 하늘에서는 연일 독일 공군의 융커 JU88이 바르샤바 시내에 폭탄을 쏟아 붓고 있었다. 그러나 막상 사령관 롬멜은 바르샤바 진입 명령을 주저하고 있었다. 히틀러의 명령대로 한다면 생각해볼 것도 없이 일방적인 전투와 학살이 계속될 것이었고 자칫하면 바르샤바가 완전히 사라져버릴지도 몰랐다.

    담배를 꺼내 물고 은은한 포성이 울려 퍼지고 있는 바르샤바 시내를 바라보던 롬멜은 부관을 불러 베를린 외곽의 구데리안 장군의 저택으로 전화를 연결하도록 지시했다.

    "구데리안 상급대장을 연결하고 잠시 자리를 비켜주겠나?"

    "네! 각하."

    구데리안은 지난 키예프 전투의 패전 이후 야전에 나서지 않고 베를린 인근의 자택에서 칩거하고 있었다. 전화를 연결한 부관이 자리를 비우자 롬멜은 전화기를 귓가로 가져갔다.

    "구데리안 대장? 나 롬멜입니다."

―아, 장군. 고생하십니다. 말씀하시오.

"구데리안 대장. 알고 계시겠지만 나는 지금 바르샤바에 와 있고 히틀러의 명령은 초토화와 모든 시민의 사살이올시다. 그렇게 되면 민간인을 포함해서 최소한 100만 이상의 사람을 죽여야 합니다. 이건 전쟁도 아니고 군인이 할 일도 아니에요. 그렇다고 바르샤바를 그대로 방치하기도 어렵습니다. 허니 장군께서 방법을 한 번 생각해봐 주십시오."

구데리안은 롬멜과 함께 극비 반히틀러 세력의 중심인물 중 하나였으나 화려한 처세술로 인해 군부의 장성들은 물론 히틀러에게도 대단한 신임을 받고 있는 인물이었다. 잠시 침묵을 지키던 구데리안이 침중한 목소리로 말했다.

"장군, 전화로는 곤란한 이야기입니다. 내가 히틀러의 신임을 받고 있다고는 하나 최근의 패전으로 자중해야 할 처지입니다. 게다가 최근 우리 쪽 사람들에 대한 SS들의 감시가 점점 심해지고 있습니다. 다음에 다시 이야기하는 것으로 하지요. 그리고 그 일은 아직 때가 아닙니다. 칭병을 하든지 해서 잠시 러시아 전선으로 이탈하십시오. 예비사단을 이끌고 간 프리츠비트 SS소장이 히틀러의 충복이자 전공에 신경을 많이 쓰는 자이니 그에게 잠시 지휘를 맡기시고 진압이 끝나면 러시아 전선으로 이동하도록 유도하십시오. 가슴 아프시겠지만 학살에 연루되는 것만이라도 어떻게든 피하십시오. 지금은 방법이 없습니다."

롬멜은 구데리안에게서도 뾰족한 해답이 나오지 않자 두 손을 들어버렸다.

"휴…… 대장께서도 방법이 없다는 이야기로군요. 어쨌든 알겠습니다. 일단 그렇게 해보도록 하겠습니다. 다음에 또 연락하지요."

런던 민간인 지역에 대한 무차별폭격은 물론이고 유대인 집단학살 역시 말단 장교 출신인 롬멜의 신경을 건드리기에 충분했다. 그런데 이제는 불문곡직 여자와 노약자까지 모조리 청소하라는 명령을 받고 있었다. 황제나 집권층들은 이미 히틀러의 눈치를 보기에 급급했고 군부의 대부분 역시 그의 손에 들어가 있으니 영국과 프랑스를 포함한 유럽 전체의 지배를 원하는 히틀러의 전쟁은 무한히 확산될 가능성이 높았다.

롬멜은 진화기를 내려놓은 후 부관을 다시 불러들였다.

"자네는 일단 피가 조금 묻은 수건 한 장을 구해오도록 하게. 본 사람이 있어서는 안 되네. 그리고 예비사단의 프리츠비트 소장에게 작전권을 내줄 것이니 우리 동부군은 맥시밀리언 대령이 지휘를 하게 하되 도시의 파괴나 학살은 물론이고 폴란드군과의 전투 역시 최대한 소극적인 자세로 일관하도록 지시하게. 나는 프리츠비트에게 연락을 취하고 나면 즉시 루블린으로 떠날 것이야. 빌어먹을 각혈을 심하게 했거든. 젠장!"

부관이 이동지휘차를 떠나자 롬멜은 들고 있던 철제 물컵을 바닥에 집어던져버렸다.

꼬박 하루를 공군의 폭격과 야포 포격으로 일관한 독일군은 17일 새벽, 동이 터옴과 동시에 4개 기계화사단을 앞세워 바르샤바 시내 진입을 시도했다. 바르샤바 외곽 방어선의 시민군이 간간이 저항을 시도했지만 대전차 진지조차 제대로 구축되지 않은 방어선은 순식간에 돌파되었고, 곧이어 처참할 수밖에 없는 시가전이 전개되었다.

지독한 공습과 포격으로 남아 있는 건물조차 별로 없는 폐허 위에서 살아남은 시민군은 말 그대로 결사적으로 저항했다. 몇 대의 대전차포와 30여 대의 살아남은 전차들로 시작한 전투는 곧 화염병과 수류탄으로 바뀌어갔고 맨몸으로 전차를 향해 달려들던 시민군은 전차의 기관총 사격에 수십 명씩 사지가 찢겨져나갔다. 그러나 그에 비례해 독일군의 피해도 기하급수적으로 늘어나 곳곳에서 발목이 잡혔다. 시내로 진입하는 도로는 전차의 포격에 터져나간 건물과 난무하는 기관총탄, 걷잡을 수 없이 번지는 화염과 연기, 그리고 산처럼 쌓인 시민군의 시체로 참혹한 지옥도를 만들어내고 있었다.

5시간에 걸친 자살 공격에 가까운 시민군의 저항을 뚫고 프리츠비트의 예비사단이 도시 중앙의 잠비코 광장으로 진입하면서 전투는 끝을 보이기 시작했다. 전세가 턱없이 기울어지자 민간인의 너무 심한 피해를 우려한 기에렉이 시민군과 민간인들의 항복을 권유한 뒤 눈물을 머금고 남쪽 산악 지대로 후퇴를 단행하고 만 것이었다. 그러나 기에렉은 다음 날부터 폴란드의 독립이 이루어지는 날까지 단 하루도 빼지 않고 피눈물을 흘려야 했다. 폴란드 무장병력이 남쪽으로 후퇴하자 프리츠비트 소장은 일부 병력을 차출해 추격을 명령한 뒤, 점령지 사람들이 아예 저항할 생각 자체를 품지 못하게 하라는 히틀러의 명령대로 바르샤바 시내의 민간인을 포함한 모든 도시 구성원을 학살하라는 명령을 내린 것이었다.

저녁이 되자 인구 120만의 대도시 바르샤바에는 풀 한 포기 남아 있지 않았다. 왕궁과 동상들은 흔적조차 찾기 힘들었고, 도시 곳곳에서 피어오르는 검은 연기와 사방에 쌓여 있는 시체들만이 을씨년스런 겨울을 알리고 있었다.

제2차 세계대전 최악의 학살이 일어난 피의 화요일은 시체 타는 연기와 함께 그렇게 참혹한 전쟁의 뒷모습을 내보였다.


**1942년 3월 19일 06:10 영국, 두버 서쪽 120킬로미터 해안**

칼레에서 출격한 500여 기의 독일 폭격기가 도버를 맹폭하면서 독일의 두 번째 영국 상륙작전이 시작되었다. 영국군의 격렬한 저항이 예상되기는 했지만 칼레에서 가장 가까운 도버는 짧은 수송 거리와 신속한 공군의 대응, 손쉬운 해역차단 등 독일이 상륙을 감행하기에 최적의 조건을 갖추고 있었다. 하지만 영국군은 남해안 전체에 100여 개 정예사단을 배치했다. 대부분의 야포가 독일군의 공습에 날아가버리긴 했어도 여전히 만만치 않은 전력을 보유한 강력한 부대였다. 특히, 독일의 상륙이 유력한 도버에는 자그마치 40개 사단을 집중 배치하고 있었다. 그리고 그 대부분은 벙커와 참호 속에 틀어박혀 독일군의 엄청난 함포 공격을 묵묵히 참아내며 독일군의 상륙을 기다리고 있었다.

마침내 태양이 떠오르자 전날 밤 애쉬포드에 낙하한 5개 공수여단의 해안 후방교란을 신호탄으로 수백 척의 독일군 상륙정이 도버의 해안으로 접근하면서 쌍방간 유럽전선 최악의 전투가 될 도버 난전이 시작되었다.

집중적인 함포사격이 지속되었음에도 불구하고 해안의 75밀리 야포대와 벙커는 견고한 모습을 그대로 유지했다. 필연적으로 독일 상륙부대는 해안에 상륙함과 동시에 해안에 고착되며 전사자를 양산할 수밖에 없었다. 그러나 시간이 갈수록 세 군데 지역에 상륙 병력을 집중한 독일 상륙부대의 숫자는 늘어만 갔다. 해안 포대와 벙커가 하나 둘씩 검은 연기를 피워 올리기 시작하고 대형 상륙정들이 접안하면서 수십 대의 전차와 장갑차량들을 신속하게 해안에 토해냈다.

독일군에게 전사자만 5만이 넘는 엄청난 피해를 입히기는 했으나 서너 군데 해안의 1차 방어선 참호가 돌파당하면서 전세는 기울어버렸다. 일단 방어선의 유지가 불가능해지자 영국군은 해안에서 40킬로미터 정도 떨어진 2차 방어선으로 후퇴, 전열을 정비하면서 애쉬포드에서 남하 중인 전차부대의 투입을 기다리기로 했다. 그러나 공군이 괴멸된 영국군의 전차부대 전진배치는 시간이 걸릴 수밖에 없었다.

영국군이 전열을 정비하는 사이 독일군의 교두보 확보 역시 예상보다 빠른 속도로 진전되었다. 영국군 전차가 2차 방어선 인근까지 진출했을 때에는 이미 독일군의 타이거 전차가 2차 방어선을 헤집고 있었다. 새로 투입된 전차는 영국의 신형 마틸다 전차였다. 타이거에 비해 상대적으로 성능상 손색이 조금 있다고는 하지만 마틸다도 나름 뛰어난 전차였다. 따라서 마틸다의 도움을 받게 된 2차 방어선은 빽빽하게 매설된 대전차 지뢰와 튼튼한 벙커들로 인해 쉽사리 돌파되지 않았다. 결국 전선 곳곳은 피탄되어 정지한 독일군 전차들로 가득 차기 시작했다.

독일 원정군 사령관 폰 룬슈테트는 전차의 손실이 점점 심해지고 날이 어두워지기 시작하자 일단 교두보 확보만으로 만족하고 첫날의 전투를 끝내기로 했다. 어차피 계속해서 상륙하고 있는 주력군의 부대배치는 하루 이틀에 끝날 일이 아니었고 오늘 밤에는 서쪽 해안으로 전진하면서 도버항을 접수, 교두보의 확대에 주력할 생각이었다.

독일과 영국 모두 100만 이상씩의 병력을 투입한 총력전의 첫날은 제공권을 장악한 독일의 그런대로 성공적인 상륙교두보 확보를 끝으로 저물어가고 있었다.


### 1942년 3월 25일 11:00 러시아, 모스크바

스탈린은 분노했다. 키르기스의 배신과 독립선언, 그리고 볼고그라드의 함락, 헝가리 저항군의 반란으로 얻었던 대독일전선의 여유를 한순간에 날려버린 최악의 소식을 들은 것이었다. 이제 원유수송의 요충인 사마라까지는 무인지경이었고, 자칫하면 우랄산맥 남쪽 시베리아 전선의 병력까지 고립될 위기에 빠져버렸다. 모스크바의 전선 상황실은 무거운 침묵과 함께 위기감마저 감돌았다.

스탈린이 침묵을 깨뜨렸다.

"밀어먹을 키르기스 놈들! 독립? 웃기는 소리! 두고 봐라! 코조프스키! 네놈은 필히 내 손으로 장례를 치러줄 것이다. 자! 동지들! 키르기스 공화국놈들은 나중에 손을 봐주도록 하고, 당장 터키군이 사마라로 북상하게 되면 시베리아전선의 병력이 고립되어버릴 수가 있소. 의견들을 개진해보시오."

군의 총수인 쥬코프 원수가 상기된 스탈린의 얼굴을 쳐다보며 천천히 이야기를 시작했다.

"서기장 동지, 터키군은 더 이상 북상하지 않을 것입니다. 지금도 보급선이 깁니다. 더구나 아직은 날이 춥습니다. 너무 걱정은 하지 마십시오. 하지만 보급로에 이상이 생긴 이상 시베리아전선의 아군 병력은 빠른 시일 내에 사마라나 오렌부르크로 이동해야 할 것입니다. 시베리아 공략은 뒤로 미루고 일단 키르기스군의 공백을 메워 볼고그라드의 터키군을 고착시켜야 할 것입니다. 시베리아 공격은 그 이후에나 생각함이 옳을 것 같습니다. 독일전선을 유지하면서 다른 2개의 전선에서 공세를 계속하는 것은 불가능합니다. 그리고 키르기스가 독립을 선언한 이상 볼고그라드의 중요성도 많이 떨어져버린 상태이니 터키군과 휴전을 모색해 보는 것도 좋을 듯합니다."

인상을 있는 대로 찡그린 채 쥬코프의 말을 듣고 있던 스탈린은 터키군과의 휴전대목에 이르자 과민 반응을 보이며 언성을 높였다.

"젠장! 또 영토를 내주고 휴전을 하자는 말이오? 지금 러시아의 영토가 얼마나 되는지 아시오? 지금 우리 영토는 과거 제정 러시아 시절의 반밖에 되지 않소! 그런데도 또 영토를 내주자는 이야기를 할 수 있소? 영토를 내주고 하는 휴전은 안 됩니다. 그 문제는 못 들은 것으로 하겠소."

스탈린이 강경한 자세로 휴전불가를 주장하자 쥬코프는 난처한 표정으로 바실리예프스키 원수를 돌아보았다. 도와달라는 의미였다.

바실리예프스키가 조심스럽게 입을 열었다.

"서기장 동지, 억울한 심정은 저희도 마찬가지입니다. 하지만 싸움에는 때가 있는 법입니다. 지금은 물러서야 할 때인 것 같습니다. 지금은 대 독일전선에 투입할 병력과 장비 수급도 벅찬 실정입니다. 정히 터키와의 직접 접촉이 싫으시면 대한제국에 선을 넣어 협상을 시도해보는 방법도 있습니다. 일단 소나기는 피하시는 것이 옳을 듯합니다."

스탈린은 신음 소리를 한 번 내더니 자리를 털고 일어났다.

"끄응…… 알겠소. 일단 시베리아전선의 병력을 사마라로 후퇴시키시오. 그리고 대한제국에 선을 넣어보시오."

스탈린의 승인이 떨어지자 장성들은 한숨 돌렸다는 표정이었지만 쥬코프의 안색은 그리 밝지 못했다. 독일전선의 유지도 힘에 부치는 판에 그것도 날이 풀리면서 얼어붙었던 땅이 녹아 도로란 도로는 모조리 진창이 되어버릴 터였다. 부대의 이동이 가장 힘든 절묘한 시점에 빠져나간 키르기스군의 공백은 너무도 컸다. 만일 터키군이 마음먹고 사마라를 친다면 수습이 불가능할 수도 있었다.

쥬코프는 착잡한 표정을 감추지 않은 채 외무부 장관 미하일로비치 몰로토프에게 말했다.

"장관, 이제는 그대가 힘을 써야 할 때인 것 같소. 그래도 대한제

바르샤바 39

국 외상과 제법 안면이 있는 당신이 움직이는 것이 가장 바람직할 것이오. 조심해서 다녀오시오."

"알겠소이다. 하지만 너무 큰 기대는 하지 마시오. 터키 정부에 바보들만 모여 있지 않고는 전황이 유리한 상태에서의 휴전을 쉽게 받아들이지는 않을 것이니 군은 최악의 상황에도 대비를 해야 할 것입니다."

쥬코프는 몰로토트의 마지막 말이 저주처럼 느껴져 상황실을 나서는 그의 등을 뚫어져라 노려보았다. 그러나 그건 엄연한 현실이었다. 지금부터 서둘러 움직여도 사마라로의 부대 전개는 한두 달 이내로 끝내기 어려웠다. 마음이 급해졌다.

**1942년 3월 29일 06:30 프랑스 중서부 투르**

분홍과 노란색의 깃발을 펄럭이는 1천여 대의 스페인군 전차와 80만의 대규모 병력이 루아르강을 가로지른 임시부교와 철교를 도하하면서 파리를 향한 길목인 오를레앙을 향해 진격하고 있었다. 지난 1936년의 내전에서 영국과 호주의 적극적인 지원을 받은 스페인 사회당과 노동자총동맹 연합정권의 아사냐 대통령은 독일의 군사원조를 얻어 반란을 일으킨 프랜시스 프랑코의 팔랑헤당을 성공적으로 진압해 순조롭게 국가 체계를 바로 잡고 있었다. 그러나 유럽의 전황이 독일에 유리하게 돌아가자 독일과 반목했던 스페인 정부는 상당한 위협을 느끼기 시작했다. 이어 독일의 전투력이 영국으로 집중되자 힘의 공백을 이용해 전황의 극적인 반전을 시도한 것이었다. 1차 세계대전에 참전하지 않음으로 해서 쌓아놓았던 부와 국력을 엉뚱한 내전으로 많이 까먹어버리기는 했지만 아직도 스페인의 무력은 프랑스를 웃돌고 있었다.

프랑스와 이탈리아 연합군이 오스트리아와의 전쟁을 차츰 유리하게 이끌어가고는 있었다. 그러나 독일군이 장악한 파리를 비롯한 북부 프랑스 지역의 수복을 위해 병력을 빼내는 것은 현실적으로 불가능했다. 또한 독일 역시 영국 상륙에 대부분의 전력을 투입한 입장이어서 북부프랑스는 그야말로 빈집에 가까웠다. 그 힘의 공백을 감지한 아사냐는 빈집털이로 영국에 상륙한 독일군의 보급로를 차단하고자 한 것이었다.

스페인의 뒤늦은 참전으로 배후를 위협받게 된 독일은 당황할 수밖에 없었고 히틀러는 베를린 인근에 남아 있던 예비사단을 모조리 긁어모아 파리로 이동시키기 시작했다. 독일의 입성 이후 재기에 전력을 기울이던 대도시 파리는 또다시 전화의 소용돌이에 휘말리고 유럽의 전황은 점점 더 혼미해졌다.

1) **JU88**　융커 JU88, 프로펠러 전투기에 버금가는 속도를 가진 제2차 세계대전 기간 중 생산된 독일의 최신예 폭격기. 4인승 폭격기/야간전투기, 최고속도 시속 512킬로미터, 항속거리 1,780킬로미터, 무장: 7.92밀리 기관총 4정, 폭장 폭탄 3톤 탑재.
다양한 범용성을 가진 기체로 전면 장갑을 강화하여 지상공격에도 투입이 가능했다. 지상, 해상 공격에 이용할 수 있도록 2발의 어뢰, 75밀리 야포, 88밀리 대공포까지 장착한 기체도 존재한다.

2) **원자력 잠수함 벌휴**　전장 170미터, 전폭 13미터, 만재배수량 20,000톤, 최고속도 수중 30노트, 항속거리 9년, 무장: 천무 20기, 전략핵 10기, 어뢰발사관 4문.

3) **천무-13**　공중폭발형 잠수함 발사탄도미사일 SLBM, 암모늄 질산염과 알루미늄 액체를 공기와 결합시켜 무산소 상태를 만드는 소형 탄두 6개가 공중폭발하면서 반경 약 5킬로미터 내를 초토화한다. 전장 9미터, 직경 2미터, 중량 20톤, 탄두 6개, 관성 천체 혼합 유도 방식, 사정거리 3,000킬로미터.

4) **민갑완**　초대 영국공사관을 지낸 민영돈의 장녀로, 영왕 이은과 동갑인 11세 때 약혼한다. 1907년 12월 이토오히로부미 伊藤博文에

의해 영왕 이은이 강제로 일본에 끌려가 나시모토노미야梨本宮의 딸 마사코方子와 정략결혼을 강요당하여 비妃로 맞게 되자 약혼신물을 강탈당하고 목숨의 위협을 느껴 상해로 망명한다. 상해임시정부의 도움을 받으며 숱한 고생을 한 후 귀국하지만 한국동란으로 인해 부산으로 피난, 동생과 단둘이 살다가 71세를 일기로 세상을 떠난다.

5) **개천開天-1 전술공격기**  고도 150킬로미터의 전리권電離圈 비행. 액체추진 로켓엔진장착. 단좌, 전장 15미터, 전폭 7미터, 전고 4미터, 중량 6톤, 최고속도 마하 7, 무장: 전략핵, 천무.

6) **바르샤바 봉기**  2차 세계대전 말, 5년에 걸쳐 바르샤바를 점령한 나치독일의 침탈에서 벗어나기 위해 1944년 8월 1일, 시민 민병대로 이루어진 폴란드 반군이 압도적으로 우세한 독일군을 상대로 두 달 가까운 치열한 공격을 감행한다. 바르샤바 시민들의 격렬한 저항에 놀란 독일군은 도시를 철저히 파괴하기에 이르렀고 대부분의 시민을 학살해버렸다. 1945년 폴란드 의용군과 소련군이 바르샤바를 탈환했을 때 바르샤바는 지도에만 있는 도시로 변해 있었다. 인구 120만의 대도시는 시가지의 85퍼센트가 사라졌고, 시민의 66퍼센트가 목숨을 잃었다.

원폭原爆

**1942년 4월 8일 11:00 서울 경복궁**

유상열은 당황스런 내용의 보고서 한 건 때문에 급히 민간인 두 사람을 불러들였다. 뉴질랜드와 뉴기니에서 무장 해제한 미군 포로 25만 명과 호주군 포로 6만의 처리에 부심하던 원정군 사령부가 이들을 제국의 최북단인 스타보노이 산맥 서쪽의 틴다와 동쪽 끝 추미칸으로 이동시켜 시베리아 삼림벌채용 인부, 인근 한솔 구리광산의 광부, 도로공사 및 철로공사 인부 등, 북부 미개발 산간지역의 개발 인력으로 투입해버린 것이었다. 미국과의 전쟁은 아직 끝나지 않았으니 미군포로의 활용은 문제될 것이 없었고 한 번쯤은 미국인들이 흑인노예의 입장이 되어보는 것도 괜찮을 것 같아 방치했으나 전쟁이 마무리되었다고 보아야 할 호주군 6만의 처리는 인권을 무시한 처사라는 비난을 듣게 될 것이 분명했다.

다행히 아직 언론에 알려지지는 않고 있었지만 혹시라도 발설이 되면 제국 정부는 상당히 난처한 입장에 빠지게 될 것이 분명했다. 하지만 군부의 입장은 단호했다. 아직 전쟁이 끝난 것은 아니며 무장 해제를 했다 하더라도 서호주로 이주시켜놓게 되면 분명히 제국에 반기를 들 것이고 곳곳에서 저항군으로 변신해 호주 정국에 혼란을 초래하게 될 것이 확실하다는 주장이었다. 사실 유상열도 그런 군부의 입장을 충분히 이해하고 있었다. 또한 결과 예측에 대해서도 인정하지만 전쟁이 끝난 마당에 노예 상태와 동일한 전쟁 포로 신분을 그대로 유지시키기에는 무리가 있어 보였다.

고민 끝에 결국 유상열은 포로 인부 시용의 최대 수혜자인 한솔 구리광산과 미림제지의 대표들을 불러들인 것이었다.

"두 분의 회사가 이들로 인해 얻는 이익이 얼마나 됩니까?"

유상열이 질문을 던지자 미림제지 사장 정세진이 정색을 하고 대답했다.

"저희는 일일이 수작업을 해야 하는 일이 많은 업종이어서 사실 이익이 상당히 많이 나고 있습니다. 해서 인부에게 지출되어야 할 임금의 절반인 월 2억 원 정도를 정부에 기부하고 있습니다. 절반은 종전 후에 이들이 돌아가고 나서 생길 공백을 위한 예비자금으로 적립하는 중입니다. 그리고 한솔 역시 월 5천만 원 정도를 기부하고 있습니다. 보조자금 역시 동일한 조건이구요."

"그럼 호주군 포로들이 주로 투입되어 있는 곳은 어디입니까?"

정세진이 말했다.

"저희 벌채 외부작업장에 대부분 투입되어 있습니다. 감시가 느슨한 편인데도 날씨가 춥고 주변이 워낙 외진 곳이라 탈주하는 자는 거의 없는 편입니다."

"그래요? 허면 일반 외국인노동자의 임금은 얼마나 주고 계십니까?"

"외국인 초보 벌채노무자에게는 보통 월 400원 정도를 주고 있습니다. 제국인 인력은 대략 1천백 원 선입니다."

"그렇다면 호주인들에 대해서는 다음 달부터 외국인노동자 임금의 절반에 준하는 200원씩의 임금을 그들 명의로 예치하도록 하세요. 그들에게도 알려주시고 1년 후부터는 원하는 사람에 한해서 그 돈을 가지고 서호주로 돌아가도 좋다고 하십시오. 호주와의 전쟁은 곧 끝날 것이지만 전쟁포로 반환 협상을 할 주체가 없어서 제국의 비용으로 돌려보낼 수는 없다고 하세요. 되겠지요?"

"물론입니다. 자세한 내용은 내무부 관리들과 상의하도록 하겠습니다. 인권탄압문제는 발생하지 않도록 노력하겠습니다. 걱정하지 마십시오."

"고맙습니다. 그럼 바쁘실 테니 이만 나가보도록 하세요."

"감사합니다. 각하."

정중히 고개를 숙인 두 사람이 집무실을 벗어나자 곧바로 위성통제실장 유재륜 소장과 정보 분석관 김재창 소령이 들어왔다. 저들이 집무실까지 들이닥칠 정도면 분명히 긴급하고 반갑지 않은 일일 것이었다.

유상열은 인상을 찌푸렸다.

"자네들 얼굴은 내 집무실에서 안 보았으면 했는데……. 허허.

좋은 소식은 아니겠지?"

유재륜이 말했다.

"죄송합니다, 각하. 좋지 않은 소식입니다."

유재륜이 급히 위성사진 몇 장을 그에게 내밀었다.

"이게 뭔가?"

"미국 노스캐롤라이나의 애팔래치아산맥 사진입니다. 오른쪽 사진이 어제 오후 3시이고 왼쪽 사진이 오늘 아침의 사진입니다. 지형이 일부 바뀐 것을 보실 수 있을 겁니다."

"그런데?"

"핵실험의 흔적입니다."

유상열은 자신의 귀를 의심했다. 수많은 핵물리학자를 제국으로 데려왔고 1차 세계대전 후 독일의 과학자들 역시 미국으로 넘어가지 않았다. 그런데도 미국이 독일보다 먼저 핵실험을 한 것이었다. 아마도 전황수습이 불가능해지자 전력으로 개발에 투자를 했을 것이었다.

"젠장! 확실한가?"

"그렇습니다. 최소한 2회 이상의 100킬로톤 급의 폭발이 있었습니다. 핵관련 시설은 윈스턴세일럼시 외곽에 있는 것으로 확인되었습니다. 그리고 오늘 아침 샬럿 공군기지로 3대의 대형 화물차량이 이동했습니다. 비전의 보고도 일치합니다. 미국의 핵무장에 대한 대비가 필요합니다."

"골치 아프군. 일단 알겠네. 우선 나성의 조현태 장군에게 연락해서 단 한 기의 미군 수송기도 제국 영역의 1천 킬로미터 이내로 접근하지 못하도록 방공망을 강화하도록 지시하게. 그리고 당장 남산 상황실에서 비상 국방회의를 소집하게. 어서 움직이게!"

유상열은 자신의 방심을 탓했다. 핵물리학이론도 발표되지 않았으니 개발시점 역시 아직 멀었다고 생각했던 것이었다. 그러나 제국 기술력의 영향을 받은 서구의 기술수준의 가속을 고려하지 않은 것이 문제였다.

그는 지체 없이 자리를 털고 일어서 내선전화기를 눌렀다.

"강 비서! 즉시 차를 준비하게. 남산으로 가겠네."

### 1942년 4월 9일 05:50 미국, 노스캐롤라이나주, 사우스포트 남서쪽 140킬로미터 해상

태평양 함대를 따라 노퍽 동북쪽 600킬로미터까지 진출해 있던 원자력잠수함 유령은 사령부의 전문을 받은 직후, 최고속도로 12시간을 남하해 노스캐롤라이나 해안 사우스포트 남서쪽 롱베이에 도착해 곧장 미사일 발사심도로 올라섰다. 그리고 동시에 보유 탄도미사일 천무-13 16발 전체의 발사를 준비하기 시작했다.

대한제국 군사령부는 우선 윈스턴세일럼의 핵 관련 시설과 샬럿 공군기지에 보유하고 있을지도 모르는 핵폭탄의 완벽한 제거를 위해 유령이 탑재하고 있는 천무를 사용, 관련 지역 전체를 완전히 초토화하기로 결정했다. 물론 과학자들을 포함한 많은 민간인이 사망할 것이고 인근 지역에는 필연적으로 심각한 방사능 유출이 생긴다고 보아야 했다. 어쩌면 아군의 폭격에 의해서가 아니라 방사능 피폭에 의해 더 많은 사람들이 죽어나갈지도 모를 일이었다. 그러나 적국의 민간인 보호를 위해 제국이 핵무기의 엄청난 위험을 감수할 이유는 어디에도 없었다. 그에 더하여 서구 열강의 핵무기 개발 지연을 위해서도 관련 과학자들과 시설은 하루빨리 사라져주어야 했다.

함장 김수호 대령의 목소리가 전에 없이 커져 있었다.

"작전 예정 시간보다 10분이나 늦어졌다. 서둘러라! 무장통제실! 보고하라!"

─최초로 발사될 4기가 30초 이내에 준비 완료됩니다. 바다갈매기가 유도하도록 능동 유도는 제거합니다.

"최초 4기와 다음 4기는 샬럿공군기지이고 나머지는 윈스턴세일럼이다. 무전실! 바다갈매기를 연결해라."

무전실 강 하사의 목소리가 내선확성기(인터폰스피커)에서 들려왔다.

─함장님! 바다갈매기-12 연결되었습니다. 말씀하십시오.

"여기는 유령이다. 바다갈매기 들리는가? 이상."

조기경보기 바다갈매기-12는 30분 전부터 윈스턴세일럼 남서쪽 200킬로미터 상공에서 유령의 연락을 기다리며 지루한 비행을 계속하고 있었다.

─여기! 김 대령님 오랜만입니다. 송용호입니다. 근 30분 동안 바람난 십대처럼 배회하고 있으려니 지루해서 죽기 일보 직전이었습니다. 준비는 되셨습니까? 이상.

"반갑네. 송 중령. 이제 막 준비가 끝났네. 자네는 하늘로 다니지만 나는 물고기가 되어놓아서 이런 긴급한 작전에는 시간을 맞추기가 좀처럼 힘들다네. 후후후. 이해를 하게. 이상."

─ 윈스턴세일럼에서 출발한 대형화물차량이 들어간 이후로 샬럿비행장을 출격한 대형 항공기는 아직 없습니다. 허니 이해는 못해도 용서는 해드리죠. 하하. 전부 16기라고 하셨죠? 안전회선으로 유도암호 입력 바랍니다. 이상.

"지금 입력했네. 10초 후부터 30초 간격으로 4기씩 발사하겠네. 준비하게. 이상."

─ 알겠습니다. 다음에 기회가 있으면 뵙지요. 이상.

"그렇게 하지. 핵폭발이 있을지도 모르니 자네도 자기폭풍에 대비해두는 것이 좋을 것이야. 이상."

─ 넵! 걱정 마십쇼. 신경 쓰고 있습니다. 지금도 최대고도를 유지하고 있고 유도 마치는 대로 잽싸게 도망가겠습니다. 이상.

"부탁하네. 수고하게. 이상. 교신 끝."

─ 넵! 교신 끝.

바다갈매기와의 교신을 마친 김수호는 곧바로 발사 통제장교를 돌아보며 나직이 명령했다.

"초읽기 시작하게."

─ 네, 함장님. 초읽기 시작합니다. 10, 9, 8, 7……3, 2, 1, 발사!

묵직한 진동이 한차례 함을 흔들고 나자 대서양의 탁한 수면을 뚫고 솟구친 4개의 짙은 회색 기둥이 오렌지색 섬광을 내뿜으며 낮은 구름이 깔린 새벽하늘을 일직선으로 가로질렀다.

**1942년 4월 9일 06:05 윈스턴세일럼시 북서쪽 60킬로미터**

핵물리학자로서 맨해튼 프로젝트에 참여한 스펜서 박사는 평소와 다름없이 새벽 조깅을 위해 연구소의 현관을 나서고 있었다. 어둠이 채 가시지 않은 4월의 새벽 공기는 아직 차가웠으나 한겨울에도 새벽 조깅을 해온 그에게는 도리어 싱그러움으로 다가섰다.

스펜서가 연구소 현관을 돌아 해발 4천2백 미터 캔네트산 정상의 만년설이 한눈에 보이는 좁은 산길로 올라서자 남쪽 하늘에서 흐릿한 빛이 느껴졌다. 스펜서는 달리기를 멈췄다.

'응? 저건 뭐지?'

은은한 폭음이 느껴졌으나 특별한 이상은 없는 것 같았다. 의아함에 하늘을 한 바퀴 휘둘러보던 스펜서는 흠칫 놀라 시선을 고정했다. 연구소 상공으로 내리꽂히는 오렌지색 섬광이 눈에 들어온 것이었다.

'젠장! 대한제국군의 폭격인가? 극비에다 위장까지 철저히 했다고 들었는데…… 어떻게 알았지? 어쨌거나 일단 피할 곳을 찾아야겠군. 오늘 조깅은 틀렸네.'

그러나 그가 연구소로 발길을 돌리기도 전에 엄청난 굉음과 충격파가 몰아닥쳤다. 허공에 붕 떴다가 떨어진 그는 다시는 일어서지 못했다. 엄청난 충격파로 인해 고막이 터져나간 것이었다. 당연히 아무것도 들리지 않았다. 지난여름 뉴욕에서 본 흑백 영화의 한 장면을 보는 듯했다. 연구소 건물과 주변의 숲이 끝을 알 수 없는 화염에 휩싸였고 곧장 숨이 가빠오기 시작했다. 저절로 눈이 감겨졌다.

윈스턴세일럼의 연구소와 샬럿 공군기지에 떨어진 16기의 탄도미사일 천무는 반경 수십 킬로미터를 깨끗하게 집어삼켜버렸다. 그러나 진짜 문제는 연구소와 기지에 보관하던 대량의 불안정한 우라늄들이었다. 우라늄들은 반경 150킬로미터에 걸친 엄청난 방사능 유출을 일으켰고 인근 지역에 거주하던 십만 이상의 민간인을 낙진의 희생자로 만드는 최악의 결과를 가져오고 말았다. 그러나 대한제국의 미사일 공격으로 시작된 이 대규모 방사능 유출 사건은 미국 정부의 무지와 정보력 부재로 인해 프로젝트 진행 과정에서 일어난 자체 폭발사고로 오인되어버렸다. 결국 미국 정부는 필사적으로 사건을 은폐했고 제국 역시 폭격 사실을 공개하지 않음으로써 진실은 영원히 묻혀버리고 말았다.

**1942년 4월 10일 11:00 영국, 런던 남쪽 80킬로미터 크로우리**

새벽부터 200여 기의 JU88을 동원한 독일 공군은 런던을 향한 마지막 관문인 크로우리의 영국군 참호진지에 전에 없는 맹렬한 폭격을 감행했다. 히틀러는 스페인군과의 전면적인 교전이 일어나기 전에 런던을 함락하기를 원했다. 이에 따라 원정군 사령관 폰 로슈테트는 20개 사단의 기동부대를 편성해서 영국군의 주력부대가 위치한 런던 남동쪽 메이드스톤을 크게 우회하여 런던 남쪽 크로우리 방어선을 공략하기 시작했다.

영국군 3군단 병력의 치열한 저항을 뚫고 독일군 14사단의 전차가 크로우리 남쪽의 리이트산 사면의 125밀리 야포진지까지 도달하자 영국군 3군단 야포부대의 결사적인 조준사격이 쏟아지기 시작했다. 그러나 서로의 부대 위치가 완전히 노출된 상태의 전투에서 포대가 전차를 제압하는 것은 불가능했다. 피탄된 20여 대의 타이거가 기동을 정지했지만 영국군 포대는 순식간에 침묵해버렸다. 이미 전선에 투입된 영국군 보병 2개 사단이 괴멸되어 사라졌고, 리이트 고지에 인접한 다른 고지는 모조리 독일군의 손에 들어가 버린 최악의 상황이었다. 영국군 3군단은 전선이 돌파되기가 무섭게 리이트산 인근의 영국군 보병과 야포부대에 눈물을 머금고 퇴각명령을 내렸다.

그로우리 전선이 완전히 붕괴됨에 따라 메이드스톤의 영국 주력 부대도 군사관련 시설의 파괴와 소각을 단행, 다티포드로 후퇴를 시작했다. 이제는 런던이 야포의 직접 사거리 안으로 들어가버렸고 후퇴하는 영국군의 머리 위에는 헤아릴 수 없이 많은 독일 급강하폭격기들이 내리꽂히고 있었다.

하지만 다트포드와 레이게이트의 야산들을 마지막 방어선으로 전선을 정비한 영국의 저항은 무서울 정도로 치열했다. 그리고 공세를 지속하는 독일군의 피해도 상상을 불허할 만큼 눈덩이처럼 불어나고 있었다. 양군 모두 불과 이틀 만에 20개 사단 이상의 병력이 소진되어버린 것, 문제는 영국이 본토의 북부에서 계속해서 병력의 충원을 시도할 수 있는데 반해 독일군은 스페인의 참전으로 인해 본토 지상군의 충원이 거의 불가능하다는 것이었다.

독일군 사령관 폰 로슈테트는 더 이상의 무리한 공세는 중단하기로 결정했다. 충원이 불투명한 상황에서 대규모 병력의 소진이 예상되는 무리한 공세를 지속할 필요는 없었다. 자존심 상하기는 하지만 괴링이란 놈에게 도움을 청하는 것이 차라리 나을 터였다. 공군을 지속적으로 동원해 런던의 보급로를 차단하면서 부대의 모든 야포들을 동원해 런던을 고사시켜버릴 생각이었다.

두 번째 런던 함락이 눈앞으로 다가왔다.

### 1942년 4월 12일 03:10 영국 메이드스톤 동쪽 40킬로미터
### 독일군 점령지

밀튼 중위는 제2차 세계대전이 발발한 1939년 소위로 임관해 1940년 초에 영국 육군정보국으로 스카우트된 엘리트 장교 중의 한 사람이었다. 독일의 런던 공습으로 인해 부모님과 가족을 모두 잃어버리고 혈혈단신이 된 그는 독일군의 본토상륙이 시작되자 단 10명의 병력만으로 헤이스팅스항 접안시설 파괴를 완벽하게 성공시키는 등 독일군의 후방을 마음껏 휘젓고 있었다. 자신을 기다리는 가족이 없다는 사실은 그를 홀가분하게 해주었고 독일에 대한 복수심은 날이 갈수록 커져만 가서 정보국의 위험한 임무란 임무는 모조리 도맡다시피 하고 있었다.

하지만 밀튼의 마지막 작전이 될 오늘의 임무는 그 격이 틀렸다. 평범한 늙은 농부로 변장한 밀튼의 등에 매어져 있는 작은 배낭에는 능히 수만을 죽일 수 있는 VX가스 1.5킬로그램이 세 개의 깡통에 나누어져 있었다. 자신도 수만의 독일군과 함께 죽을 것이었다. 밀튼은 명령을 내리던 처칠의 눈물을 잊을 수 없었다. 굳이 애국이

나 나라사랑을 들추어내지 않더라도 처칠의 눈물 하나로 그의 목숨은 처칠의 것이었고, 독일군과 함께 죽어달라는 명령이었지만 흔쾌히, 정말 즐거운 마음으로 받아들였다. 그리고 지금 두 명의 지원자와 함께 독일군의 주력부대가 위치한 메이드스톤에 도착해 있는 것이었다.

밀튼이 다른 두 사람에게 손을 내밀며 말했다.

"마침 북서풍이 강하다. 지금이 가장 좋을 때다. 넌 동쪽의 독일군 사령부 쪽으로 이동해라. 그리고 너는 애쉬포드 보급부대로 가라. 잘들 가라. 지옥에서 보자."

악수를 나눈 두 사람이 어둠 속으로 사라지자 밀튼은 독일군 제3 전차군단 숙영지를 향해 유령처럼 움직이기 시작했다.

낮은 수풀을 헤치고 독일군 숙영지에서 500미터 정도의 거리까지 다가서자 독일군 초병들의 움직임이 간간이 눈에 띄었다. 더 이상 무리한 접근을 시도할 필요는 없었다. 드디어 부모님과 아내의 복수를 할 때가 온 것이었다. 밀튼은 배낭을 풀어내 깡통 세 개를 앞에 놓고 방독면을 썼다.

어차피 피부로도 흡수되는 가스여서 그저 시간만 조금 벌어줄 뿐이었다. 그러나 그 5분의 시간이면 충분했다.

뚜껑을 따내자 하얀색 죽음의 가루가 폭발적으로 솟구치기 시작했다. 순찰하던 초병들을 향해 하나를 던진 밀튼은 곧바로 나머지 두 개의 뚜껑도 열어 가스가 솟구치는 가스통을 마구잡이로 휘저으며 독일군 군단 숙영지를 향해 달리기 시작했다. 놀란 독일군 초병들이 밀튼을 향해 사격을 시작했다. 순식간에 20여 발의 총탄을 맞은 밀튼의 달리기는 몇 십 미터를 주파하지 못하고 끝날 수밖에 없었다. 그러나 확인사살을 위해 밀튼에게 접근하던 독일군 초병들이 하나둘 쓰러지기 시작하면서 15만이 주둔하는 독일군의 숙영지는 천천히 생지옥으로 변해갔다. 눈과 호흡기 등은 물론이고 피부를 통해서도 감염되는 중추신경 마비가스인 VX가스 1.5킬로그램은 때마침 불어오는 강풍을 타고 독일군 주둔지를 향해 무서운 속도로 확산되기 시작했다.

무려 18만의 독일군 전사자와 15만 이상의 민간인 희생자를 발생시킨 VX가스는 겨울이 되어 온도가 영하로 떨어지고 나서야 비로소 그 효과가 사라질 것이었다.

메이드스톤과 도버, 애쉬포드는 순식간에 사람이 접근할 수 없는 사지死地로 바뀌어버렸다. 독일은 주보급로인 도버항을 사용할 수 없게 되었음은 물론이고 도버해협 건너편의 칼레 공군기지에까지 날아온 VX가스로 인해 엄청난 숫자의 사망자가 발생했다. 결국 영국에 상륙했던 독일 원정군은 회복이 불가능한 치명적인 타격을 입었고 보급로마저 불안해지자 전격적인 철수를 검토하기 시작했다.

### 1942년 4월 12일 07:10 서울 남산 위성정보 통제실

430명에 달하는 남산 위성정보 통제실 요원들은 평소와 다름없이 전황점검에 여념이 없었다. 다들 23개의 위성과 전선 상공에 떠 있는 바다갈매기에서 보내오는 엄청난 분량의 정보 분석 및 정리에 눈코 뜰 새 없이 바쁜 모습이었다. 평소와 다른 점이라면 상황실 한쪽에 설치된 전면유리로 둘러싸인 회의실 안에 수상과 군 수뇌부 전원이 모여 있다는 것뿐이었다. 김재창 소령이 유럽의 위성사진 판독 결과를 가지고 회의실 안으로 들어서자 일순 20여 명의 눈길이 그에게 집중되었다.

"각하, 또다시 좋지 않은 소식입니다. 영국이 독일군에게 화학무기를 사용한 것 같습니다. 위성사진 판독 결과 민간인 포함 최소한 20만 이상이 사망할 것으로 보입니다. 화학무기의 종류는 아직 파악하지 못했습니다."

유상열은 한숨을 내쉬었다.

"휴…… 아직 미국의 핵문제도 확실히 매듭짓지 못했는데 이제는 화학무기까지 등장인가? 정신 사납군. 20만 이상 사망이라면 엄청난 분량의 대량살포라는 이야기인데. 영국이 정말 급하기는 했던 모양일세. 그런데 어떻게 운반했지?"

유상열이 혼잣말처럼 중얼거리자 유재륜이 말했다.

"아마도 자살특공대 형태였을 겁니다. 아직 포탄이나 미사일 형태의 운반체 개발은 불가능하고 해독제도 거의 없는 상태이니 그것 아니면 방법이 없었을 겁니다."

"그렇겠구먼. 그나저나 독일의 반응이 궁금하군. 유대인 학살하면서 화학무기 연구는 확실하게 해놓았을 텐데……. 이거 완전히 이전투구泥田鬪狗가 되어버릴 모양이로군. 휴…… 어쨌거나 우린 우리 일을 정리해보도록 합시다."

유상열이 주의를 환기시키자 자유롭게 앉아 이야기를 하던 장성들도 자세를 바로잡았다.

"우선, 한 실장. 비전의 전황분석 결과를 보고해주세요."

40대 중반으로 보이는 사복 차림의 남자가 자리에서 일어나며 손바닥만한 원조기遠調機(원격조정기-리모트컨트롤)를 누르자 회의실 좌측으로 대형화면이 내려오며 세계지도를 겸한 상황판이 나타났다.

"제국이 직접 관계되어 있는 지역부터 말씀드리겠습니다. 우선 나성입니다. 미국의 핵 관련 시설은 완벽히 파괴되었으나 폭탄 한 기가 동부 지역의 항구인 노퍽으로 빠져나간 것으로 보입니다. 비전인력을 총동원해서 위치를 파악하고 있으니 곧 확인이 될 것입니다. 확인되는 대로 비전 특수부대가 투입될 예정입니다. 그리고 멕시코 전선의 병력과 70~80개 예비사단이 세인트루이스로 이동 중입니다. 멕시코군이 추격하면서 피해를 입히고는 있으나 60만 정도는 빠져나올 것으로 보입니다. 따라서 세인트루이스에 집결할 미군은 최하 120만은 되어 보입니다. 육군항공대도 제법 남아 있어서 F-80 30기와 퍼싱 전차 600대, 셔먼 300대 정도가 관측되었습니다. 이미 300만 이상의 병력이 소진된 미국이므로 이 병력이 마지막 병력으로 판단됩니다. 더 이상의 병력 동원은 불가능할 것으로 보입니다. 실제로 동부 지역 대도시에서 성인 남성을 찾아보는 것이 힘들 정도로 성인 남성의 비율이 턱없이 줄어들었습니다."

한 실장이 잠시 말을 끊자 조용히 앉아 있던 박정수 대장이 질문을 던졌다.

"그럼 북부군 예하부대가 이동한 동부 해안 상륙부대는 저항을 거의 받지 않는다고 보아도 되겠소?"

"박 대장님 예하병력이 걱정되시는 모양이군요. 후후. 그렇습니다. 하지만 비전이 핵폭탄의 위치 파악과 해체를 끝내고 나서 상륙하는 것이 안전할 겁니다. 이번주 내에 해체를 마칠 예정이니 상륙 시점까지 시간 여유는 충분합니다."

"다행이로군. 깔끔하게 처리해주시오."

"최선을 다하겠습니다. 다음은 호주와 아시아 지역입니다. 피지에 상륙했던 미군 5,120명은 무장 해제 직후 곧장 팔라완 수은광산으로 투입되었습니다. 따라서 태평양에는 더 이상 제국에 저항하는 병력이 남아 있지 않습니다. 또한 동호주는 제국의 군정이 순조롭게 자리를 잡아가고 있습니다. 3년 정도 군정을 실시하면서 제국인의 이민을 충분히 늘리면 제국령의 독립국가로 만드는 데 차질은 없을 것으로 예상됩니다. 서호주는 동호주의 백인들이 소개되면서 인구 폭증으로 인해 혼란스럽기는 합니다만 보르네오군이 맡고 있는 치안 확보에는 특별한 문제가 없어 보입니다. 향후 보르네오인의 이주가 늘어날 것으로 보여 백인정부를 구성해줄 필요는 없을 것 같습니다. 뉴질랜드는 무사히 마오리인의 정권장악이 마무리되었습니다. 특별한 문제점은 보이지 않습니다. 남태평양의 섬들은 6월경부터 주민투표를 통해 제국령 편입을 유도하기로 했습니다. 하지만 대부분의 주민들이 긍정적이어서 문제는 없을 것 같습니다. 중화민국과 천화공국의 싸움은 봄이 되면서 다시 확전의 조짐을 보이고 있습니다. 당장은 천화공국이 전체적으로 너무 불리한 것 같아 은밀히 무기를 지원하고 있는 실정으로 당분간 종전은 어려울 것으로 판단됩니다. 제국이 직접 관련된 지역은 여기까지입니다."

"계속하게."

"유럽전선은 변수가 너무 많습니다. 일단 독일의 영국 상륙부대는 조속한 철수를 검토할 것으로 보입니다. 그러나 히틀러의 성정性情을 고려하면 보복 공격과 런던 초토화로 확대될 가능성이 높습니다. 조금 더 지켜보아야 정확한 진전 상황을 파악할 수 있으리라고 판단됩니다. 그리고 독일군과 스페인군의 교전은 다음주가 되어야 시작될 것으로 보입니다. 지상군 전력은 스페인이 우위라고 보아야 하나 공군의 열세가 심각해서 대등한 전투가 될 것입니다."

말을 잠시 끊은 한 실장은 목을 몇 번 가다듬은 다음 말을 이었다.

"러시아는 예상대로 우리 공관을 통해 터키와의 휴전을 제의해 왔습니다. 오늘 방향을 결정해야 합니다. 독일과 러시아 전선은 헝가리 사태로 인해 소강상태에 머물고 있습니다. 러시아도 터키 문제로 인해 전력을 더 투입할 형편이 못 되어서 여름까지는 고착된 상태를 유지할 것으로 보입니다. 시베리아 공화국에 투입되었던 러시아군 병력은 사마라로 철수를 시작한 상태여서 더 이상 시베리아에 위협이 되지는 못할 것입니다. 이제는 러시아 동부전선을 정리해서 러시아를 독일의 견제세력으로 살려두는 것이 바람직할 것으로 판단합니다. 다음은 오스트리아 서부전선입니다. 프랑스와 이탈리아의 공격이 점차 강화되면서 오스트리아가 밀리고 있는 실정입니다. 오스트리아 해군은 완전히 괴멸된 상태이고 터키와의 교전에서 지상군의 상당수를 잃어버려 어려운 싸움을 계속하고 있습니다. 조만간 휴전 협상에 들어갈 것으로 보입니다. 이상입니다."

비전 한 실장의 긴 설명이 끝나자 유상열이 입을 열었다.

"수고했네. 그런데 독일과 영국의 핵무기나 화학무기 개발현황은 어느 정도인가?"

"일단 맨해튼 프로젝트의 소멸로 앞으로 약 5년간은 영국과 미국은 핵무기를 가질 수 없을 것입니다. 그러나 독일은 핵무기 개발을 마친 것으로 보입니다. 북해 페로스 제도의 작은 섬에서 핵실험 준비를 시작한 것 같다는 보고가 있었습니다. 이 부분에 대해서도 방침을 결정해야 합니다."

"알겠네. 그럼, 나성의 미군 병력 처리에 대한 것은 나성에 가 있는 조현태 장군에게 맡기고 오늘은 러시아의 휴전 제안에 대한 각 군의 이견을 듣겠습니다. 말씀들 하세요."

3군 사령관 최승도 대장이 가볍게 손을 들어올렸다.

"말씀하세요."

"네, 각하. 사실 군사적인 입장에서만 보면 사마라의 러시아군은 괴멸시켜야 합니다. 언제든 터키와 시베리아를 공격할 수 있는 병력입니다. 하지만 터키와 독일에 대한 견제 세력이 없는 것도 문제가 될 수 있으니 키르기스의 완전 독립을 인정하고 볼고그라드를 터키에 넘겨주는 선에서 휴전을 성립시키는 것이 바람직하다고 판단됩니다. 물론 시베리아 공화국에 약간의 배상금을 지불하는 것을 포함해서요."

"나도 그 정도가 바람직하다고 생각합니다. 다른 분들의 의견은요?"

유상열이 긍정적인 의견을 피력하고 나서 주변 참석자들을 얼굴을 하나하나 뜯어보았으나 특별한 이견은 없는 것 같았다.

"그럼 결정된 겁니다. 외무부 장관께서는 비전과 협조해서 터키, 키르기스, 시베리아 공화국 사람들을 만나보고 협상을 주관하도록 하세요. 다음, 독일의 핵무기 개발 건을 생각해봅시다."

유재륜이 흑차를 마시다 말고 입을 열었다.

"각하. 독일이 개발을 끝낸 것에 대해 제국이 개입을 할 수는 없는 일입니다. 다만 전후에 무력을 가진 핵무기 개발 감시기구를 만들어 독일 이외의 국가가 보유하는 것을 근본적으로 차단하는 선으로 가닥을 잡아가는 것이 좋을 듯싶습니다. 어차피 지난 회의 때 거론된 국제평화유지기구 창설과 맥을 같이하면 될 것으로 보입니다. 그리고 종전 이전에는 러시아와 영국, 미국 등 가능성이 있는 국가들에 대한 감시를 강화해서 조짐이 보이면 곧바로 관련 지역을 폭격해서 싹을 잘라놓는 것도 필요할 것 같습니다."

박정수와 한 실장이 슬쩍 동의를 표명했다.

"하긴 지금부터 찍어 눌러놓아야 최소한 개발 시점이 늦어지기라도 하겠지요. 미국의 예를 보아서도 방치하는 것은 곤란할 것 같습니다. 그렇게 하시지요, 각하."

"좋소이다. 그렇게 하십시다. 비전은 각국의 핵 관련 과학자들의 감시를 강화하세요. 인력을 대대적으로 충원해도 좋습니다. 아참! 이인혁 과기부장관, 지난번 이야기하던 우주개발국 창설 건은 어찌 되어 가고 있습니까?"

유상열이 고개를 돌리자 줄곧 듣기만 하고 있던 이인혁이 자리를 털고 일어났다.

"지난번에 보고 드렸듯이 지난 4월 8일에 달 탐사선 월광-1이

제작 완료 되었습니다. 관련 인력과 장비, 설비 등의 필요한 준비도 모두 끝마쳤고 우주개발국 창설식은 다음 주에 시행할 예정입니다. 그리고 월광-1 발사 시기는 다음달 23일입니다. 차질은 없습니다."

"그래요? 수고하셨습니다. 지금 당장 외부에 공개는 하지 않을 것이지만 향후 달 탐사는 대단히 큰 홍보 효과를 가지게 될 겁니다. 따라서 발사 장면과 달 표면 착륙 장면은 상세하게 촬영해놓았다가 필요한 시기에 발표를 하도록 하십시다. 물론 공개 시점에 발사하는 것으로 발표할 것이니 그것에 준해서 촬영을 해놓도록 하세요. 자, 나는 기자회견이 있어서 이만 일어나야겠습니다. 수고들 하세요. 이제는 전쟁을 정리해야 할 시기이니 신경을 많이들 쓰셔야 합니다. 의사 결정도 빨라야 하고요. 특별한 문제가 있으면 즉시 보고를 해주세요. 그럼 이만 마칩시다."

"네, 각하. 안녕히 가십시오."

유재륜이 거수경례를 하자 유상열은 가볍게 목례를 한 후 회의실을 빠져나갔다. 이제 전쟁은 마지막을 향해 치닫기 시작했으나 제국의 강력한 정보력으로도 유럽의 전황은 예측이 불가능했다. 유럽은 아직도 한 치 앞을 내다볼 수 없는 짙은 안개 속에 있었다.

**1942년 4월 16일 21:55 미국, 노퍽**

전기가 제대로 들어오지 않는 노퍽항은 지독하게 어두웠다. 기지의 야간보초 교대를 위해 노리스와 함께 후문 초소로 이동하던 톰슨 병장은 머리를 세차게 흔들어 몰려오는 잠을 몸 밖으로 밀어냈다. 다시 시간을 확인했다. 밤 9시 55분, 100미터 정도 떨어진 후문초소까지는 천천히 걸어도 2분이면 도착할 것이니 교대시간까지는 아직 여유가 있었다.

톰슨은 담배에 불을 붙이기 위해 바다가 내려다보이는 해변 절벽 위에 잠시 서서 성냥을 꺼내들었다. 바다에서 불어오는 강풍 때문에 성냥은 곧바로 꺼져버렸고 서너 개의 성냥을 버리고 나서야 간신히 담배에 불을 붙일 수 있었다. 대서양의 바닷바람은 아직도 매서웠다. 담배 한 모금을 깊이 빨아들이자 등어름이 서늘해졌다. 빨리 초소로 들어가 바닷바람을 피하는 것이 좋을 듯싶었다.

"젠장! 그놈의 이상한 박스가 들어온 이후에는 잠시도 쉴 틈이 없으니. 어휴! 빌어먹을! 그나저나 봄인데도 더럽게 춥네. 이봐, 노리스. 가자."

투덜거리며 초소로 이동하던 톰슨은 허리춤에 박히는 날카로운 통증에 푹 허리를 꺾었다. 몸이 허공에 뜬 느낌, 주변 흙더미가 잇달아 튀어 오르고 잘려나간 나뭇가지들이 강풍에 날아올랐다.

콰광!

타타탓!

순식간에 절벽에서 조금 떨어진 잡초더미 속으로 처박힌 톰슨은 일어서려고 기를 썼다. 그런데 어찌된 일인지 몸에 힘이 전혀 들어가지 않았다. 눈앞의 기지 후문초소는 눈부신 섬광과 함께 날아가 버렸다. 도움을 청하기 위해 노리스를 불러보았지만 그의 거구도 보이지 않았다. 잡초더미 한쪽에 낯익은 그의 소총과 팔 한 쪽이 보였다.

노퍽 해군기지 상공에 나타난 직승공격기는 모두 20기였다. 14기는 중무장한 '백호-13나'였고 나머지는 '백호-23사'였다. 대당 가격이 5천만 원을 호가하는 '백호-13사'는 레이더, 전산지도, 유도미사일, 심지어 전파방해 기능까지 갖춘 동시대 최강의 괴물이었다. 특히 3세대 직승기인 두 기종은 비교적 속도는 느리지만 지상 4~5미터의 낮은 고도에서도 60dB 이하의 소음으로 순항할 수 있어서 제국의 특수부대가 가장 선호하는 기종이었다.

백호-13이 발칸과 대지로켓탄으로 기지 곳곳을 초토화하는 동안 백호-23 직승기들이 기지본부 앞으로 검은 야행복 차림의 1개 중대 병력을 쏟아냈다. 대한제국 비전이 자랑하는 천마 특수부대가 투입된 것이었다.

전원 방탄복과 야시경을 착용한 대원들은 신속하게 기지 본부건물로 진입을 시작했다. 폭음 소리에 놀란 기지 내부의 미군 10여 명이 밖으로 달려 나왔으나 백호-23의 좌우에 거치된 기관총이 불을 뿜기가 무섭게 깨어진 유리조각과 함께 모조리 현관 안쪽으로 날아가버렸다.

부대장 오상철은 곧바로 내부진입을 명령했다.

"진입한다! 목표는 지하 3층 격납고에 있다. 앞으로!"

기지 본부건물 내부의 저항은 미미했다. 기껏해야 권총으로 무장한 장교들과 몇몇 초병들이 전부였다. 순식간에 저항하는 미군들을 사살한 대원들이 지하 3층으로 진입하자 안으로 잠겨진 대형 철문이 나타났다. 두 사람의 대원이 기다렸다는 듯이 철문으로 다가서 좌우 가장자리에 가변폭약을 붙이고 빠져나왔다. 곧바로 철문 전체가 격납고 안으로 굉음을 내면서 쓰러졌다. 내부에서 미군 몇 명이 사격을 가해왔으나 간단하게 정리했다. 살아남은 장교 2명은 두 손을 들어올렸다. 그러나 뒤따르던 천마대원의 기관총은 항복한 미군 2사람을 가차 없이 사살해버렸다.

신속히 격납고 내부를 돌아보던 대원 하나가 오상철에게 소리쳤다.

"오 중령님! 여기입니다. 해체에는 문제가 없을 것 같습니다!"

"해체해라! 격발뇌관과 플로토늄 봉만 빼내고 나머지는 폭파한다. 서둘러라!"

해체작업을 진행하는 동안 3~4명의 대원이 격납고 내부에 있는 서류뭉치들을 모조리 쓸어 담고 있었다. 해체를 시작한 지 2분 만에 요원들은 서류가방만한 상자 하나와 길이 50센티미터의 봉 2개를 꺼내 준비해온 상자에 고정하고 신속하게 밀봉했다.

"끝났습니다. 시한폭탄 설치합니다! 폭발 7분전!"

"좋아! 나머지는 이동한다! 돌아간다!"

기지 밖으로 나서자 매캐한 화약 냄새가 코를 찔렀다. 기지는 거의 초토화되었으나 아직도 미군막사 쪽에서 간간이 총탄이 날아왔다. 백호-13의 엄호를 받으며 백호-23이 기지 앞으로 다시 내려앉고 마지막에 기지를 벗어난 폭파반원들까지 탑승하자 곧 어두운 새벽하늘을 향해 빠른 속도로 날아올랐다. 동쪽으로 기수를 돌리는 직승기들의 검은 동체에 대형폭발의 화염이 은은하게 반사되고 있었다.

**1942년 4월 19일 18:10 독일, 베를린**

모든 전선의 야전군 사령관까지 모조리 베를린으로 호출한 히틀러는 불같은 분노를 쏟아냈다. 질 수 없는 싸움에서 패전해 수십만의 병력을 잃어버렸고 내부 반란에, 스페인의 프랑스 침공까지, 하나같이 히틀러의 심기를 건드리는 일만 발생하고 있었다. 히틀러의 끝없는 분노가 50여 명의 장성들이 앉아있는 강당에 폭발하고 있었다.

"어떻게 이런 일이 일어날 수 있단 말인가! 단 하루에 25개 사단이 전멸을 해? 거기다 스페인군 80만이 파리 코앞에 나타날 때까지 아무도 모르고 있었다? 이게 말이 되는가 말이다!"

잠시 심호흡을 하며 흥분을 가라앉힌 히틀러가 SS사령관을 호명했다.

"히믈러! 저들이 사용한 가스가 무엇인지 확인했나?"

"사린가스의 일종입니다. 그러나 효과는 두 배 이상 강력한 것입니다. 실험 중인 해독제는 있습니다만 아직 확실한 효능을 확인하지 못했고 분량이 너무 적어서 원정군 전체에 나누어 줄 수는 없습니다. 보복 공격을 원하신다면 영국의 맨체스터 남쪽 스톡포트 같은 군사 지역에 며칠 전 실험에 성공한 핵폭탄을 투하하시면 될 것입니다. 15킬로톤 정도의 위력이니 최소한 10만은 죽일 수 있고 후에 10만 이상이 방사능 피폭으로 사망할 것입니다."

독일은 북해의 섬에서 실시한 핵실험을 성공적으로 끝내 3개의 15킬로톤 급 원자폭탄을 보유하고 있는 셈이었다. 단지 무게가 5톤이나 나가다 보니 폭탄을 싣고 고공을 비행해 적진상공으로 이

원폭 67

동할 항공기가 마땅치 않았을 뿐이었다. 히틀러가 말했다.

"나는 최대한 빠른 시일 내에 영국놈들에게 복수하기를 원한다. 괴링! 지금 당장 5톤짜리 폭탄을 싣고 500킬로미터를 이동할 항공기를 준비할 수 있나?"

"네! 각하! 아직은 고공을 비행할 수송기가 없습니다만 방법을 찾을 수는 있을 겁니다. 하명만 하십시오."

"좋다! 지금 당장 핵폭탄 V-3의 사용을 허가한다. 사용 위치는 버밍햄이다!"

순식간에 핵폭탄의 민간인 지역 폭격이 결정되자 침묵을 지키던 롬멜이 소스라치듯 놀라며 입을 열었다.

"각하! 버밍햄은 인구 200만의 대도시입니다. 공장지대를 제외하면 실질적으로 군사시설도 전무한 곳입니다. 그런 곳에 대량살상무기를 사용하시다니요? 재고해주십시오. 전후에 돌아올 비난을 생각하면 다른 지역을 선정하셔야 한다고 생각합니다. 각하!"

롬멜의 목소리가 상상 외로 커지자 히틀러는 인상을 찌푸렸다.

"롬멜 원수! 나의 자랑스런 군대 20만이 총 한 방 쏘아보지 못하고 전멸했다. 생각 같아서는 런던에 떨어뜨리고 싶지만 아군 지역과 너무 가까워 쓰지 못하는 것뿐이다. 200만이 다 죽어준다면 더 좋겠지. 아군 사망자의 10배가 될 테니까 말이다. 더 이상 논란은 없다! 히믈러는 오늘 중으로 V-3를 준비해 괴링에게 넘겨주어라. 공군은 4월 안에 버밍햄에 V-3를 투하한다! 그리고 구데리안 상급대장을 서부군사령관에 임명한다. 아직 파리로 떠나지 못한 예비사단을 점검해 5월 초에는 파리에 집결할 수 있도록 하라! 이상이다!"

"각하!"

롬멜과 몇몇 장성들이 일제히 일어나며 강당을 떠나려 하는 히틀러를 불렀으나 히틀러는 뒤도 돌아보지 않고 나가버렸다.

롬멜은 제자리에 다시 주저앉으며 머리를 감싸 쥐었다. 바르샤바에 이어 벌써 두 번째 학살이었다. 전쟁이 끝나고 나서 감당해야 할 비난을 생각하니 벌써부터 머리가 지끈거리기 시작했다. 아무리 전쟁 중이라 해도 이건 아니었다. 독일이 아예 전세계를 지배하게 된다면 모를까 동양에는 끝모를 힘을 가진 대한제국이 건재했다. 당연히 대한제국, 터키 등 강국들의 만만치 않은 비난이 쏟아질 것이었다.

'젠장! 전쟁이 끝나고 정권이 바뀌면 여기 앉아 있는 군 장성들은 모조리 전범으로 몰릴지도 모르겠군.'

롬멜은 한숨을 몰아쉬며 구데리안 상급대장을 돌아보았다. 그런데 구데리안의 얼굴에는 뜻 모를 희미한 미소가 걸려 있었다.

**1942년 4월 25일 09:10 프랑스, 파리 남쪽 200킬로미터 오를레앙**

독일의 제11기갑군 선도 부대는 로일레강을 도하하는 스페인 5집단군을 향해 진격을 개시했다. 아직 구데리안 대장의 본대 병력이 도착하지는 않았지만 복잡한 파리 인근을 전장으로 삼고 싶지 않았던 11기갑군 군단장 폰 클라이스트는 12만의 보병과 3개 기갑사단만으로 로일레강의 스페인군을 기습적으로 영격迎擊한 것이었다.

최전방 수색부대의 독일군 접촉보고에 스페인군 사령관 로페즈 원수는 일순 당황했다. 아직도 4개 사단의 전차부대가 로일레강을 완전히 도하하지 못한데다 보병들은 참호진지 구축조차 되어 있지 않았다. 로페즈가 급히 도하를 완료한 3개 사단의 기갑부대를 전진배치하기 위해 기를 썼으나 독일의 11기갑군 선두부대는 이른 새벽부터 스페인군 진영으로 난입해 전선을 휘젓기 시작했다.

　로일레강 건너편의 125밀리 야포부대가 독일군의 후방을 향해 포문을 열고 스페인 군 전차와 대전차 돌격병단이 전선의 전방으로 나섰을 때는 이미 5만 이상의 병력이 고스란히 사라진 뒤였다.

　독일 전차에 휩쓸린 스페인 보병부대의 혼란은 극에 달해 있었다. 아군 전차와 포격에 의해 죽어가는 보병들까지 부지기수로 발생했으나 스페인군은 반격을 시작할 수밖에 없었다. 이대로 후퇴하는 것은 지금 도하 중인 다른 부대에까지 더 큰 피해를 확대시킬 것이 뻔했기 때문이었다.

　그래도 스페인군 전차들이 전선에 투입되자 부대는 차츰 안정을 되찾기 시작했다. 다행히 독일 예비사단의 전차들은 5호 판터 전차와 구형 4호 전차가 대부분이어서 영국제 마틸다 전차가 주력인 스페인 기계화사단은 확실히 대등한 전투를 벌일 수 있었다.

　보병을 포함한 10여 개 사단이 얽혀버린 로일레강의 전투는 날이 어두워지기 시작하자 충분한 성과를 거뒀다고 판단한 독일군이 후퇴를 단행하면서 끝이 났다.

　이날의 첫 전투로 독일군은 32대의 전차가 파괴되고 9천여 명의 사상자를 냈다. 하지만 스페인군은 8만의 사상자와 68대의 전차를 잃는 최악의 성적표를 받아들고 있었다. 스페인군 사령관 로페즈는 일단 파리 진격을 보류하고 부대를 재정비할 수밖에 없었다. 독일로서는 단 한 번의 기습으로 구데리안의 본군이 프랑스로 전개할 시간을 벌어들인 셈이었다.

### 1942년 4월 28일 19:00 서울, 남산 위성정보통제실

위성사진 수백 장을 전송받아 놓고 판독에 열을 올리던 김재창이 태평양 담당 판독관인 한소희 중위가 가져다준 커피를 받아들며 미소를 지었다.

"어! 고마워, 한 중위. 태평양 쪽에 별일 없으면 오늘은 나 좀 도와주지? 이쪽은 장난이 아니거든. 쩝."

"어머? 20대 꽃다운 아가씨를 처녀귀신 만들려고 하세요? 벌써 일곱 시인데 남자친구 만나러 가야죠."

"이거 왜 이래, 한 중위. 한 중위가 인공위성하고 결혼한 건 통제실 전체가 다 아는 사실인데 새삼스럽게 왜 이러시나. 응? 좀 봐줘. 나도 집에 좀 들어가자. 벌써 일주일째다 일주일."

한소희가 김재창 옆의 전산 단말기 앞에 앉으며 화사하게 웃었다.

"그런 악담을 하시면서 봐달라는 게 말이 되나요? 소령님? 호호. 어쨌든 좋아요. 하지만 또 밤샘은 절대 안 돼요. 아시겠어요?"

그녀가 김재창을 좋아하는 것은 통제실 직원 모두가 아는 사실이었지만 천성이 그런 쪽에 무감한 김재창만은 전혀 눈치채지 못하고 있는 것 같았다. 그가 눈치 없이 반색을 했다.

"역시! 고마워, 한 중위. 난 한 중위밖에 없어. 하하"

"말로만 그러지 말고 현금이나 뭐 그에 준한 것으로 보여 보세요. 전 눈에 보이는 것이 좋거든요? 호호. 사진 전송하세요."

"알았네! 알았어. 내 오늘 늦더라도 퇴근길에 근사한 한강변 찻집에서 한번 쏘지 뭐. 됐나?"

한 중위가 단말기 화면으로 눈을 돌리며 말했다.

"좋아요. 약속하신 겁니다."

그러나 시간이 흘러 그녀가 네 번째 사진 모음에 대한 소견 작성을 마치고 다섯 번째 사진 모음의 첫 장을 화면에 올린 순간, 오늘 한강변 찻집 건도 틀렸다는 생각이 그녀의 머리를 스쳤다.

'에잇! 오늘은 성공한 거였는데…… 할 수 없지 뭐. 에휴!'

"소령님! 이건 보셔야겠어요."

한 중위가 단말기 화면을 김재창 쪽으로 돌리자 그녀의 손가락이 지적한 부근의 화면을 들여다본 김재창의 얼굴이 급격히 굳어졌다.

"응? 이건?"

"맞아요. 핵폭발 같아요. 그것도 위치가 버밍햄이구요. 범위나 규모로 보아 10에서 20킬로톤 정도? 작긴 하지만 민간인 밀집 지역에 이 정도면 서울 전역에 진도 9짜리 지진이 일어난 것과 비슷한 수준의 재앙이 일어났을 거예요. 최소한 30~40만은 죽는다고 보아야 해요. 오늘 한강변에 나가긴 틀린 것 같네요."

"젠장! 히틀러가 이제는 미쳐가는 모양이군! 한 중위! 나머지 버밍햄 사진도 소견서 작성 좀 부탁해. 난 지금 당장 실장님을 뵈러 가야겠어. 젠장! 젠장!"

김재창이 투덜거리며 전화기를 집어들자 그녀의 미간에 짙은 골이 패였다.

'빌어먹을! 저 인간은 언제나 나한테 신경을 좀 쓰려나. 하여간 정말 둔탱이란 말이야.'

김재창이 전화를 끊고 허겁지겁 판독실을 나가며 말했다.

"한 중위. 내 오른쪽 서랍 좀 열어봐! 포장되어 있는 물건 있거든. 그거 한 중위 거야. 근사하게 전해주고 싶었는데 안 되겠네. 미안!"

김재창이 사라진 후 열어본 그의 서랍 속에는 조금은 투박한 포장지에 싸여 있는 상자 한 개가 들어 있었다. 그리고 상자를 개봉한 한소희의 얼굴이 눈에 띄게 환해졌다. 상자 속에서 목을 내민 것은 조그만 진주 열쇠고리가 달린 한솔전자의 최신형 이동 전화기였다.

독일의 핵사용 보고를 받은 제국 수뇌부의 반응은 여러 가지였다. 군부는 핵 확산에 대한 우려를 나타내는 쪽이었고 외교 관련부서는 독일의 약점이 하나 더 생겼다는 반응이었다. 그러나 최상층부를 제외하면 아직은 2세까지 영향을 미치는 핵의 무서움을 정확히 모르는 까닭인지 아주 심각한 반응은 보이지 않았다.

유상열은 보고를 받은 즉시 독일과 영국 대사관에 화학무기와 핵무기 사용에 대한 강력한 항의 서한과 함께 재발 방지 약속을 요구하도록 조치했으나 독일과 영국의 반응은 의외였다. 대한제국도 호주에 대량살상무기를 사용했으니 입장은 같다는 것이었다. 이들도 역시 방사능 낙진이나 유전적 백혈병의 발생까지는 모르고 있는 것일 터였다.

일반적으로 피폭된 방사선 양이 많을수록 2세의 백혈병 발생률이 높지만 아무리 적은 양에 피폭되더라도 잠재적 유전병 문제는 '0'이 되지 않는다. 결국 방사능 노출에는 허용량이란 없다는 뜻이었다. 그러나 1945년부터 1963년 사이에 미국과 소련은 대기권 안팎에서 무려 600메가톤의 핵실험을 강행함으로써 엄청난 양의 방사성 낙진을 전세계의 대기 속에 뿌려댔다. 이는 히로시마에 투하된 핵폭탄 3만 개에 해당하는 양이었고 대기의 방사성 탄소 비율을 두 배 이상으로 만들어 유전 백혈병 발생률을 수십 배 증가시켜 버렸다. 그리고 그 범죄에 대한 책임을 지지도 않았다.

 전개될 상황을 뻔히 알고 있는 이상 이대로 방치할 수는 없는 일이었다. 유상열은 향후 지속적인 핵실험과 과도한 핵무기 확산을 막는 명분으로 사용하기로 결정하고, 핵실험에 관련된 통계 자료를 편집해 10배 정도 과장된 예측 보고서를 만들어 공개하도록 지시했다. 동시에 향후 핵실험을 강행하는 국가에 대해서는 대한제국의 잠재적 적국으로 지정하고 핵 관련 시설을 무차별 공격하겠다는 제국의 공식입장도 발표하도록 했다. 이것으로 독일 정부의 입장을 조금은 난처하게 할 것이고 러시아와 미국이 핵 보유국이 되는 것도 당분간 차단할 수 있으리라는 판단이었다. 어차피 독일이 핵무기를 사용했기 때문에 핵무기의 존재에 대해서는 전세계가 알게 된 것이나 마찬가지였고, 제국이 강경책을 쓴다고 해도 강국들의 개발 시도는 끊이지 않을 터였다. 다만 그 시기가 늦어지길 바랄 뿐이었다.

1) **맨해튼 프로젝트**   미국의 핵폭탄 개발 프로젝트. 영국의 '모드위원회'에서 시작된 핵폭탄 개발은 독일의 폭격으로 인한 위험이 대두되자 진주만 공격 이후 핵폭탄 개발에 착수한 미국과 공동으로 연구에 들어가 1942년 오펜하이머를 책임자로 아인슈타인, 유진 위그너, 닐스 보어, 엔리코 페르미, 리처드 파인만 등 핵물리학자의 대부분을 로스앨러모스에 집결시켜 맨해튼 프로젝트라는 이름으로 계획, 설계, 조립을 실행한다. 1945년 7월 16일, 우라늄 핵폭탄 1개와 플루토늄 폭탄 2개를 제작, 실험에 성공. 이 폭탄은 곧바로 8월 6일 히로시마, 8월 9일 나가사키에 투하된다.

2) **VX가스**   독성이 매우 강한 화합물로 액상液狀 및 기상氣狀으로 존재하며 중추신경계에 손상을 입힌다. 피부를 통한 흡수의 경우 신경가스인 사린보다 최소 1백배 이상의 독성을 발휘하며, 호흡기 흡입의 경우 역시 두 배 정도 독성이 강하다. VX는 상온에서는 오랫동안 잔존하며 아주 추운 날씨에서는 수 개월 정도 효과가 지속된다. 노출된 지 수 분만에 목숨을 잃을 수 있다. 인체에 침투하는 경로는 호흡기, 눈, 피부 등이다. 증상은 일반적으로 콧물, 침, 눈물, 다한, 호흡곤란, 근육경련 등이다. 인체 자율신경에 손상을 입혀 근육이 지쳐 호흡을 할 수 없게 된다.

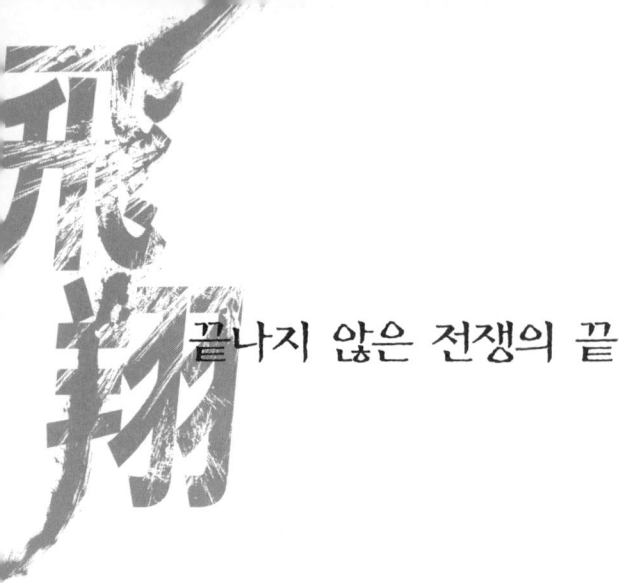
## 끝나지 않은 전쟁의 끝

**1942년 4월 30일 11:00 영국, 런던**

　영국 군부는 결사항전을 외치고 있었지만 해는 완전히 저물었다. 그리고 군부의 저항의지도 4월 29일 중부 서해안 리버풀항에 떨어진 또 하나의 핵폭탄으로 완전히 사라져버렸다. 단 두 발의 폭탄으로 40만 이상의 사망자가 발생했고 방사능 피폭으로 인한 사망자는 앞으로도 기하급수적으로 늘어날 것이었다. 처칠은 엄청난 핵폭탄의 위력에 기절할 만큼 놀랐고 대한제국이 발표한 유전병과 방사능 낙진 피해 보고서에 놀란 가슴이 다시 한 번 내려앉았다. 오늘 새벽부터 제국의 화상방송국과 언론이 한목소리로 핵의 위험성을 지적했고 더불어 유럽의 거의 모든 방송국들이 앞 다투어 제국의 방송을 자국에 전파하고 있었다.
　제국의 발표가 사실이라면 중부의 가장 큰 도시 두 개에 핵이 떨어졌으니 이제 인근에는 사람이 살기 어려울 것이었다. 벌써부터 인근 도시의 주민들은 북쪽 스코틀랜드로 이주하기 위해 몸부림치고 있었다. 일각에서는 보복 화학무기의 사용과 최후까지 싸워야 한다는 여론이 비등했지만 처칠은 더 이상의 전쟁 수행이 불가능하다는 것을 알고 있었다. 한두 발의 핵폭탄을 더 얻어맞을 경우엔 영국의 존립마저 위태롭게 될 것이고 살아남은 대부분의 영국인들은 방사능 피폭으로 고통 받아야 할 것이었다. 이제는 오로지 항복의 시기만이 남아 있었다.

암담한 영국의 현실을 반영하듯 군수뇌부가 모두 모인 엡슨스트리트 지하의 영국군 사령부 회의실에는 무거운 침묵만이 감돌고 있었다.

"군부의 의견은 결사항전이지만 나는 더 이상 전투를 계속하기 어렵다고 생각합니다. 우리의 가장 큰 공업 지역인 버밍햄이 사라지다시피 했고 대한제국의 원폭 관련 방송 이후 리버풀에서 비교적 가까운 맨체스터마저 주민들의 피난으로 공동화되어 가고 있습니다. 남은 곳은 리즈뿐인데 그곳 역시 맨체스터의 영향을 많이 받는 곳이어서 정상적인 공장 가동이 불가능합니다. 또한 다시 화학무기를 사용하는 것은 런던 인근의 전 국토를 초토화시키게 될 것입니다. 나는 시기를 보아 독일과의 종전협상 시작을 제안합니다. 의견들을 이야기 해주세요."

처칠의 말에 영국 공군의 괴멸 이후 줄곧 침묵을 지키던 공군사령관 휴 다우닝 대장이 반사적으로 일어섰다.

"각하! 안 됩니다! 물론 공군이 사라져버린 지금 싸움을 계속하기 어렵다는 것은 다들 알고 있습니다. 하지만 이미 수백만의 우리 젊은이들이 히틀러의 침략으로부터 나라를 지키기 위해 싸우다가 전쟁터에서 죽었습니다. 그런데 이제 와서 종전협상이라니요. 항복과 무엇이 다릅니까? 우리가 항복하는 순간 위대한 영국은 없습니다. 미친 히틀러의 광기가 지배하는 하나의 유럽만이 존재하게 될 것이고 러시아와 중동을 향해 끝없이 전쟁이 이어질 겁니다. 우리 젊은이들은 히틀러의 깃발 밑으로 끌려들어가야 할 것입니다. 그리고 방사능 낙진과 유전병에 대한 대한제국의 발표 또한 그대로 믿을 수는 없습니다. 저는 반대합니다. 차라리 전쟁터에서 죽겠습니다."

몽고메리가 동의를 표명했다.

"저 역시 마찬가지입니다. 영국에 상륙한 독일군은 보급에 엄청난 곤란을 겪고 있어서 앞으로는 전투를 수행하기 어렵습니다. 그리고 이들을 볼모로 한 이상 독일이 런던 등 남부 지역에 핵폭탄을 사용하지는 못할 것입니다. 우리 육군과 해군은 건재합니다. 아직 진 전쟁이 아닙니다."

몽고메리의 발언과 함께 여기저기서 종전을 반대하는 군부 인사들의 목소리가 터져 나왔으나 처칠은 지친 한숨을 내쉬었다.

"후, 물론 제국의 발표가 사실과 다를 수도 있습니다. 하지만 그것이 아니더라도 우리의 전쟁 유지 능력은 이미 사라져버렸습니다. 국토가 초토화되고 우리의 젊은이들이 모두 사라져버린다면 영국의 미래는 마찬가지로 없습니다. 어쨌거나 좋습니다. 군부의 의견이 정히 그렇다면 조금 더 상황을 지켜보십시다. 하지만 분명히 나의 의견은 조속한 종전이고 전황이 개선될 기미가 없으면 곧바로 협상을 시작할 것입니다. 오늘은 이만 하십시다. 임지로 돌아들 가세요."

군부의 장성들은 나름 결연한 얼굴로 회의실을 나섰지만 처칠의 얼굴에 드리워진 그늘은 조금도 사라지지 않았다. 그의 머릿속에 그려져 있던 영국의 지지 않는 태양은 이미 대서양의 수면 아래로 가라앉고 있었다.


### 1942년 5월 1일 10:00 독일, 베를린

1871년 최초로 독일을 통일한 프로이센 제국이 수도로 결정하면서부터 폭발적인 인구증가를 보이기 시작한 베를린은 중세의 로코코, 바로크 등 고전적 양식의 다양한 건물이 혼재해 있는 인구 400만의 대도시였다. 하지만 오랜 전쟁으로 인해 대부분의 성인 남성들이 전쟁터로 징집되어 떠나버린 후 도시 한복판인 브란덴부르크 문에서 슐로스 광장에 이르는 운터덴린덴가(街)에서조차 활기찬 시민의 움직임을 찾아보기 어려웠다.

하지만 프리드리히 대왕의 기마상이 서 있는 슐로스 광장에는 제법 많은 시민들이 모여들어 또다시 사지로 떠나는 독일의 마지막 정예부대를 지켜보고 있었다. 광장 주변 곳곳에서 시민들이 지켜보는 가운데 구데리안 상급대장이 심혈을 기울여 장악한 15개 예비사단 중 최정예인 철십자 사단 병력이 황제와 히틀러 등 독일의 수뇌부가 모두 참관하는 출정식을 위해 정렬했다. 2만 가까운 정예병과 10대의 타이거 전차가 정렬한 슐로스 광장은 바늘 떨어지는 소리도 들릴 것 같은 차가운 침묵만이 맴돌았다.

10시 정각, 회색 벤츠 오픈카 다섯 대가 정렬한 부대의 정면에 세워진 높이 1.5미터 정도의 단상 뒤쪽으로 들어와 정지했다. 철십자 사단의 선두에 서 있던 장교의 목소리가 광장에 힘차게 울려퍼졌다.

"부대! 차렷!"

구령과 함께 노구의 빌헬름 2세와 히틀러 등 군 수뇌부가 천천히 단상에 모습을 드러내고 단상의 정면으로는 히틀러의 SS친위대 2개 소대가 완전무장한 채 정렬하기 시작했다.

부대의 오른쪽 선두에 서 있던 구데리안은 히틀러의 모습을 확인하자 자신의 왼쪽에 서 있던 장교에게 고개를 한 번 끄덕이고는 조심스럽게 전차 뒤쪽으로 사라졌다. 순간 전차의 날카로운 시동 소리가 울렸다.

캬르릉!

"사격개시!"

누군가의 고함 소리, 동시에 대열의 선두에 서 있던 병사들이 기관총을 난사하며 단상으로 달리기 시작했다. 10대의 타이거 전차 포탑에 거치된 기관총들 역시 당황한 단상 주변의 친위대 병력을 향해 불을 뿜었다. 단상은 순식간에 포위되면서 단상 위의 장성들이 하나 둘씩 총탄에 맞아 쓰러지기 시작했다.

병사들은 노구의 빌헬름 2세의 안위에 대해서는 관심조차 가지지 않은 채 단상을 향해 중기관총을 난사해버렸다. 정면에 서 있던 히믈러는 대여섯 발의 기관총탄이 가슴에 박히자 가장 먼저 단상 아래로 굴러 떨어졌다. 독일 비밀경찰의 수장인 아이히만은 서너 명의 SS장교들에게 보호를 받으며 베를린 대성당 쪽으로 도주하다 포위하고 있던 병사들의 집중사격을 받고 사망했다. 그러나 조금 전까지 어깨에 총탄 한 발을 맞은 상태로 수많은 친위대에 둘러싸여 단상 뒤의 자동차 쪽으로 이동하던 히틀러의 모습이 순간적으로 사라져버렸다. 단상 뒤편의 자동차들이 시동을 걸기 시작하자 타이거의 포탑위에 앉아 있던 구데리안이 무전기를 꺼내들고 소리쳤다.

"7, 8, 9호 전차! 날려버렷!"

콰과쾅—

일제히 발사된 포탄의 폭발음은 상상을 초월했다. 다섯 대의 차량이 전차의 포격으로 잇달아 뒤집히며 화염에 휩싸이자 구데리안이 멍해진 귀를 두드리며 악을 썼다.

"히틀러를 찾아라! 보이는 대로 사살한다! 자동차 속을 뒤져라! 시체를 확인해!"


**1942년 5월 1일 10:25 베를린, 포츠담**

40여 대의 전차가 포츠담 광장의 SS친위대 본부 건물을 포위한 채 연신 포격을 가하며 빠르게 전진했다. 롬멜의 오른팔 격인 비스터하임 중장은 지난 24시간 동안 모든 무전을 끊고 예하 11기갑사단을 지휘해 포즈난의 주둔지로부터 베를린까지 전격적인 이동에 성공, 1차 목표인 히틀러의 친위대 본부를 공격하기 시작한 것이었다.

조금 전 수도 방위사령부를 장악한 롬멜 원수로부터 히틀러 척살 성공소식을 전해 들었으니 이제는 겁날 것도, 주저할 이유도 없었다. 건물 안에서 저항하고 있는 SS의 베르너 소장은 히틀러의 철저한 심복이니 필히 제거해야 할 인물이었고 히틀러를 신처럼 신봉하고 있는 친위대 역시 사라져야만 했다.

"3대대! 기계화 보병의 진입을 엄호해라! 오스텐 중령! 건물을 소개한다! 돌격!"

장갑차량을 앞세운 100여 명의 병력이 건물의 전후에서 내부 진입을 시도하자 현관 창가에 살아남은 두 개의 기관총좌에서 반격이 시작되었다. 그러나 그것도 잠시뿐, 인근 전차의 포격이 집중되자 순식간에 침묵해버렸고 건물 현관이 날아가자마자 저항은 끝이 났다. 중화기나 대전차 무기가 전무했던 친위대 본부의 저항은 그야말로 미미했다. 내부에 진입한 중무장 기계화 보병은 순조롭게 내부를 소탕했다.

비스터하임의 전차 무전기에서 내부로 진입했던 오스텐 중령의 목소리가 흘러나왔다.

─ 목표 사살! 투항병을 무장 해제하겠습니다. 이상.

"승인한다. 무장 해제 후 보고해라. 수고했다."

─ 알았습니다. 이상!

친위대 건물 장악과 무장 해제가 끝나자 작전종료 보고하고 부대 재정비를 지시한 비스터하임은 갑자기 짜증이 치밀어 올라 자신의 전차를 떠났다. 막상 전투의 흥분이 가라앉자 기분이 최악으로 곤두박질 친 것이었다. 명분이야 어쨌든 아군을 죽이는 전투는 피하고 싶은 것이 사실, 그는 자신이 죽인 젊은 시체들의 참혹한 모습에서 도망치고 싶었다.

이를 악문 채 후방에 대기하고 있는 지휘차량을 향해 걸었다. 차츰 걸음이 빨라져 이제 뛰기 시작한 그의 어깨에 전장을 뒤덮은 매캐한 화약 연기가 휘감겼다.

끊임없는 징집과 전선 투입으로 인해 구데리안이 장악한 예비사단 이외의 잔류 병력이 전혀 없던 베를린은 친위대본부 건물의 진압을 끝으로 단 하루 만에 구데리안, 롬멜, 아데나워를 주축으로 하는 자칭 혁명군의 손에 떨어졌다. 곧이어 정부청사와 방송국을 장악한 혁명군은 발 빠르게 히틀러의 실정과 핵사용, 바르샤바 민간인 학살 등을 비난하면서 아데나워를 총리로 내세운 거국내각을 구성하고, 신속하게 혼란의 수습에 나섰다.

그러나 문제는 사망한 것으로 발표한 히틀러의 시신이었다. 전차 포탄에 피격되어 폭발한 차량들에서 10여 구의 불타버린 시체가 발견되었고 그중 히틀러로 보이는 작은 체구의 시체를 확인하긴 했다. 그러나 연료탱크의 폭발로 인해 지독하게 훼손된 시신으로는 도저히 확신을 가질 수가 없었다. 어차피 히믈러, 아이히만, 괴링 등 출정식에 참석한 히틀러의 수족은 모조리 잘라냈으니 정국은 곧바로 수습될 것이었지만 정확한 확인이 되지 않으니 꺼림직할 수밖에 없었다.

결국 혁명 정부는 전방 지휘체계의 혼란을 감수하면서까지 서부 전선 사령관 슈베펜부르크 대장을 비롯한 히틀러와 밀착되어 있던 고급 장성들을 모조리 불러들여 투옥하거나 사살하는 대대적인 숙청을 단행했다. 그리고 정부관료와 방송 고위직에서도 상당수의 친나치 인사들을 대거 투옥했다.

뒤이어 롬멜과 구데리안은 대부분의 고급장성이 사라진 군부의 전권을 틀어쥐고 1천여 명 이상을 숙청하는 군의 전면적인 개혁에 들어갔다. 쿠데타에 이은 엄청난 규모의 군수뇌부 숙청이 진행되자 모든 전선의 공세는 중단되어버렸고 수세에 몰려 있던 러시아와 영국 역시 숨 돌리기에 들어가 전선은 소규모 탐색전만이 계속되는 지루한 소모전으로 변해가고 있었다.

### 1942년 5월 21일 09:40 미국, 세인트루이스 서쪽 50킬로미터

130만 병력의 미시시피강 도하를 무사히 성공시키고 세인트루이스에 도착한 남부군 사령관 아이젠하워는 도하작전의 긴장감이 사라지자 다 잡아놓았던 루이지애나를 멕시코에 다시 내준 것이 새삼 아쉬워졌다. 이미 아군이 빠져나온 베이턴리지에 멕시코군이 진주하는 것을 두 눈으로 확인한 상황, 이 전쟁을 승리로 이끌지 못한다면 경영권을 가지는 조건으로 건설한 텍사스와 루이지애나의 채유시설은 고스란히 멕시코의 손으로 넘어갈 것이었다. 턱없이 부족한 원유를 확보하기 위해서는 타 지역의 손해를 감수하더라도 루이지애나를 확보한 상태에서 종전을 끌어냈어야 했다. 그러나 협상은 시작도 해보지 못한 채 실패해버렸고 이젠 엎질러진 물이었다.

그리고 지금부터 부딪혀야 할 상대는 자타공인 세계 최강이라고 할 수 있는 대한제국 육군이었다. 지나간 일에 미련을 가질 때가 아니었다. 자신이 가진 병력은 보병 130만, 구형인 셔먼 전차 300대를 포함한 전차 900대, 야포 1천5백 문, F-80 슈팅스타 35기, 무스탕 150기가 전부였다. 적의 병력은 대략 보병 30만과 15개 정도의 기계화사단, 야포 약 500문, 그리고 100여 대의 제트전투기와 폭격기였다. 초계기를 날릴 수 없으니 적의 병력은 추정이었고, 육군 항공대의 제트전투기 숫자가 많이 부족했지만 수비만 한다면 충분히 대적할 만한 전력이었다.

문제는 턱없이 차이 나는 전차와 항공기의 성능이었다. 지난 토피카전투에서는 무려 1천2백 대의 퍼싱 전차와 600기의 슈팅스타를 투입하고도 참담한 패전을 기록했다. 물론 패튼의 무모할 정도로 고지식한 전면전 시도가 낳은 결과였지만 제국군의 피해는 정말 경미했다. 결국 전면전은 불가능하다는 이야기, 사실 수비만으로도 지독하게 어려운 싸움이 될 것이었다. 우선은 불안했다. 제국의 막강한 정보력과 공군력으로 왜 미시시피강을 도하하는 아군을 그냥 바라만 보고 있었는지 알 수가 없었기 때문이었다.

그의 불안감은 작전참모 페이튼 대령이 자신의 지휘 차량으로 뛰어들면서 그 절정을 향해 치달았다. 페이튼이 호흡을 가다듬으며 말했다.

"각하! 세인트루이스와 이드스의 교량이 조금 전 대한제국 공군기에게 폭격 당했습니다! 공병이 부설해놓았던 임시 부교 다섯 개도 모두 폭격당해 사용할 수 없다고 합니다. 추가 보급이나 부대의 철수는 당분간 불가능할 것 같습니다."

세인트루이스 브리지는 철교였고 이드스브리지는 인근 500킬로미터 이내에서 전차의 중량을 견딜 수 있는 유일한 다리였다.

"젠장! 우리가 도하하도록 방치해둔 이유가 이거였나? 아예 후퇴를 할 수 없게 하겠다는 뜻이었나?"

아이젠하워가 뻣뻣해진 뒷목을 만지는 순간, 군단 사령부에 공습 사이렌이 울려 퍼지기 시작했다. 미군 전사戰史 전체를 통틀어 최악의 악몽으로 기록될 제국 공군의 대규모 공습이 시작된 것이었다.

한문희 준장은 제2폭격비행단의 대한-42 전략폭격기 부조종석에 앉아서 전방에서 순항하고 있는 100여 기의 대한-13과 대한-42를 흐뭇한 얼굴로 둘러보았다. 결혼조차 포기하고 전력투구했던, 전투기 조종사가 되는 그녀의 꿈은 이루지 못했다. 그러나 '하늘의 요새'라 불리는 대한-42를 조종할 수 있었고 전투기들도 수십 기씩 호위로 따라다니는 초대형 비행단의 단장이 되었다. 이제 50을 바라보는 나이이지만 본토에서 수만 킬로미터 떨어진 이 먼 곳까지 날아와 20대 젊은 장교들 못지않은 혈기로 북아메리카 대륙의 하늘을 지배하고 있었다. 옆자리에 앉은 부조종사가 힐끔거리는데도 자꾸만 웃음이 났다.

세인트루이스 폭격에 동원된 40기의 대한-42에 실린 수천 톤의 주작-22와 신형 주작-23(공중산탄, 클러스터)이면 아직도 참호를 제대로 갖추지 못한 미군은 아마도 회복이 불가능한 치명적인 타격을 입을 것이었다. 잔인하지만 130만에 달하는 보병을 하나하나 상대하기에는 아군의 숫자가 너무 적었고 중부 내륙에는 더 이상 폭격을 감행해야 할 전략목표가 남아 있지 않았다. 새로 설치되는 중요 군사시설은 모두 지하로 숨어들었고 지상에 노출된 대규모 공업지역은 모두 날아가버린 상태였다. 주작-22의 재고가 별로 남아 있지 않아 이번 출격에는 일부 폭격기에 주작-23을 탑재했다. 이 무식한 놈은 미군 전차나 장갑차량의 포탑상부에 노출된 얇은 장갑 정도는 가볍게 뚫어버릴 것이었다. 엄청나게 비싼 가격 때문에 상부에서는 손을 벌벌 떨었지만 일선 부대에서는 쌍수를 들고 환영할 일이었다. 누가 뭐래도 성능만큼은 확실했다.

미군의 고사포탄과 무스탕은 아예 대한-42의 폭격고도까지 올라올 수도 없을 것이고 F-80이나 되어야 겨우 올라올 텐데 숫자는 30기 정도가 전부일 것이라 했다. 반면에 데리고 나온 아군 전투기는 40대가 넘었다. 요격 걱정은 할 필요도 없었다.

한문희는 느긋한 표정으로 새털구름 아래로 보이는 미시시피강 지류인 미주리강이 만들어낸 파란색 선을 훑어보고 바다갈매기가 지정해준 폭격 위치를 다시 확인한 다음, 전체 회선을 열었다.

"비행단! 폭격 1분전! 폭격대형으로!"

고사포탄의 폭음이 은은하게 들려왔으나 폭격고도의 반에도 미치지 못하는 것 같았다. 솜사탕을 깔아놓은 듯한 하얀 탄막이 세인트루이스 상공을 온통 뒤덮었다. 1개 중대 12기의 대한-13이 적기 출현을 알리며 남쪽으로 선회를 시작했으나 한문희는 신경조차 쓰지 않았다. 알아서들 할 것이었다.
 부조종사가 전체회선을 열고 말했다.
 "폭탄창 개방, 폭격 초읽기 들어갑니다! 10, 9, 8, 7……1, 투하!"
 엄청난 숫자의 주작-22, 23이 일제히 폭탄창을 빠져나오기 시작하면서 세인트루이스 상공은 하늘의 요새가 토해내는 수만 발의 폭탄으로 새카맣게 뒤덮여갔다.

 쿠르릉!
 지진이라도 들이닥친 것처럼 묵직한 진동이 발밑을 온통 뒤흔들었다. 급조한 벙커 안으로 몸을 피한 아이젠하워는 총안으로 내다보이는 악몽에 치를 떨었다. 제국 공군이 한동안 조용했던 탓에 보병의 참호와 전차부대의 대공은폐에만 신경을 쓰느라 참호보다 시간이 오래 걸릴 보병용 벙커나 쉘터의 구축에 무심했던 것이 화근이었다. 더구나 제국 공군은 최전선을 벗어나 있는 후방의 보병들을 향해 이 정도의 대규모 공습을 시행한 적이 한 번도 없었다. 아이젠하워가 벙커벽을 내리치며 이를 갈았지만 이미 때늦은 후회였다.
 콰쾅!
 내리꽂히던 폭탄들은 지상 30미터 이내로 접근하자 일차 폭발을 시작하면서 하얀 꼬리를 매단 수많은 자탄을 만들어냈고 자탄들도 서너 번을 더 폭발하면서 흰색의 촘촘한 그물을 만들어냈다. 아이젠하워가 벙커의 총안을 통해 볼 수 있는 세상은 새하얀 격자무늬가 가득한 대평원이었다. 그리고 그 하얀 악마가 지나간 자리에는 아무것도 남아 있지 않았다. 전차도, 장갑차도, 야포도, 심지어 참호 속의 병사들까지 서 있는 것은 아무것도 보이지 않았다.

폭격이 지나간 즉시 벙커 밖으로 뛰쳐나온 아이젠하워는 수십만의 병력이 한순간에 날아가버린 참혹한 현장을 바라보며 천천히 무릎을 꿇었다.

"이…… 이런 일이…… 신이여. 이런 것이 전쟁인가? 빌어먹을 신이여! 존재한다면 대답을 좀 해보란 말이다! 으아악!"

완파된 포병대의 화약고에서 피어오르는 검은 연기는 아이젠하워의 비명 섞인 독백은 아랑곳하지 않은 채 온 하늘을 뒤덮었고, 뒤늦게 유폭되는 전차들의 화염이 군단 사령부 인근을 뜨겁게 달구고 있었다.

사방에 널려 있는 전사자 시체들의 대부분은 형체조차 제대로 유지하고 있지 못했다. 핏물이 가득 찬 참호 속에 가라앉아 뒤엉켜 있는 어린 병사들의 얼굴은 폭격 순간의 공포를 그대로 내보이고 있었다. 하늘을 완전히 뒤덮어버린 융단폭격은 최소한의 방어조차 용납하지 않은 채 모든 것을 무無로 돌려놓은 것이다.

뒤따라 나온 몇몇 지휘부의 장교들이 평원을 가득 메운 참상에 하나 둘씩 고개를 떨구는 모습이 보였다. 그리고 멀리서 제국군 전차가 질주하는 땅울림이 몰려오기 시작했다.

바다갈매기의 정확한 유도에 따라 실시한 두 시간여에 걸친 제국 공군의 융단폭격은 예비사단을 포함한 연방 남부군 전체의 전의를 끝 모르는 나락으로 떨어트렸다. 그리고 잇달아 들이닥친 10여 개 제국군 기갑사단의 전면 공격을 받게 되자 백만이 넘어가던 남부군은 변변한 저항조차 하지 못한 채 차례차례 무너져 내리기 시작했다. 결국 제국 공군의 융단폭격으로 시작된 4일간의 일방적인 전투는 전사 45만을 포함, 무려 90만의 미군을 소진시켜버렸다.

십대 어린아이들까지 징집되어 있던 남부군과 예비사단 본부는 공포에 질려 패닉 상태에 빠져버린 아이들과 부상자들의 비명소리만이 가득했다.

최초의 교전 이후 군의 지배력을 완전히 상실해버린 아이젠하워는 전선의 유지마저도 불가능하다고 판단했다. 그리고 교전 닷새째인 5월 25일 밤, 살아남은 40여 만의 병력을 살리기 위한 필사적인 야간 도하작전을 감행했다.

그러나 엄청난 장비와 부상자들을 모두 버려둔 채 자력으로 움직일 수 있는 사람만이라도 살려 보내려 했던 그의 의도도 마음대로 이루어지지는 않았다. 미시시피강에 남아 있던 소형선들로는 40만의 병력을 단시간에 도하시키는 것이 애당초 불가능했고, 승선 한도를 초과해 겨우겨우 움직이던 선박들마저 날이 밝아오기가 무섭게 시작된 제국군의 공습과 포격에 피격되기 시작했다. 드넓은 미시시피는 물에 빠진 병사들의 비명 소리와 불타는 선박들로 가득 찼다.

50여 척의 소형 선박들이 모두 피격될 때까지 살아서 무사히 도하를 마친 병력은 겨우 7만에 불과했다. 미시시피에 가라앉은 20만을 웃도는 병사들의 시체는 수천 킬로미터 떨어진 멤피스와 뉴

올리언스에서도 떠올라 참담한 전쟁의 실상을 가감 없이 보여주고 있었다.

아이젠하워는 후퇴하는 병력을 따라가지 않고 아직 생존한 부상자들을 치료하기 위해 잔류한 1천여 명의 의무병들을 돕다가 제국군이 세인트루이스에 입성했을 때, 잔류 병력과 함께 항복했다.

아이젠하워의 짧은 전쟁은 80만 이상의 사망자를 기록한 미시시피 참사와 함께 끝이 났다. 그리고 동원 가능한 모든 병력을 잃어버린 미국의 전쟁도 이젠 그 종착역이 가까이 다가오고 있었다.

### 1942년 5월 28일 11:00 서울, 종로 정부청사, 외무부 영빈관

이제는 짙은 녹색으로 변해가는 인왕산의 녹음을 슬쩍 건너다본 외무부 장관 장태수는 영빈관 회의실에 마주앉아 두 시간이 넘도록 서로의 말꼬리를 잡아 입씨름만 벌이고 있는 세 사람의 대화를 정리해보기로 했다.

러시아 외무장관 몰로토프, 터키 전권대사 아메드, 시베리아 전권대사 쿠즈네초프. 세 사람 모두 자국의 입장을 대변하다 보니 단어 구사 하나하나에도 첨예하게 대립했고 이런 상태라면 회의의 진전은 사실상 불가능했다.

장태수가 헛기침을 하며 네 사람의 주의를 환기시켰다.

"험험! 자자! 이래서는 끝이 나지 않을 테니 이제 결론을 내십시다. 종전협상을 위해 모이셨으니 일단 피해자라고 볼 수 있는 시베리아 공화국부터 차례로 종전을 위한 마지막 요구사항을 이야기

해보시지요. 그 후에 절충을 해보십시다. 쿠즈네초프 외상, 시작하시지요."

"좋습니다. 나부터 시작을 하지요. 우리 시베리아 공화국은 러시아의 침공으로 인해 8만9천 명의 병사가 귀중한 목숨을 잃었고, 첼라빈스크 일대의 국토가 황무지로 변해버렸습니다. 게다가 전쟁비용으로 50억 루블 이상을 지출했으니 러시아는 본국에 200억 루블의 배상금을 지불해야 종전에 합의할 수 있습니다. 또한 재발 방지를 위한 러시아 정부의 공식적인 사과와 서면 약속이 있어야 할 것입니다. 이것이 이루어지지 않을 경우 우리는 현재까지의 입장을 철회하고 러시아의 오렌부르크와 우파를 공격할 것입니다."

"그럼 러시아의 입장은 어떻습니까?"

쿠즈네초프의 발언이 진행되는 그 짧은 시간을 참지 못해 짜증스런 표정을 감추지 않던 몰로토프는 장태수의 질문과 동시에 상기된 목소리로 말을 받았다.

"우리가 시베리아를 선제공격한 것은 사실이지만 그 정도의 피해가 생겼다고는 보지 않습니다. 개전과 동시에 전선은 고착되다시피 했고 첼라빈스크 공격은 제대로 이루어진 적이 없습니다. 따라서 러시아는 30억 루블의 배상금과 공식 사과 정도로 강화를 했으면 합니다. 그리고 터키는 본국의 영토를 이유 없이 점거하고 있는 것이니 볼고그라드에서 철수하셔야 합니다. 볼고그라드의 피해에 대한 배상금 100억 루블을 요구합니다. 또한 대한제국이 요구한 키르기스 공화국 독립의 승인은 수용하기 어렵습니다. 하지만 키르기스가 카스피해 북쪽의 연안 저지대를 포기한다면 고려해볼 수 있습니다."

몰로토프의 말이 끝나자마자 아메드가 코웃음을 치면서 말했다.

"허헛. 이거야…… 어이없는 말씀을 하시는군요. 어째서 볼가강 유역이 러시아의 땅이라고 주장하시는지 모르겠군요. 그 지역은 15세기에 오스만 대제께서 확보해 놓으신 엄연한 터키의 영토입니다. 당연히 터키의 땅이고 러시아가 소유권을 주장할 수 없습니다. 터키는 볼가강 유역에 거주하는 회교도를 위해서도 철수는 할 수 없습니다. 그들은 터키 사람들입니다. 게다가 귀국은 더 이상 전쟁을 수행할 능력도 없을 텐데요? 볼가강 유역을 확보할 수 없다면 터키는 곧바로 시리토프의 시미리를 공격할 겁니다. 그 정도는 확보를 해야 이번 전쟁을 시작한 대가를 충분히 얻었다고 할 수 있을 겁니다."

회의 탁자 밑으로 감아쥔 몰로토프의 주먹에 힘이 들어가기 시작했다. 제1차 세계대전 이후에 빼앗긴 엄청난 영토는 둘째 치고 힘없는 작은 나라들이 겁없이 도전하는 것은 참을 수가 없었다. 하지만 장기간 계속되는 전쟁과 독일 전선의 예상치 못한 고전으로 인해 가용병력도 충분치 못했고, 전선 유지를 위한 최소한의 보급조차 원활치 못한 상태였다. 그런 와중에 등을 돌려버린 키르기스의 배신은 말 그대로 치명적이었다. 사실 현재의 전선을 유지하는 것조차 불가능한 상태였다. 요행히 독일에 쿠데타가 터지면서 한숨을 돌렸지만 독일 정부가 제자리를 잡으면 다시 확전될 것은 뻔한 일이었다. 그렇다면 대한제국까지 개입한 동부전선은 어떻게 하든 휴전을 성사시켜야 독일과의 마지막 힘겨루기에서 여유를 가질 수 있을 터였다.

대부분의 전선이 정리되면서 대한제국이 여유를 되찾은 지금, 제국의 위성국가나 마찬가지인 시베리아 공화국은 졸지에 위험한 상대가 되어버렸고, 터키 역시 언제나 만만치 않은 강국이었다. 독일과의 전선이 최악의 상황인 지금 두 국가와 동시에 전쟁을 지속하는 것은 한마디로 미친 짓이라고 보아야 했다. 대한제국은 분명히 시베리아와 터키를 지지할 것이고 이들 모두를 누를 압도적인 힘을 보유하지 못한 이상 이 첨예한 논쟁에서 이길 수 있는 방법도 존재하지 않았다.

몰로토프는 진퇴양난進退兩難이 되어버린 러시아의 처지가 새삼 한심스러워져 남몰래 한숨을 내쉬었다. 몰로토프의 곤혹스러운 표정을 본 장태수가 다시 중재에 나섰다.

"자, 이제 서로의 입장은 어느 정도 이해가 되셨을 테니 정리를 해보십시다. 제삼자인 제가 생각할 때 모든 사단의 원인은 일단 러시아가 시베리아를 공격한 데서부터 시작되었다고 할 수 있을 겁니다. 따라서……"

날이 어두워질 때까지 계속된 협상에서 러시아는 침랸스크호와 볼가강 남쪽을 터키에 할양하고 볼고그라드를 되찾는 나름의 성공을 거두었다. 키르기스는 우랄스크와 카스피해 연안 저지대의 구레프항을 내주는 선에서 독립을 확보했다. 시베리아 공화국 역시 러시아의 공식 사과와 90억 루블의 배상을 약속받아 큰 불만은 없는 상태로 종전합의서에 서명했다. 터키 대사 아메드는 러시아 공격을 조건으로 대한제국에게서 돌려받은 이라크 북부 지역의 유전에 더하여 볼가강 남쪽 아스트라한 평원과 소규모 유전 지역까지 덤으로 챙겨 넣게 되어 가장 밝은 표정으로 정부청사를 나설 수 있었다.

러시아로서는 다소 불만스런 협상이라고 보아야 했으나 약간의 불만을 문제 삼기에는 러시아의 국내 상황이 너무나 절박했다. 당연히 몰로토프가 강한 불만을 표시할 리 없었다. 협상 결과를 보고받은 스탈린 역시 별다른 논평을 하지 않은 채 곧바로 독일과의 마지막 결전을 준비하기 시작했다.

### 1942년 5월 29일 05:40 미국, 뉴저지 주 애틀랜틱시티

새벽의 여명과 함께 시작된 대한제국 해병대의 상륙작전은 변변한 해안포대조차 존재하지 않았던 애틀랜틱시티 남쪽 해안을 수많은 상륙정으로 가득 채운 채 신속하게 진행되었다.

해병 18사단이 항구를 장악하자 대형 수송함들의 접안 역시 빠른 속도로 진행되어 오후가 되면서부터는 전차 등 기계화사단의 중대형 장비들이 하선되는 등 예상 외의 빠른 진전을 보이고 있었다.

결국 상륙이 시작된 지 불과 24시간 만에 모든 병력과 장비의 하선을 마친 제국 해병 제18, 19, 20사단과 제12기계화사단은 곧바로 무인지경인 윌밍턴을 통과, 워싱턴을 향한 마지막 관문인 볼티모어로 파죽破竹의 진군을 시작했다.

상륙 당시 약간의 저항을 예상했던 볼티모어의 상황도 그다지 다를 게 없었다. 사흘 전부터 볼티모어와 필라델피아에 집중된 해군 항공대의 공습으로 그나마 남아 있던 치안유지병력마저 사라져 버린 인구 300만의 대도시 볼티모어는 굶주린 빈민과 흑인들의 약탈, 방화까지 겹쳐지자 아예 인적을 찾아보기 힘들었다. 곳곳에 발생한 대형화재의 검은 연기가 도시의 하늘을 어두운 회색으로 물들인 기괴한 모습이었다.

대도시인 볼티모어에서조차 눈에 띄는 저항을 찾아볼 수 없자 기계화사단장 유성훈 소장은 신속하게 볼티모어를 관통해서 워싱턴을 눈앞에 둔 메릴랜드 애비뉴의 초입 아나코스티아 강변에서 부대의 정비에 들어갔다. 뒤따르는 해병사단들의 합류를 기다릴 생각이었다. 이제 도로를 따라 직진해 몇 십 킬로미터만 전진하면 재건된 백악관이 나타날 터였다. 그러나 워싱턴에서는 제법 정예라고 할 수 있는 연방군 수도방위사단 1만과 시민군 2만이 도로를 따라 대전차 진지를 만들어 최후의 저항을 준비하고 있었다.

수상의 아들이라는 핸디캡 때문에 모든 전투에서 항상 후방으로 밀려났던 유성훈은 워싱턴 점령이라는 상징적 의미뿐만이 아니라 모든 전투의 마지막이 될 것이 확실한 이번 상륙작전과 워싱턴 공격은 절대로 포기할 수 없었다. 그는 결국 3시간이 넘는 긴 설전 끝에 간신히 조현태 나성 파견군사령관의 허가를 얻어낼 수 있었다. 하지만 어렵게 선봉으로 나선 그의 상륙작전과 워싱턴 전개는 허탈할 정도로 변변한 저항을 찾아볼 수 없었고 마지막 워싱턴 공격조차 공군과 전차가 전무한 병력과의 싸움이었다. 전투다운 전투는 되지 못할 터였다.

6월 2일 새벽, 해군 항공대의 공습이 워싱턴 상공을 한차례 휩쓸고 지나가자 지뢰제거부대가 사단 전방으로 진출, 메릴랜드와 캐롤라이나 애비뉴 초입에 집중적으로 매설된 대전차 지뢰들을 한꺼번에 폭발시키고 전장을 이탈했다. 지뢰지대 폭발의 굉음이 가라앉은 두 개의 진입로에는 폭풍전야의 기괴한 침묵이 감돌았다.

느긋한 표정으로 사단 1호 전차에 옮겨 탄 유성훈이 원정군 전체회선을 열어 긴 침묵을 깨뜨렸다.

"사단장이다! 오늘을 마지막으로 이 지긋지긋한 전쟁을 끝낸다! 보병뿐이지만 적의 병력은 3만이 넘으니 시간이 걸리더라도 차근차근 제압한다! 다 끝난 전쟁에서 무모한 전진으로 전사자를 발생시키지 않도록 하라! 1기갑연대와 해병 19사단은 캐롤라이나가를 따라 백악관으로 진입하고 2기갑과 해병 18사단은 메릴랜드가를 따라 진입한다! 3기갑과 20사단은 강변을 따라 앤드류 공군기지로 이동해 기지를 장악해라!"

말을 멈추고 잠시 호흡을 가다듬은 유성훈은 온몸을 타고 흐르는 전율을 음미하며 목이 터져라 고함을 질렀다.

"오늘! 우리는 백악관에 태극기를 게양할 것이다! 부대! 돌격 앞으로!"

─돌격 앞으로!

"와악!"

사력을 다한 해병대의 함성 소리와 함께 일제히 대지를 쥐어뜯은 수백 개의 무한궤도가 육중한 현무-13의 차체를 폭발적으로 전진시켰다. 이어 굉음을 동반한 수백 발의 전차포탄과 자주포의 제압사격이 무시무시한 소낙붐을 남긴 채 머리 위를 휩쓸고 지나갔다. 워싱턴은 삽시에 포탄과 총탄이 난무하는 한 폭의 지옥도로 변해가고 있었다.

### 1942년 6월 2일 10:10 미국, 워싱턴 메릴랜드 애비뉴

미군의 저항은 예상외로 격렬했다. 10킬로미터를 전진하는 데 무려 4시간을 소모할 정도였다. 물론 보병의 피해를 우려한 지휘부의 지시대로 구간별 완전소개가 끝나야만 전진을 시도하다 보니 시간이 지체될 수밖에 없었던 것이지만 만용에 가까운 무모한 저항은 백악관에서 네 구역 떨어진 뉴저지 스트리트를 통과할 때까지도 끈질기게 계속되었다.

하지만 수백 대의 전차와 직승공격기까지 동원한 제국군의 압도적인 화력을 겨우 3만에 불과한 보병만으로 감당하는 것은 애당초 어불성설語不成說이었다. 게다가 강력한 전파방해까지 가해지자 도시 외곽부터 두텁게 포진되었던 수도방위사단 병력은 유기적인 진퇴조차 해보지 못한 채, 차례차례 각개 격파되어버리고 말았다. 결국 엄청난 희생을 치르며 미군이 얻은 것은 의미 없는 4시간의 시간 지연뿐이었다.

제국군 1기갑연대와 해병 19사단은 워싱턴 시청을 포함한 뉴저지가의 마지막 저지선을 돌파하자 시청에 일부 병력만 남겨놓고 컨스티튜션가를 따라 백악관을 향해 거침없이 질주하기 시작했다. 2기갑과 해병 18사단은 펜타곤으로 진입했으니 제법 거친 저항을 받을 터였다. 그러나 주둔 병력이 전무할 백악관 장악은 크게 어렵지 않을 것이었다.

연대의 가장 후방을 달리던 유성훈의 1호 전차가 펜실베니아가에 들어서자 선두 병력이 백악관 경내 진입을 시도하는지 제국군 중기관총 특유의 묵직한 발사음이 들려오기 시작했다.

곧이어 무전기에서 선봉 1대대장의 목소리가 흘러나왔다.

―사단장님! 백악관 외부경계를 돌파했습니다. 건물 내부로 연대 기계화보병 진입합니다. 이상!

"진입을 중단하고 대기하라! 건물 내부진입과 옥상에 태극기를 내거는 것은 해병대에 맡긴다. 19사단 한승태 준장에게 단독작전을 포기하는 대신 넘겨주기로 한 일이다. 아쉽겠지만 참도록! 이상!"

―알겠습니다! 하지만 조금 억울한데요? 이상.

"그건 아니야. 17기갑사가 워싱턴에 상륙하기로 되어 있던 것을 내가 무리하게 바꿔서 여기까지 오는 바람에 한 준장이 손해 본 것이 좀 있네. 사연이 길어. 그러니 이 정도로 참게. 하하. 해병대가 진입하기 좋게 혹시 현관 부근에서 저항하는 놈들 있으면 그놈들이나 좀 치워주게나. 이상."

―네! 사단장님!

유성훈의 전차가 백악관 경내로 들어서자 1연대장이 그의 전차로 다가왔다. 저항이 거의 없었는지 백악관 내부는 이미 장악이 끝난 상태였다. 오로지 건물 옥상만 부산스러웠다. 해병대가 성조기를 내리고 태극기를 게양하는 장면을 촬영하느라 종군기자들이 부지기수로 달려든 것이었다. 1연대장이 말했다.

"사단장님. 루스벨트 대통령과 부통령이라는 자가 펜타곤으로 이동하지 않고 백악관에 그냥 있었나봅니다. 직원들과 함께 감금해 놓았는데 만나보시겠습니까?"

"그래? 잘됐군. 계속해서 학살을 하는 것도 찜찜한 일이니 항복 권유방송이나 하라고 해보지. 해병대가 방송국들을 장악하기로 했으니 별문제는 없을 것이야. 지금 한번 만나 보세."

"어디로 데리고 올까요?"

"음…… 우리, 대통령 집무실에나 한번 가 보세. 제국하고 어떻게 다른지 한번 보고 싶군. 후후."

엷은 웃음을 흘리며 현관으로 다가서던 유성훈은 백악관 옥상에 단 하나밖에 존재하지 않는, 오만하기만 한 깃대에서 휘날리는 대형 태극기를 바라보며 크게 심호흡을 했다.

짜릿한 전율, 온몸의 솜털이 모조리 일어서는 것 같았다.


**1942년 6월 2일 14:10 미국, 백악관 대통령 집무실**

원형의 대통령 집무실은 나름대로 고풍스러운 모습이었다. 하지만 유성훈이 들어가 본 제국 수상집무실의 지극히 한국적인 포근한 느낌과는 사뭇 다른 분위기였다. 어딘지 모르게 무거운 분위기가 느껴졌다. 먼저 들어온 병사들이 안전을 확인한 후 책상 뒤쪽에 놓여 있던 성조기를 깃대째 빼들고 밖으로 나가버려 뭔가 빠진 것 같기도 했지만 고압적이고 무거운 분위기는 전혀 가시지 않았다.

집무실 안으로 들어와 방 안을 한 바퀴 둘러본 유성훈에게 가장 먼저 생각난 것은 루스벨트의 책상서랍에 들어 있을지도 모르는 기밀 서류들이었다. 그러나 첫 번째 서랍을 열어 내용물을 확인하던 유성훈은 어쩐지 남의 집 살림을 털어내는 것 같은 기분이 들어, 뒤지는 것을 그만두고 집무실 중앙의 안락의자에 편안하게 걸터앉아 루스벨트를 기다리기로 했다. 어차피 중요한 서류는 모두 태워버렸을 것이고 설사 있다고 해도 비전 요원들이 알아서 챙겨갈 것이기 때문이었다.

책상 뒤 커다란 유리문을 통해 내다보이는 정원은 아군의 병력 이동과 주둔 막사 건설만 아니라면 제법 운치가 있어 보였을 테지만 아군 병력이 주둔한 지금은 다소 살풍경한 모습이 되어 있었다.

활짝 열린 집무실의 문을 두드리는 소리가 들렸다.

똑똑!

"들어오게."

유성훈이 손짓하자 작전참모인 심훈혁 대령이 벽안의 두 사내를 데리고 들어왔다.

"사단장님. 미국 대통령 루스벨트와 부통령 트루먼입니다."

"고맙네. 자네도 함께 앉도록 하게나. 이 사람들은 제국어를 모를 것 같고 그렇다고 내가 영어를 쓸 수는 없는 일 아닌가? 통역 겸 배석하게."

"네. 사단장님."

유성훈은 가볍게 웃으며 루스벨트에게 손을 내밀었다.

"안녕하시오. 나는 원정군 사령관 유성훈이라 하오. 일단 앉읍시다."

"루스벨트요. 이쪽은 트루먼 부통령이요."

가볍게 인사를 마친 네 사람이 모두 자리에 앉자 유성훈이 먼저 입을 열었다.

"첫 만남이 이런 자리여서 조금은 아쉽게 되었소. 어쨌거나 바로 본론을 시작합시다. 솔직히 나는 당신들이 이렇게 무모한 저항을 하리라고는 생각하지 못했소. 겨우 3만의 보병만으로 저항을 하다니 국민들을 모두 다 죽일 생각이었소? 이야기 좀 들어봅시다, 대통령."

유성훈이 힐책하는 투로 묻자 루스벨트는 작게 한숨을 내쉬었다.

"나도 가슴이 아픕니다. 연방 수도방위사단은 본인들이 원한 저항이었지만 나머지 시민군은 순전히 백악관과 국방성의 모든 통신이 두절됨으로써 일어난 일이오. 연방군 역시 귀국의 공격이 시작되면서 항복을 시키려 했으나 실패했소. 불가항력이었소이다."

루스벨트는 단순한 통신두절로 알고 있었지만 결과적으로 제국군이 시행한 강력한 전파방해가 미군의 항복을 막고 결사적인 저항을 하도록 만들어버린 것이다. 쌍방 어느 쪽도 의도하지 않은 학살이 일어난 셈이었다. 유성훈은 쓴웃음을 머금었다.

'이거야…… 먼저 항복을 강하게 권유한 다음에 전파방해를 했어야 했나? 이 사람들 탓할 일이 아니로군. 젠장.'

잠시 자신의 잘못을 책하던 유성훈이 다시 입을 떼었다.

"사정이 있으셨군요. 좋습니다. 그럼 이제라도 항복을 공식적으로 발표하고 우선 민간인을 포함한 모든 잔류 병력의 무장을 해제시키세요. 항복문서 조인식은 별도로 이곳에서 시행할 것이니 우선 대통령께서는 심 대령과 함께 방송국으로 이동해서 항복과 무장 해제를 발표해 불필요한 인명 피해를 최소화하십시오. 무장 해제는 민간인에게도 예외는 없습니다. 동의하십니까?"

두 사람은 무겁게 고개를 끄덕이고는 곧바로 심훈혁과 함께 시내의 방송국을 향해 떠났다.

미국이 항복함으로써 2년에 걸친 태평양 전쟁은 끝이 났다. 항복과 무장 해제에 대한 공식 발표를 마친 루스벨트는 곧바로 다시 백악관으로 돌아와 10개 조항의 항복합의문서에 서명하고 대통령직을 사임했으며 제국은 민주당과 공화당 모두를 해산시키고 2년의 군정기간 동안 트루먼을 임시정부 수반으로 추대해 민간인 비무장화를 포함한 무기생산금지 등 제국이 원하는 정책을 시행하게 했다.

### 항복 합의문

1. 미국은 대한제국에 무조건 항복하고 2년간 대한제국이 군정을 실시한다.
2. 2년간의 대한제국 군정기간 동안 모든 미국인의 정치활동을 금지한다.
3. 미국은 향후 100년간 군대를 가질 수 없다.
4. 미국은 모든 군대를 즉시 무장 해제하고 수거된 무기를 대한제국에 인도한다. 로렌시아 공화국 주둔 병력 역시 무장을 해제하고 즉시 철수시킨다.

5. 미국은 알래스카, 캔자스, 미주리주를 대한제국에 영구 할양한다.
6. 미국은 북위 29도 이하의 플로리다 반도를 대한제국에 100년간 조차한다.
7. 미국은 전쟁 배상금 제국화폐 700억 원을 대한제국에 10년간 분할 납부한다.
8. 미국은 북아메리카 원주민 학살에 대해 공식적으로 사과하고, 그 배상금으로 제국화폐 1천억 원을 대한제국에 30년간 분할 예치한다.
9. 미국은 전쟁 배상금으로 제국화폐 200억 원을 멕시코에 10년간 분할 납부한다.
10. 미국은 멕시코 유전개발에 대한 권리를 주장하지 못한다.
11. 전쟁포로는 즉각 석방한다.

**1942년 6월 4일 09:55 서울, 경복궁**

유상열은 붉은 장미가 흐드러지게 피어 있는 수상집무실 정원을 느릿하게 걸었다. 워싱턴 함락과 항복문서 조인이 끝나자 조금은 허탈한 감도 없지 않았다. 시간을 건너온 이후, 수십 년간 지겹도록 계속된 전쟁이 이제 끝난 것이고 그의 생애에 마지막이 될 전쟁을 승리로 마무리한 것이었다. 하지만 상식적인 관점으로 보아도 제국의 이번 제2차 세계대전 참전은 그 시작부터 많은 문제점을 안고 출발했다.

예컨대 전쟁의 목적은 '좀 더 나은 평화상태'를 가져오게 하는 것이어야 했다. 이 화두는 팽창을 추구하는 능동적 침략국이나 자기의 보존을 위해 싸우는 수동적 수비국가에 공통적으로 적용되는 사안이었다. 그리고 21세기 유럽의 쇠퇴가 보여주듯, 오랜 전쟁의 역사가 증명하는 것은 군사적 승리가 반드시 정치적 목적의 달성을 가져오지는 않는다는 것이었다. 헌데 제국의 이번 전쟁이 그랬다.

전쟁의 시작부터 제국이 원해서, 원하는 곳에서 시작된 전쟁이 아니었으며 상대적이긴 하지만 제1차 세계대전에 비해 엄청나게 많은 전비를 투입했음에도 불구하고 얻은 것이 별로 없었다. 단지 제국의 국제적 위상을 끌어올리고 미국과 호주 등 태평양 연안의 강국들을 최악의 상태로 끌어내린 것일 뿐, 제국이 실질적으로 얻은 것은 호주 대륙의 제국령 서호주 등 몇 개의 위성국가가 전부였다.

물론, 서호주가 향후 제국의 식량창고 노릇을 하게 될 것과 제국의 위상이 극단적인 수직상승을 했다는 데에는 이견이 없었지만 그간 투입한 상상을 초월하는 전쟁 비용은 패전국에서 받아낼 몇 푼 안 되는 전후 배상금만으로는 충당이 불가능했다.

결국 제국은 가상의 적을 제거했다는 점을 제외한다면 전쟁의 궁극적 목표인 '더 나은 평화 상태'를 획득하는 데는 실패했다. 게다가 앵글로색슨족의 극단적인 몰락은 다음 전쟁의 불씨를 잉태한 것이나 마찬가지였다. 그리고 러시아와 천화공국이 살아 있는 한 레닌의 공산주의는 패전국의 어려운 생활을 파고들어 새로운 냉전 체제를 강요하게 될 것이었다.

사실상 전쟁은 지금부터 다시 시작이라고 보아야 했다. 유상열은 한숨을 내쉬었다. 아직도 유럽의 전쟁이 모두 끝난 게 아니고, 지금 고민한다고 곧바로 해결책이 보이는 일도 아니었다. 물론 급할 것은 없었다. 우선은 현안인 차고 넘치는 국내의 군수용 잉여인력의 소개부터 시작해야 했다.

정원의 끝이 보이자 유상열은 아내 몰래 숨겨둔 '일송정' 담배 한 개비를 꺼내 불을 붙였다. 제국 전매청에서 만들어내는 '일송정'은 세계 최고의 품질을 자랑하는 담배였지만 그에게는 조금 독한 쪽에 들어갔다. 그렇다고 다른 여성용 담배를 피울 수는 없었다.

'조금만 더 순한 놈이 있으면 좋을 텐데……'

잡생각을 털어버린 그가 담배 한 모금을 깊이 빨아들이자 비서실장 이혁이 다가왔다.

"각하! 기자회견 준비가 끝났습니다. 나가보셔야 할 시간입니다."

"그런가? 그럼 가세나."

유상열은 담배 끝의 불씨 부분을 검지손가락으로 튕겨내 떨어뜨리고 장미 사이에 밴 담배 연기를 다시 한 번 음미한 뒤, 이혁을 따라나섰다.


경복궁 기자회견장에 모인 내외신 기자들의 숫자는 제국이 개전을 선언할 때보다 많이 줄긴 했으나 여전히 빈틈을 찾아보기 힘들었다. 수상 입장을 알리는 비서실장의 목소리가 확성기를 통해 흘러나오자 웅성거림이 잦아들었다. 여기저기서 사진기 플래시가 터지고 10여 개가 넘어가는 동영상 전송기에 촬영 중임을 알리는 붉은색 등이 들어오기 시작했다. 그가 차분한 목소리로 종전을 선언했다.

"국민 여러분. 유상열입니다. 1942년 6월 2일 대한제국은 미국의 무조건 항복을 받았습니다. 따라서 지난 2년간 우리를 괴롭히던 전쟁은 완전히 끝이 났음을 공식적으로 선언합니다."

박수 소리가 터져 나오며 여기저기서 환호성이 들렸다.

"오늘 정오를 기하여 파천-2를 해제하고 준전시의 파천-1로 대치합니다. 유럽의 전쟁은 아직 끝나지 않았으며 이웃나라인 천화공국과 중화민국의 전쟁도 끝나지 않았기 때문입니다. 우리 군은 남은 전쟁들이 모두 마무리될 때까지 조국의 안전을 위해 최선을 다할 것입니다. 미국은 향후 2년간 무장 해제와 재반방지를 위해 대한제국군의 군정이 실시됩니다. 이미 알고 계시겠지만 대한제국의 군정을 받고 있는 호주는 서호주와 동호주로 나누어 통치하게 될 것이며 3~4년 후 제국령의 새로운 국가로 독립하게 될 것입니다. 우리 군은 다시는 이런 무모한 전쟁이 일어나지 않도록 재발방지에 전력을 기울일 것이며 유럽의 전쟁 역시 신속한 종전을 유도할 것입니다. 정부는 이번 전쟁에서 조국을 위해 순국하신 전몰장병 유족들에게 심심한 조의를 표합니다. 또한 모든 전선에서 헌신한 우리 국군 장병들의 노고에 진심으로 깊은 감사를 드립니다. 조국은 이들 전몰장병 모두에게 부족하나마 2계급 특진과 함께 화랑무공훈장을 추서합니다. 이들을 위해 묵념합시다."

비서실장의 낮은 목소리가 다시 확성기에서 흘러나왔다.

"일동 묵념."

"바로."

묵념이 끝나자 유상열은 참전 경과와 대미 정책에 대한 보도자료를 배포하도록 홍보실장에게 지시한 후 조용히 기자회견장을 빠져나왔다.

잠시 숙연해졌던 분위기는 다시 소란스러워지기 시작했다. 어쨌거나 이긴 전쟁의 끝은 즐거울 수밖에 없었고 회견장에 모인 기자들 사이에서는 벌써 다음 달 1일로 예정된 전승기념 축제와 귀환병력 환영행사가 새로운 화제로 떠오르고 있었다.

### 1942년 6월 13일 19:00 미국, 마이애미

해병16사단이 주둔군으로 상륙한 마이애미에는 엷은 긴장감이 감돌고 있었다. 1개 연대 규모의 병력을 보유한 플로리다주 방위군이 무장 해제를 거부한 채 웨스트 팜비치의 사단 주력과 대치하고 있었기 때문이었다. 주방위군의 빈약한 화력으로 정규 제국군, 그것도 공격부대인 해병대와 대적하기는 불가능할 것이었으나 아무래도 저항하는 병력이 존재한다는 것은 꺼림직한 일이었다. 당연히 전부대의 외출이나 자유시간은 제약을 받을 수밖에 없었고 마이애미비치 주둔 해병 수색대 3중대 대원들 역시 아름다운 바다를 그냥 바라만 보고 있어야 했다. 해변 숙영지에 옹기종기 둘러앉은 수색대원들의 얼굴에도 불만스러운 표정이 가득했다.

김문혁 병장은 마이애미에 상륙한 이래 줄곧 생각해오던 일을 오늘 저녁 결행하기로 하고 동지를 구하기 위한 작업에 들어갔다. 김문혁이 숨겨온 소주를 반합 뚜껑에 따라 옆자리의 강성욱에게 건네며 말했다.

"야. 성욱아. 한잔해라. 해변 쳐다봐야 이리로 올라올 놈들도 없다. 글고 우린 여기 치안 유지만 하면 되는 거야. 이만 긴장들 풀어라. 그렇지요? 소대장님!"

김문혁의 능글맞은 질문에 소대장 김성일이 피식 웃으며 말했다.

"풋! 야, 김 병장 너 또 무슨 꿍꿍이가 있어서 슬슬 작업을 거냐? 그래 이야기 해봐라."

김문혁이 머리를 긁적거렸다.

"참내! 소대장님 앞에서는 뭔 말을 못한다니까? 쩝, 딴 게 아니구요. 우린 여기 점령군으로 온 것 이닙니까?"

"그런데?"

"그리고 해변에도 들어가지 못하게 하니 조금 답답하기도 하고, 에 또…… 사실 여기 백마 타 본 사람 없잖아요? 그래서 오늘 밤에 백마 한번 타볼까 하구요. 히히."

"뭐? 백마? 이게 지금 제정신이 아니네. 사단본부에서 주방위군인지 뭔지 때문에 비상해제 아직 안 한 것 몰라? 그리고 아무 데서나 ×대가리 놀리다가 총살되는 수가 있어."

"그렇긴 한데요……. 사실 유럽 놈들이 아메리카 대륙 와서 한 짓을 생각하면 우리도 씨를 좀 뿌려놔야 되는 거 아닌가 싶어서 말입니다. 솔직히 남미 사람들은 백인 놈들이 남자들은 전부 죽여 버리고 여자들은 모조리 강간해서 순수 원주민이 없다시피 하잖아요. 지금 혼혈밖에 더 있습니까? 그러니 백인 여자들도 좀…… 헤헤."

김성일의 눈매가 매서워졌다.

끝나지 않은 전쟁의 끝 109

"시끄러워! 못 배운 양놈들이 그랬다고 너도 똑같이 하냐? 쓸데없는 소리 작작하고 잠들이나 자둬라. 우리도 내일 새벽에 웨스트팜비치로 이동한다. 좀 전에 중대본부에서 연락 왔다. 그리고 너! 김 병장, 오늘 밤에 어디로 사라지면 바로 영창이다. 내가 몇 번 확인할 거야. 이상. 가서들 쉬어라."

"네."

힘없이 대답하는 김문혁의 입이 석자는 앞으로 튀어나와 있었다.

### 1942년 6월 17일 11:00 미국, 플로리다,
### 웨스트팜비치 남쪽 30킬로미터 레이크워스

여섯 대의 현무-23 장갑차를 앞세운 해병 16사단 수색대 3중대는 넓게 산개한 상태로 레이크워스 시내로 진입하기 시작했다. 반경 5킬로미터가 조금 넘어 보이는 시내에는 낮은 단층 건물들만이 즐비했고 인적은 완전히 끊어져 있었다.

장갑차를 따라 천천히 전진하던 김문혁이 관자놀이에 비 오듯 흐르는 땀을 닦아내며 투덜거렸다.

"젠장! 한 상병! 여기 정말로 미군이 있긴 있는 거냐? 주방위군 연대 규모가 저항한다고 2개 연대씩이나 동원해 놓고는 왜 명색이 수색대인 우릴 이런 촌구석에 처박는 거야? 아무도 없잖아?"

한 상병은 대답할 기운도 없는지 고개를 살레살레 흔들었다. 습하고 무더운 플로리다의 살인적인 날씨는 무거운 장비에다 방탄복까지 껴입은 대원들을 거의 탈진 직전으로 몰아가고 있었다.

한 상병의 옆에서 걷고 있던 김성일 소위가 대신 대답했다.

"없으면 더 좋겠지만 전쟁터가 되어본 적이 없는 마을에 사람이 없다는 것은 군대가 소개를 시켰다고 볼 수밖에 없다. 그렇다는 이야기는 여기에 미군이 있다는 것과 같은 이야기다. 괜히 우릴 여기로 보낸 게 아닐 거다. 긴장들 해라."

시내 한복판을 가로지르는 도로가에는 아열대 특유의 야자수들이 줄지어 자라고 있었고, 맨땅을 쥐어뜯는 장갑차의 무한궤도가 피워 올리는 흙먼지만 대원들의 신경을 건드리고 있었다.

김문혁의 소대에 배치되어 있는 장갑차 두 대가 도시 외곽의 두 번째 구간을 지나치자 무전기에서 중대장의 목소리가 들려왔다.

"2소대가 진입한 지역에서 움직임이 포착되었다! 산개 후 지형지물을 이용해서 진입해라. 반복한다. 2소대 지역에서 움직임이 포착되었다."

소대장이 대원들의 산개를 지시하려는 순간 나직한 파열음이 들렸다.

쉬이익!

쾅!

선두 장갑차의 무한궤도에서 강한 폭발음이 들리며 장갑차 옆에 노출되어 있던 대원 하나가 가슴에 파편을 얻어맞고 장갑차 뒤로 2~3미터 가량 날아와 김문혁의 앞으로 떨어졌다. 동시에 기관총탄이 장갑차에 부딪치는 소리가 요란하게 들리기 시작했다.

"적이다! 대전차포를 가지고 있다! 산개하라!"

소대장 김성일의 당황한 목소리와 함께 대원들은 도로 양측의 골목으로 튀어 들어갔다. 김문혁도 쓰러진 병사의 뒷덜미를 잡아 끌며 도로가의 굵은 야자수 뒤로 몸을 숨겼다.

"콜록! 커억!"

다행히 가슴에 파편을 맞은 병사는 정신을 차리고 있었다. 가슴 부분의 상의는 너덜거렸지만 파편이 방탄복 위로 집중되었는지 다른 상처는 보이지 않았다. 그래도 한동안 움직이기는 어려울 것이었다. 병사의 방탄복을 벗기는 사이 다시 장갑차에 대전차포가 명중되며 무한궤도의 차륜이 날아갔다.

"2시 방향! 건물 안쪽이다!"

소대장의 고함 소리가 들리자 장갑차의 고속 중기관총이 불을 뿜었다. 부실한 건물 벽과 유리창이 한꺼번에 날아가며 건물 속에 매복했던 미군들의 모습이 슬쩍 보였다가 곧바로 건물 안쪽으로 처박혀버렸다. 기동이 가능한 장갑차가 빠르게 전진하며 기관총을 난사하기 시작했으나 40개가 넘는 건물 곳곳에 은폐한 미군을 모두 제압하기에는 역부족이었다.

김문혁은 야자수 옆으로 빠끔히 고개를 내밀고 적진을 살펴보았다. 아군의 기관총들도 사격을 시작했으나 이 상태로 전진은 무리인 듯싶었다. 중앙대로의 건물 여기저기에 깔린 숫자만 최소한 중대병력은 넘어 보였고 사격의 집중력도 상당해서 제대로 훈련받은 병사들인 것 같았다. 아군이 발사한 케이-7 유탄 서너 발이 오른쪽 첫 번째 건물에 집중되고 있었다.

"젠장! 이렇게 병력이 많으면 제압사격부터 하고 들어왔어야지 그냥 밀고 들어오면 어쩌자는 거야! 게다가 이거 뭔 놈의 주방위군이 보유한 기관총이 이렇게 많냐!"

김문혁은 투덜거리며 바로 옆 골목 건물 벽에 분대원 세 명과 함께 나란히 붙어 있는 강성욱을 불렀다.

"야! 강 일병! 그쪽 골목은 막힌 것 같냐?"

"네. 그냥 민가가 가로막고 있어요. 하지만 담 높이는 낮으니까 넘어갈 수 있을 겁니다."

"젠장! 담 넘어 다니다가 시간 다 간다. 여기서 빠져나가기라도 해야 공격을 해보기라도 할 텐데. 명색이 세계최강이라는 해병 수색대가 이게 뭔 꼴이냐?"

다시 전방을 내다보려던 김문혁은 가로수에 꽂히는 기관총탄에 놀라 잽싸게 뒤돌아 앉아버렸다. 제대로 된 싸움은커녕 총 한 방 제대로 쏘지 못한 채 소대가 완전히 고착되어버린 꼴이었다. 만일 미군의 일부 병력이 우회라도 하게 되면 앉은 자리에서 그냥 전멸당하게 될 것이었다. 주방위군을 얕잡아 본 방심의 결과였다.

김문혁이 총알같이 골목 안으로 뛰어들며 외쳤다.

"씨펄. 갈 데까지 가 보자! 야! 니들 따라와!"

김문혁 등 5명의 대원들은 골목 안 목조 건물들을 부숴버리다시피 뚫고 건물 뒤편을 달렸다. 평소의 김문혁은 대대에 소문난 개망나니 중 한 명이지만 일단 전쟁터에 떨어지면 그의 뒤만 따라다니면 죽지는 않는다는 소문이 파다할 정도로 전투에 있어서는 타고난 감각을 가지고 있었다. 강성욱이 마다할 리가 없었다.

3분여를 입에서 단내가 나도록 뛰어 총구화염이 가장 많이 보이는 술집 건물 뒤편의 낮은 담장을 뛰어넘었다. 주방의 작은 창문을 통해 10여 명의 미군이 기관총을 발사하고 있는 모습이 보였다.
 김문혁이 나직이 말했다.
 "너! 너! 신호하면 수류탄 하나씩 까 넣고 튀는 거다. 준비. 하나, 둘, 투척!"
 김문혁이 유리창을 깨뜨리자마자 대원 두 사람이 수류탄을 던져 넣고 주방 창문 아래로 몸을 웅크렸다.
 콰쾅!
 수류탄 두 발이 내부에서 폭발하자 사격은 금방 멈췄고, 김문혁과 강성욱은 반쯤 날아간 주방문을 걷어차며 K2를 자동으로 놓고 난사해버렸다.
 타타타탓!
 탄창 한 개를 완전히 소모한 김문혁 일행은 빠른 속도로 다음 건물로 이동하기 시작했다. 더 이상 움직일 수 있는 사람은 없을 것이었다. 그러나 건물 두 개를 더 해치우고 다시 이동하려던 그들은 30여 미터 떨어진 이발소 건물의 뒤쪽에 미리 대기하고 있던 미군 병사 10여 명에게 집중사격을 당하면서 인근의 낮은 담장 밑으로 머리를 처박아야 했다. 이번에는 2시와 11시 방향 두 군데에서 쏟아지는 교차사격에 노출된 상황이어서 고개를 쳐들기조차 어려웠다.
 "젠장! 이건 중대가 아니라 대대병력 주둔지잖아! 사단 전선통제기는 뭘 보고 다니는 거야! ×할! 강일병! 연막탄 있으면 까서 던져!"
 "네!"
 강성욱이 어깨 탄띠에 걸린 연막탄을 꺼내려는 순간 강력한 바람이 불어오면서 미군의 사격이 잦아들기 시작했다. 몸을 뒤집어 하늘을 쳐다보자 직승공격기 10여 기가 강력한 기관포와 로켓탄을 쏟아내고 있었다. 뒤늦게 상황을 파악한 사단 본부에서 긴급히 직승기 중대를 파견한 것이었다.

김문혁이 누운 자세 그대로 강 일병에게 말했다.

"씨펄! 역시 군대는 보직이야. 누군 이 찌는 여름날 방탄복까지 껴입고 걸어다니는데 언놈들은 시원한 직승기에 앉아서 발사단추만 누르고 있으니. 쩝…… 강 일병. 이제 상황 보고 있다가 끝난 것 같으면 이야기해라. 우린 할 만큼 했으니 좀 쉬자."

서너 개의 검은색 직승기 기체가 7의 눈앞을 빠른 속도로 통과해 전진하고 있었다.

**1942년 6월 20일 08:50 플로리다, 웨스트팜비치**

예상외의 강력한 저항에 부딪힌 마이애미 주둔 대한제국 해병 16사단 사령부에는 비상이 걸렸다. 가장 큰 문제는 저항의 규모가 아니라 구형 샷건으로 무장한 민간인들이 상당수 포함되어 있다는 것이었다. 3천으로 예상되던 병력이 2만을 넘어가는 것으로 관측되었으니 최소한 1만7천은 민간인 지원병이라는 이야기였다. 게다가 레이크워스에서 포로로 잡은 병사들 중에는 열다섯에서 열일곱 살짜리가 네 명이나 포함되어 있었다. 그들의 말로는 웨스트팜비치에서 더 어린 아이들도 보았다는 것이었다. 성인들이 모두 징집되어 사라진 마당이니 이 지원병의 대부분은 당연히 어린아이들일 것이었다. 그대로 진압을 하자니 추후 감당해야 할 비난이 뒤통수를 간질였다.

나성의 원정군 사령부에 상황을 보고한 16사단장 이명훈은 사단 전병력을 동원, 웨스트팜비치를 포위하고 해군의 지원을 기다리기로 했다. 포위 상태를 유지하면서 식량과 급수, 전기 등을 모두 차단하고 항복을 권유해보기로 한 것이었다.

하지만 전투 없이 진압을 할 수 있었으면 했던 그의 바람은 조현태 나성파견군 사령관의 전문과 위성사진 몇 장이 사단본부 전산단말기로 전송되면서 산산이 깨져버렸다.

작전참모 김천수가 작전지도를 들여다보고 있던 이명훈의 상념을 깨뜨렸다.

"사단장님! 이거 쉽게 생각하면 안 되겠는데요?"

"응? 왜?"

김천수가 방금 출력한 전문과 위성사진을 내밀었다.

"워싱턴 함락 직전에 워싱턴을 빠져나간 열차 하나가 웨스트팜비치로 이동했다는 이야기인데 제법 많은 양의 무기와 병력이 함께 떠났다는 내용입니다. 펜타곤에서 실험 중이던 신형 12.7밀리 기관총 100여 정과 10여 대의 신형 전차도 함께 빠져나온 모양입니다. 정확하지는 않지만 기관총은 분당 1천 발 이상을 발사할 수 있다고 합니다. 지난번에 레이크워스에서 노획된 총기가 그것들인 모양입니다."

"젠장! 그럼 정규군들이 포함되어 있다는 이야기 아닌가? 빌어먹을 자식들. 죽으려면 저희들이나 죽을 것이지 왜 민간인들을 끌어들이고 지랄이야!"

이명훈이 짜증스러운 표정으로 다시 물었다.

"그 위성사진은 뭔가?"

"웨스트팜비치 위성사진입니다. 개략의 병력배치도와 숙영지, 그리고 무기고로 보이는 두 곳의 건물사진입니다. 무기류의 이동이 제법 눈에 띄는 것으로 보아 정확하지 싶습니다. 예상외로 지하로 들어가지 않고 민간인 지역의 한가운데 있는 건물을 위장해서 사용하고 있습니다."

"이 자식들 아예 민간인을 방패로 삼으려고 작정을 했구만. 열다섯 살찌리 군인들에 민간인 지역 군사시설이라……. 환장하겠군."

"정규 연방군이 포함되어 있는 것을 몰랐다면 모를까 알게 된 이상 어쩔 수 없습니다. 게다가 무기까지 충분한 이런 상황이라면 저들이 항복할 이유도 없습니다. 공격하셔야 합니다. 자칫하면 선제공격을 당할 수 있습니다."

이명훈은 머리를 감싸 쥐었다. 웨스트팜비치에 밀집된 민간인은 20만에 가까웠고 공격이 시작되면 아무리 선별 공격한다 해도 최소한 1/3은 죽어나간다고 보아야 했다. 게다가 일단 지상군이 진입하면 제 목숨도 위험한 교전 중에 선별공격이 제대로 될 리가 없었다. 한술 더 떠서 조차지 취재한다고 따라나선 50여 명의 종군기자들의 통제도 문제였다. 모조리 생방송을 하는 것들이어서 만일 한 놈이라도 민간인 피해지역 화면을 송출하게 되면 뒷감당이 만만치 않았다. 자칫 아군의 사기를 떨어뜨리고 미국 전역의 저항 세력을 키워주는 결과가 될 수도 있었다.

"젠장! 부관! 일단 종군기자 전원을 한자리에 모아서 상황 설명을 하고 협조를 당부해라. 안 되면 전부 감금이라도 해! 정말 욕 나오게 하는군. 지난번에 태평양 함대에서 빼온 해모수-11은 어디에 있나?"

"웨스트팜비치 항구 외곽 80킬로미터에 무장상태로 대기 중입니다. 우리 사단 직승기 24기 포함해서 대한-13은 전부 36기가 동원 가능합니다."

"그럼 해모수의 함재기 전부 출격시켜라. 사단 직승기 12대하고 공동 작전시켜서 시내에 있는 무기고와 숨어 있는 신형 전차들부터 깨끗하게 청소시켜라. 그리고…… 북쪽 도로와 철도를 차단하고 있는 2연대에게 탈출로를 열어주도록 지시해라. 도주하는 부대도 기동력은 전혀 없을 테니 민간인과 유리되면 그때 소진시킨다. 직승기 공격은 13시부터 시작하고 직후에 지상군을 투입한다. 빌어먹을! 준비해라."

"알겠습니다."

작전참모들이 간단한 거수경례를 마치고 지휘차량 밖으로 나서려 하자 이명훈이 덧붙였다.

"해모수에는 직승기용 150킬로그램짜리 소형 주작-1이 있을 거다. 전차들 무리해서 로켓탄으로 잡으려 하지 말고 전차 주둔지역에 한 개씩 떨어뜨려주라고 해라. 아직 주작에 대한 방호능력은 없을 거야. 항복 이후에 저항하는 첫 번째 정규군이니 확실하게 제압할 필요가 있다. 흔적도 남기지 마라."

**1942년 6월 19일 13:20 플로리다, 웨스트팜비치 시내**

수십 기의 제국군 직승공격기가 휩쓸고 지나간 자리에는 엄청난 화재만이 남아 있었다. 마땅한 대공화기가 없던 미군은 대전차포와 기관총으로 직승기의 공격에 대항했으나 피격된 직승기는 하나도 없었다. 무기고로 사용하던 건물들에서는 벌써 유폭으로 인한 대형 버섯구름이 하늘을 가리고 있었다. 스틸웰 중장은 자신이 워싱턴에서 탈출하며 겨우겨우 확보한 열차 5량 분의 탄약이 모조리 날아가버리자 애꿎은 부하들에게 신경을 곤두세웠다. 전차들이 배치되어 있던 곳에서도 검은 연기가 피어오르는 것으로 보아 전차들 역시 살아남지 못했을 것 같았다.

"이런 젠장! 저놈의 노랑 원숭이들은 어떻게 매번 위장까지 해놓은 아군 부대배치를 정확하게 파악하고 있느냔 말이다! 아군 중에 스파이가 있는 것이다! 시내에 인디언이나 황인종이 있는지 확인해봐라! 그놈들이 스파이이기 쉽다! 찾아내!"

스틸웰의 짜증이 점점 심해지자 함께 플로리다로 내려온 레이먼드 소장이 말했다.

"그만하세요. 스틸웰 중장. 저 친구들이 무슨 죄가 있겠습니까. 가능하면 대한제국 상륙부대에서 먼 곳으로 이동한다는 것이 하필 제국군 주둔 지역이 되어버린 탓이겠지요. 최대한 빨리 내륙지방으로 후퇴해 근거지를 마련하는 수밖에 없을 것 같군요. 물론 탈출에 성공한다는 보장도 없지만 말입니다."

스틸웰과 레이먼드는 지난 워싱턴 함락 직전에 게릴라전을 감행하겠다는 생각으로 500명의 정예 부대를 데리고 펜타곤을 탈출했었다. 탈출 직후 행선지를 결정하는 과정에서 플로리다의 늪지와 숲을 잘 이용하면 장기적인 게릴라전이 가능할 것으로 보았고 열차 한 대를 징집해 곧바로 웨스트팜비치로 내려온 것이었다. 그러나 하필 플로리다가 제국군 조차지가 되어버렸고 미처 병력을 추슬러 내륙으로 이동을 준비하기도 전에 제국군이 마이애미에 상륙해버린 것이었다.

"후, 젠장! 그걸 내가 모르겠소? 너무 화가 나서 주체를 할 수가 없어서 그래요. 이제는 각 부대가 보유하고 있는 탄약이 전부일 것이고 식량도 한 달 이상은 버틸 수가 없을 것입니다. 그러니 짜증이 날 밖에요."

"여기는 시민군에게 맡기고 주 방위군과 우린 북서 내륙으로 이동해 다시 자리를 잡읍시다. 방법이 없어요."

"장군이 보기에 탈출이 가능하겠소?"

"어렵겠지요. 그래도 시도는 해봐야 할 것 아닙니까."

스틸웰은 고개를 가만히 좌우로 흔들었다. 아마도 불가능할 것이었다. 웨스트팜비치를 포위하고 있는 제국군 해병대는 둘째 치고 하늘을 날아다니는 저 요상하게 생긴 항공기들을 막을 방법이 없었다. 그나마 지금은 민간인 지역에 섞여 있는 통에 제국군이 야포 공격을 가하지 못하고 있으나 시내를 벗어나면 제약이 사라진 제국군의 무차별 공격이 아군 진영을 헤집을 것이었다. 최대한의 민간인 피해를 만들어내 제국에 대한 반감을 극대화한다는 당초의 계획도 최소한의 저항군이 살아남아 있을 때의 이야기였다. 자신들이 살아남지 못한다면 쓸데없는 민간인의 피해만 발생시키는 꼴이 될지도 몰랐다.

난감한 표정으로 무기고에 치솟고 있는 화염을 바라보던 두 사람에게 스틸웰의 부관이 급히 달려왔다.

"장군님! 남쪽과 서쪽의 대로로 대한제국군이 진입하고 있습니다. 10여 대의 전차가 선봉이고 상공에는 조금 전의 검은색 항공기도 다수 나타났습니다. 일단 외곽부대가 진입을 막고는 있지만 오래 견디기는 어려울 것으로 보입니다. 피해가 너무 심합니다."

스틸웰은 마음을 굳혔다.

"젠장! 끝까지 싸운다. 민간인들의 피해도 어쩔 수 없다. 연방군과 주방위군은 철수시켜."

파바팡!

갑자기 날카로운 파공음이 귓전을 때렸다. 그리고 뿌연 흙먼지가 시야를 가렸다. 주변을 돌아보니 서 있는 사람이 아무도 없었다. 그의 부관은 사령부로 사용하던 건물 현관 쪽에 널브러져 있었고 레이먼드 소장은 머리 한쪽이 날아가버렸다. 옆구리를 찌르는 엄청난 고통이 목줄기를 타고 머리끝까지 치솟아 올랐다.

'크윽…… 제기랄!'

서서히 무릎을 꿇는 그의 눈앞으로 사령부 건물에서 솟아오르는 하얀 섬광이 스쳐갔다.


**1942년 7월 1일 09:10 독일, 베를린**

정신없이 바쁘게 움직이던 세 사람이 한자리에서 모임을 가진 것은 근 한 달만의 일이었다. 구데리안과 롬멜은 숙군작업이 마무리된 뒤에도 방치되어 있던 전선의 정비와 보급선 확보에 한가할 시간이 없었고, 아데나워는 그간 피폐해진 내정을 단속하느라 여념이 없었기 때문이었다. 하지만 시급한 일들이 대충이라도 수습되고 나자 마지막으로 그들의 눈길이 돌아온 곳은 공통된 주제였다. 그 공통된 주제 '전쟁의 종결'을 위해서는 세 사람의 합의가 꼭 필요했고 어쩔 수 없이 바쁜 시간을 쪼개고 쪼개 다시 얼굴을 마주한 것이었다. 어차피 전선이 고착된 지가 벌써 두 달이 가까웠으니 더 이상 방치하는 것도 불가능했다. 어디서든 전단을 구해야 했다.

히틀러로부터 시작된 내전과 연이어 벌어진 제2차 세계대전은 벌써 10년을 훌쩍 넘겨가며 독일을 지긋지긋한 전쟁 속으로 몰아넣은 셈, 국토는 당연히 피폐해졌고 전쟁을 치르는 다른 국가들과 마찬가지로 독일에서도 성인 남성을 찾아보기가 쉽지 않았다. 그런데도 정리된 전선은 단 한 곳도 없었다. 물론 히틀러라는 내부의 큰 적은 사라졌지만 러시아와 영국 등 사방의 강적들이 아직도 정리되지 않은 채 방치되어 있어 세 사람 모두 정리의 필요성을 절감할 수밖에 없었다.

간단한 수인사가 오가고 나자 롬멜이 먼저 입을 열었다.

"두 분도 아시겠지만 이제는 정리를 해야 합니다. 더 이상 전쟁을 확대하면 승전을 한다 해도 국가를 유지할 수 없습니다. 서부전선 아니면 동부, 어느 쪽이던 한쪽은 포기를 해야겠습니다. 생각들을 이야기 해보시지요."

구데리안이 말했다.

"롬멜 원수도 마찬가지지만 솔직히 나는 군인입니다. 정치가가 아니에요. 아네나워 총리의 생각을 들어보십시다. 총리, 총리의 국제 감각이 우리들보다는 한 수 위일 것이라고 생각합니다. 생각을 이야기 해보세요."

"좋습니다. 제 생각을 말씀드리지요. 우리의 주적은 현재 러시아와 영국 그리고 스페인입니다. 그리고 동맹인 오스트리아는 이탈리아, 프랑스와 전쟁 중입니다. 결국 다섯 국가와의 싸움이라고 보아야 하는데 이중 영국은 이미 전쟁수행능력이 사라졌습니다. 지금이라도 런던에 조금만 더 압박을 가해도 항복을 할 것입니다. 그러니 우선적으로 집중공략해서 항복을 받는 것이 좋을 것 같습니다. 다음은 스페인입니다. 스페인군이 파리 인근까지 진격해 있습니다만 솔직히 아군의 상대는 되지 못합니다. 영국이 항복하고 나면 그들도 아군과의 단독전투가 부담스러울 테니 프랑스 남부에서 이익을 조금 챙기고 물러날 것이라고 봅니다. 허니 최우선으로 영국을 항복시키는 것이 중요합니다."

"다음은요?"

"프랑스는 남쪽의 드골 정부를 인정해주고 남북 프랑스로 갈라놓는 겁니다. 이미 드골과 페탱은 공존할 수 없으니 두 개의 약소국으로 남아 있게 하면 향후의 위협도 줄어들 것입니다. 오스트리아와 협의해서 네 나라가 종전협상을 하는 겁니다. 충분히 가능합니다. 오스트리아로서도 이탈리아만 상대하게 되면 전쟁을 쉽게 끝낼 수 있을 겁니다. 그 부분은 제가 처리하겠습니다."

롬멜이 고개를 끄덕이면서 동의를 표명했다.

"영국의 항복을 받고 프랑스는 종전협상을 하되 분단시킨다? 좋은 생각이군요. 그럼 러시아와 폴란드 문제는 어찌 하시겠습니까? 폴란드 저항군의 발호가 요즘 상당히 심각합니다. 러시아와의 싸움에 걸림돌이 될 겁니다."

"그렇습니다. 해서 우리가 필요한 슈제친항과 포즈닌, 브로트와프를 연결하는 지역을 독일의 영토로 귀속시키고 리투아니아와 폴란드의 나머지 지역을 현재의 폴란드 독립군에게 돌려주어 독립시키는 겁니다. 물론 러시아와의 전쟁에 협조하는 조건으로 말이지요. 그리고 러시아에서 추가로 확보하는 지역은 폴란드의 영토로 넘겨주겠다고 하는 겁니다. 기에릭이 마다할 리가 없습니다. 우리는 우리대로 체코와 슬로바키아 지역을 이용해 점령지인 우크라이나 남부, 흑해의 오데사항까지 영구적으로 진출할 수 있습니다. 물론 그렇게 되면 흑해에서 터키와의 분쟁도 생길 수 있을 것이지만 러시아라는 공동의 적이 있는 한 터키도 그리 심하게 반대하지는 못할 겁니다."

아데나워가 물을 마시기 위해 잠시 말을 멈추자 구데리안이 계속하기를 권했다.

"러시아의 처리가 궁금하군요."

"러시아는 최근 키르기스를 독립시키면서 터키, 시베리아와 종전협상을 성공시켰습니다. 물론 우리와의 전쟁에 집중을 하기 위해서겠지요. 하지만 그들의 전쟁수행능력 역시 바닥에 가깝습니다. 영국과 프랑스가 정리되고 나서 병력을 러시아에 집중시키면 한 번의 전투로 굴복시킬 수 있습니다. 모스크바 점령은 그만두시고 핀란드 철수와 우크라이나의 드네프르강 남부지역을 할양 받는 것으로 종전을 요구하면 무리 없이 전쟁을 종결지을 수 있습니다."

롬멜이 맞장구를 쳤다.

"가능할 것 같군요. 그렇게 정리가 된다면 유럽은 우리 손에서 움직일 수 있겠습니다. 상세한 것은 추후에 다시 이야기하도록 하고 일단 그런 식으로 가닥을 잡으십시다. 그런데 대한제국이 다시 독립시켜 놓은 북미대륙의 로렌시아 공화국은 어떻게 처리하는 것이 좋겠습니까?"

"우선은 대한제국이 치안 병력과 관리들을 파견해 놓았다고 들었습니다. 유럽의 전쟁을 최대한 빨리 끝내고 우리 병력을 내보내야지요. 하지만 어차피 독립국인데다 이미 대한제국의 영향을 받기 시작해서 우리 영향력 내에 온전히 가둬두기는 어려울 겁니다. 추후에는 완전히 독립국이 되리라고 생각해야 할 것 같습니다. 또……."

끝없이 계속될 것 같던 세 사람의 회의는 저녁 무렵이 되자 끝이 났다.

아데나워는 다음 날 아침 곧바로 오스트리아에 사람을 보내 협상을 시작했다. 롬멜이 10개 사단의 추가 부대를 구성하고 영국으로 떠날 준비에 들어가자 구데리안은 기에릭과의 협상을 위해 바르샤바로 떠났다.

아직도 많은 변수가 존재했고 시간이 조금 필요한 상태지만 유럽의 전쟁 역시 끝을 보이고 있었다.

**1942년 7월 21일 13:00 서울 경복궁**

　7월에 접어들면서 유상열은 군수에 집중되어 있던 인력을 소개시키기 위해 이민을 적극적으로 권장하기 시작했다. 이미 호주와의 전쟁이 종료된 연초부터 수없이 많은 제국인들이 호주와 나성, 캐나다, 중사도 등으로 이주했는데 특히 나성과 캐나다는 독립을 시키기 위한 사전 정지 작업을 겸해 200만 이상의 제국인을 추가로 이주시켰다. 그간의 전쟁으로 인해 군수 관련 인력만이 폭증한 산업구조는 전쟁이 끝난 이후에 닥쳐올 불황을 온전히 받아넘기기 어려울 것이어서, 해고되는 인력을 해외로 송출해 미개척 지역을 개발하도록 조치한 것이었다.
　나성과 캐나다 공히 국민투표를 실시, 1942년 9월 1일을 기해 독립을 선포하기로 했지만 여전히 대한제국 자치령으로 남아서 제국황제는 나성과 캐나다의 황제이기도 했다. 따라서 나성과 캐나다 총독은 제국황제가 임명하며 그들이 황제를 대표해 나라를 다스릴 것이었다. 각국 정부는 각기 입법, 사법, 행정부를 가지게 될 것이고 총독은 국회의 소집, 법안의 재가, 장관 임명, 군의 통수권 등을 소유해 실질적인 제국의 속국이라 해야 할 것이었다. 그러나 총독은 두 나라 내에서 선거를 통해 선출된 사람을 대한제국 황제가 임명하는 수순을 밟기로 했다.
　대부분의 정정이 유상열이 원하는 국면으로 순조롭게 진행되고 있으나 단 하나, 너무 커져버린 상단들만은 통제가 어려웠다. 상단이 존재하는 이유 자체가 이익의 창출이기도 했으나 제국 상단을 비롯한 대형 상단들은 아시아와 아메리카 대륙, 태평양을 완전히 장악한 엄청난 규모의 다국적 기업으로 성장해버려서 이익만을 추구하는 하나의 국가와도 같았다. 따라서 제국 정부가 100퍼센트 출자한 제국 상단 이외의 다른 상단에는 정부의 정책조차 쉽사리 강요할 수 없었다. 물론 이들이 제국군을 따라 이동하면서 전세계를 헤집고 다닌 덕분에 비교적 편안하게 태평양 연안의 국가들을 장악해갈 수 있었다. 하지만 자동차와 석유 산업이 주력기업인 한솔상단 등 10여 개 상단은 아시아의 작은 국가 정도는 간단히 전복시킬 수 있는 엄청난 회사로 성장해서 제국 정부의 새로운 골칫거리로 자리 잡고 있었다. 이점은 21세기를 겪어본 유상열의 입장으로서는 심각한 고민이 아닐 수 없었다.

실제로 21세기의 수많은 국지전은 미국 정부와 대형 다국적 기업의 이해타산이 맞아떨어져 일어난 전쟁이 대부분이었다. 기업생리상 끝없이 이익을 향해 움직여야 하는 그들을 통제할 방법은 사실상 아무것도 없었다.

그리고 그의 우려는 점점 현실로 다가오고 있었다.

**1942년 8월 14일 09:10 바르샤바 남쪽 110킬로미터, 랜돔**

열흘 넘게 랜돔에 머물면서 어렵게 기에릭과 마주앉은 구데리안은 새로운 문제에 봉착했다. 벤구리온이라는 의외의 인물이 동석했기 때문이었다. 벤구리온의 본명은 데이비드 그루엔David Gruen이며 폴란드 프원스크 출생이었다. 실제의 역사대로라면 벤구리온은 제1차 세계대전 직후 미국으로 건너가 시오니스트인 벤츠비와 함께 유대 군단을 결성해 영국군과 함께 팔레스타인 전쟁에 참여하면서 시오니즘의 선두주자가 되고, 제2차 세계대전 기간 중 이스라엘의 독립을 인정하는 벨푸어 선언을 얻어내 1948년 5월, 팔레스타인에 이스라엘 공화국을 성립시키고 초대총리가 되어야 할 사람이었다. 그런 그가 터키 치하의 팔레스타인에서 암약하다가 뒤늦게 역사의 전면으로 나선 것이다.

지은 죄가 있는 구데리안으로서는 뜻밖의 동석자로 인해 당혹할 수밖에 없었고 당연히 회의는 지지부진 원론을 벗어나지 못하는 중이었다.

"말씀드린 바와 같이 히틀러와 히믈러 등 바르샤바 학살의 직접적인 죄인들은 대부분 이미 처형되었습니다. 따라서 독일 정부는 조금 전 말씀드린 조건으로 폴란드를 독립시켜드리고자 합니다. 그리고 독립에 필요한 50억 마르크의 재정지원도 함께 약속합니다. 하지만 팔레스타인은 독일의 영토가 아닙니다. 약소국도 아닌 중동의 강국 터키의 지배하에 있는 땅입니다. 독일이 내드린다고 해서 그곳에 유대인 자치구가 성립되지는 않습니다. 그 부분은 어쩔 수 없군요."

기에릭이 피식 웃음을 터뜨리며 말했다.

"허허. 독일이 폴란드와 유대인에게 행한 탄압과 학살은 끝이 없습니다. 그것을 모두 없던 일로 할 수는 없으나 전쟁이 끝나고 팔레스타인에 유대인 자치구를 성립시켜준다면 잊어버릴 수도 있다고 했습니다. 물론 폴란드 독립은 당연한 것이고요. 만일 그것이 되지 않는다면 폴란드와의 협상도 없습니다."

구데리안의 머릿속은 복잡하게 얽혀 있었다. 폴란드인인 기에릭이 어째서 이렇게 결사적으로 유대인들을 분리 독립시켜 주려 하는 것인가? 왜 유대인 독립 이야기가 폴란드 독립 협상 테이블에 올라왔는가? 또 그것이 왜 폴란드 독립과 동등한 무게를 가지고 있어야 하는가? 구데리안은 이 상황이 도무지 이해가 되지 않았다.

"묻겠습니다. 솔직히 폴란드와 유대인은 아무런 관련이 없다고 생각합니다. 그런데 어째서 기에릭 장군께서는 유대인 자치구의 성립이 폴란드 독립과 같은 무게로 이 협상에 적용되어야 한다고 여기시는지 모르겠습니다. 저도 우리 정부와 협의를 하려면 최소한 이유는 알아야 전달을 할 것이 아닙니까? 설명을 듣고 싶습니다."

기에릭이 벤구리온의 얼굴을 한번 쳐다보고 나서 말문을 열었다.

"얼핏 이해가 가지 않는 부분도 있을 것입니다. 하지만 잘 생각해보십시오. 아무것도 없는 우리 저항군이 어떻게 무기를 조달하고 어떻게 독일 정규군과의 힘든 싸움을 지탱해왔겠습니까? 아시다시피 군대도 총탄이 있어야 싸움을 하고 빵이 있어야 움직일 수 있습니다. 물론 그것을 구하려면 돈이 있어야겠지요. 우린 벌써 30년 동안 싸움을 해왔습니다."

구데리안은 내심 비명을 삼켰다.

'젠장! 대충 짐작은 했지만 30년이나 폴란드 저항군을 지원했단 말인가? 빌어먹을! 아무래도 이 협상은 내가 하는 것이 아니었어.'

"그렇다고는 해도 독일이 터키의 영토를 내준다는 약속을 할 수는 없습니다. 차라리 다른 곳은 어떻겠습니까. 지중해의 코르시카 섬이라든지 북아프리카의 일부를 내드릴 수는 있을 것 같습니다."

구데리안의 제안에 벤구리온이 토를 달았다.

"시온은 우리의 꿈입니다. 팔레스타인이 아니면 아무 소용이 없어요. 사과문과 함께 팔레스타인에 유대인의 자치구를 성립시키는 데 최선을 다하겠다는 성명서 하나를 발표하라는 것뿐입니다. 힘든 일이 아닐 텐데요? 그것이 된다면 러시아와의 전쟁에도 협조를 할 것입니다."

구데리안은 슬슬 불쾌해지기 시작했다. 협상을 성사시키는 것도 중요한 일이지만 폴란드에 고개를 숙이는 것도 모자라 망할 놈의 유대인에게까지 죄인으로 몰리는 것은 참을 수 없었다. 더구나 나라도 없는 떠돌이 유민에게 세계최강 독일의 상급대장이 아쉬운 소리를 계속하고 싶지는 않았다. 자연히 그의 언성이 높아졌다.

"글쎄 그것이 남의 땅을 내주겠다고 이야기하는 것과 무엇이 다릅니까? 터키의 입장에서는 똑같은 내용입니다. 아무리 말을 돌려서 한다고 해도 터키의 반발은 불을 보듯 뻔한 일입니다. 자칫하면 전쟁으로 이어질 수도 있는 일입니다. 정 그렇게 말씀하신다면 이 협상은 없던 일로 하십시다. 솔직히 폴란드를 얻기 위해 터키와 전쟁을 할 수는 없습니다."

구데리안이 자리를 박차고 일어나자 벤구리온이 갑자기 웃음을 터뜨렸다.

"하하하! 역시 군인이시군요. 돌려서 이야기하는 걸 참지 못하는 것을 보니 말입니다. 독일과 터키가 전쟁을 하라는 이야기가 아닙니다. 그런 발표를 하기만 하면 됩니다. 터키 정부 문제는 저희가 알아서 할 것입니다. 정히 뭣하시면 터키 외무부 장관 자케이에게 별도로 확인을 하신 후에 발표를 하셔도 좋습니다. 그리고 발표를 하신 즉시 포로수용소에 억류되어 있는 폴란드인과 유대인을 풀어주시면 됩니다. 그럼 되시겠지요?"

구데리안은 욕설이 튀어나오는 것을 눌러 참았다. 터키 정부와 협의까지 마쳐 놓았다면 이제까지 자신을 가지고 놀았다는 것밖에는 되지 않았다.

'제기랄! 유대인과는 상종을 하지 말라고 하더니 그 말이 맞는 말이었군. 미친 히틀러가 유대인 숫자를 줄여놓은 것은 잘한 일일지도 모르겠어. 빌어먹을 자식!'

그는 불쾌감을 노골적으로 드러냈다.

"솔직히 불쾌하군요. 애초에 그런 이야기를 하셨다면 이렇게 어려운 협상이 되지도 않았을 겁니다. 좋소. 정부 관계자들과 협의를 한 후에 다시 구체적인 협상단을 보내도록 하겠습니다. 나는 돌아가겠소이다."

구데리안이 불쾌감을 감추지 않으며 회의실 문을 걷어차고 밖으로 나가버리자 벤구리온이 그의 등 뒤에다 나직한 독백을 흘렸다.

"그럴까? 내가 처음부터 그런 말을 꺼냈다면 당신이 지금처럼 쉽게 결정을 할 수 있었을까? 글쎄. 후후."

**1942년 8월 16일 06:20 영국, 런던 남쪽 25킬로미터 다트포드**

롬멜이 10개 예비사단을 이끌고 다트포드에 도착하자 전황은 급격하게 변화했다. 전차를 선봉으로 하는 기동전투의 신봉자인 롬멜은 15개 전차사단과 4천 대의 야포, 500여 기의 항공기를 총 동원해 8월 16일 새벽부터 오후 늦게까지 런던을 집중 포격해버렸다. 지난 몇 달간의 공습으로 인해 이미 망가질 대로 망가져 있던 런던은 아예 건물의 흔적을 찾아볼 수 없을 정도로 초토화되고 말았다.

다음 날 새벽, 또 한 차례의 대대적인 포격이 끝나자 1천여 대의 독일군 전차가 전진을 시작했다. 두 달의 여유가 있었음에도 보급이 제대로 이루어지지 않았던 영국군은 단 몇 시간을 버티지 못하고 대부분의 전선에서 후퇴를 거듭할 수밖에 없었다. 결국 수백 대의 타이거 전차가 런던 중심가를 누비게 되자 이미 항복을 생각하고 있던 처칠은 곧바로 백기를 들어올렸다. 독일의 전면적인 공세가 시작된 지 겨우 48시간 만에 런던은 함락되었고, 전쟁은 끝이 난 것이었다.

그러나 불과 48시간의 전투로 영국군은 20만 이상이 전사하는 참혹한 결과를 빚었다. 며칠 이내에 제대로 치료를 받지 못할 부상자 수십만이 또다시 죽어나갈 것이었다. 독일군의 전사자는 겨우 1만5천여 명에 불과했다.

롬멜은 항복문서를 받아들이자마자 최우선으로 처칠, 다우닝, 몽고메리 등 전쟁에 깊숙이 관여한 영국 관료와 장성들을 전범으로 체포해 독일로 압송하고 소나를 비롯한 전쟁무기 관련 자료 일체를 모조리 압수해 베를린으로 보냈다. 남아 있는 몇 기의 폭격기들과 연구 중인 신형 전차 역시 전부 압수해 독일로 후송했으나 아쉽게도 항모 런던과 전함 20여 척은 압류를 거부한 영국 해군의 자침으로 인해 한 척도 건지지 못하고 포기해야만 했다.

롬멜은 발 빠르게 군정을 선포, 비교적 대독 온건파라고 할 수 있는 애틀리를 대통령으로 추대해 민간의 반발을 줄여가기 시작했다. 한편으로는 스페인 공격을 위한 철군 준비를 서둘렀다. 러시아의 도발이 일어나기 전에 스페인군에 압박을 가해 물러나도록 하려면 최대한 빠른 전진배치가 필요했다. 그러나 이미 100만 이상의 병력이 영국에 상륙해 있고, 전차만 1천여 대, 대공포를 포함한 야포 또한 4천 대가 넘었으니 철군도 쉬운 일은 아니었다.

롬멜은 보병과 포병의 전개는 비스터하임 중장에게 맡기고 자신은 5개 기갑사단만을 데리고 우선 프랑스 볼벡으로 이동해 오를레앙의 스페인군을 압박하기로 했다. 스페인에 대한 심리적인 압박감을 극대화하기 위해 롬멜 본인도 기갑사단을 따라 먼저 프랑스로 건너가기로 한 것이다.

### 1942년 8월 17일 19:30 아르헨티나 부에노스아이레스

대륙상단은 산하에 20개의 방위산업체와 30여 개의 가전제품 회사를 거느린, 직원 수만 40만이 넘어가는 거대 기업군이었다. 최근 정부의 종전 선언으로 오로지 팽창 일로만을 걷던 상단들에 문제가 생기기 시작했고 예상되는 감원과 회사의 축소를 견딜 수 없던 몇몇 상단이 공공연히 암시장을 통해 무기를 판매하기 시작했다. 대륙상단 역시 연 3천억 원 규모의 엄청난 대형시장인 무기 암거래에 뛰어들었다.

아직 완전히 활성화되지는 않았으나 주로 중남미의 마약상과 무기상들을 상대로 한 무기밀매는 종전으로 인한 매출감소를 충분히 보상 받을 수 있을 정도로 엄청난 이익이 나는 장사였다. 조만간 연 1조 원까지 상승할 것으로 예측되는, 대륙상단으로서도 놓칠 수 없는 황금 알을 낳는 거위였다.

제국의 무기는 가격이 상당히 비싸지만 무기상들이 가장 선호하는 무기였고 부에노스아이레스는 그런 암거래상의 주요 활동무대 중 하나였다.

대륙상단 전무 민철웅은 부에노스아이레스에서 가장 고급 카페인 엔첸의 특별석에서 역시 최고급 보르도산 와인을 앞에 두고 카페의 모든 시선을 잡아끌고 있는 제국산 색조 화상수신기를 건네다 보고 있었다. 화상수신기에는 대한제국의 우주선 발사 준비 장면이 방영되는 중이었다. 화면의 한쪽에서 실용한복을 화려하게 차려입은 제법 매력적인 제국인 여성 진행자가 전문가와 함께 우주선이 지구궤도를 돌아 우주정거장에 안착하는 과정을 설명하고 있었다.

아직 흑백 화상방송국조차 없는 아르헨티나는 건물 상부에 제국의 위성방송을 수신할 수 있는 대형 원반수신기를 달아야 했지만 색조 화상수신기 자체가 극히 드문데다가 엄청난 고가에 판매되고 있는 현실을 감안한다면 이런 고급 카페에서는 한 번쯤 시도해볼 만한 판매 전략이었다. 평소에는 제국에서 방송되는 대중가요 영상을 방영해 비교적 젊은 손님을 끌어들였으나 오늘은 저 우주선 발사 장면 때문에 100평은 족히 넘어갈 이 넓은 공간이 빈자리는

커녕 서 있을 곳을 찾아보기도 힘들었다.

민철웅은 문득 자신도 저 진행자의 설명을 제대로 이해하기 어려운데 이곳 사람들이 이해할 수 있을까 하는 의문이 들었다. 인구의 97퍼센트가 유럽인인데다 스페인어가 공용어이니 웬만큼 제국어 공부를 한 사람들도 제대로 알아듣기는 힘들 것이었다.

엷은 미소를 머금던 그는 누군가 어깨를 두드리는 서슬에 상념에서 깨어났다. 고개를 돌린 그의 눈에 부에노스아이레스 지사장과 성장을 한 금발의 낯익은 여자의 얼굴이 보였다. 최근의 제국 연예인들의 세련된 복장에는 미치지 못했지만 나름대로 가슴까지 깊게 패이고 어깨를 모두 드러낸 흰색 드레스를 걸친 젊은 여자였다. 여자가 유창한 제국어로 입을 열었다.

"오랜만이에요, 미스터 민. 여행은 즐거우셨어요?"

"그럭저럭. 그나저나 린. 이게 3개월 만인가?"

여자가 가볍게 그에게 입을 맞춘 후 탁자 건너편으로 자리를 잡으며 말했다.

"그렇게 되네요. 우선 시간이 없어서 바로 이야기를 시작할 게요. 물건은요?"

"왜 그렇게 급해? 나는 비행기 안에서 린 생각만 했는데 말이야."

"미안해요. 밤에 호텔로 찾아갈게요. 지금은 일 이야기만 하기로 해요."

"그러지. 물건은 제2항구에 잘 도착해 있어. 대금은 준비가 되어 있나? 아무리 시온이라도 50억은 쉽지 않은 금액일 텐데."

"걱정 마세요. 누누이 하는 이야기지만 우리 조직을 우습게 보지 마세요. 해서는 안 될 이야기지만 우리 상품 중에는 전차와 순양전함도 있어요. 일부는 직접 제작해서 팔기도 하구요. 시온이 어떻게 그런 덩치 큰 물건들을 쉽게 통관할 수 있겠어요? 정부 요직이란 요직은 모두 관여되어 있다고 보면 돼요. 금괴로 곱게 모셔놨으니 걱정 붙들어 매세요. 호호."

미국과 영국 등 유대인들이 발호할 여건을 갖춘 제국주의 국가들의 괴멸로 유대인들이 설 자리를 잃어버렸을 것이라 판단한 제국의 예상과는 정반대로 유대인들은 세계대전에서 유리되어 있던 남미 각국으로 스며들어 정글 속에서 마약, 무기밀매, 식량독점 등으로 엄청난 세력과 자금을 확보하며 정부요직까지 꿰어 차고 있었던 것이다.

더구나 제국의 이목이 전쟁에 집중되어 있던 최근 2~3년 동안 독일과 유럽에 거주하던 대부분의 유대인들이 남미로 이주하면서 추가 자금이 유입되자 그렇지 않아도 유대인에게 편중되어 있던 남미의 경제력은 유대인의 자금이 사라지면 단 하루도 버틸 수 없을 만큼 완전히 망가져버린 상태였다. 유대인들은 제2차 세계대전이 발발하기 이전부터 그 전쟁의 결과를 정확히 예측했고 한 발 앞서 자신들의 근거지를 남미로 돌린 것이다. 결국 엄청난 자금력과 경제 장악력을 바탕으로 아르헨티나와 브라질, 베네수엘라 등 남미 강국의 정가 최상층부까지 파고들어 정부의 정책조차 원하는 대로 농단壟斷하고 있었다.

민철웅이 말했다.

"알았어. 그럼 거래는 내일 밤에 하는 것으로 하지. 그리고 이따

내 방에서 린을 다시 볼 수 있었으면 좋겠군."

린이 자리에서 일어나며 화사한 웃음을 머금었다.

"그럴게요. 이따 봐요, 호호."

린이 사람들로 가득한 카페의 비좁은 통로를 날렵하게 헤치고 사라지자 줄곧 불안한 눈빛으로 두 사람을 지켜보던 지사장이 민철웅에게 바짝 다가앉았다.

"전무님. 아무리 생각해봐도 이번 유대인 조직과의 거래는 좋지 않은 것 같습니다. 지금이라도 배를 빼시지요."

"왜 그러나? 이번이 처음도 아니지 않은가? 무슨 좋지 않은 낌새라도 있나?"

"그건 아닙니다. 하지만 상대가 유대인인데다 이번 물건은 워낙 금액도 크고 파장이 커질 물건이 되어놔서……."

"그만하게. 유대인이면 어떤가? 어차피 암거래야. 회장님의 특별지시가 있었을 뿐더러 자네가 모르는 다른 이유도 있네. 이번 일이 잘 끝나면 자네의 도박 빚도 모두 사라지는 것이니 아무 말 말고 따르도록 하게. 내일 아침에 보세나."

"휴, 알겠습니다. 이봐. 여기 적포도주 한 잔만 주게."

지사장이 풀죽은 얼굴로 지나가던 종업원을 부르자 민철웅은 남아 있던 와인을 한입에 털어 넣고 일어나 조용히 카페를 빠져나갔다. 마침 카페의 화상수신기가 우주선이 흰 연기를 폭발적으로 뿜어내며 하늘로 치솟는 장면을 방영하고 있어서 밖으로 나서는 그의 움직임에 시선을 주는 사람은 아무도 없었다.

**1942년 8월 22일 09:10 독일, 베를린**

고색창연한 레드타운 홀의 기자회견장은 발 디딜 틈 없이 들어찬 외교관과 기자들로 북새통을 이루고 있었다. 각국의 기자들은 기사 송고를 위해 어지럽게 뛰어다녔고, 네 사람이 손을 맞댄 탁자를 향해 계속해서 사진기 플래시가 터지고 있었다. 마침내 독일과 오스트리아, 스페인, 남프랑스 4개국의 종전협상이 마무리된 것이었다. 오스트리아는 남프랑스의 마르세유와 모나코 등 과거 프랑스 영토였던 지역을 포기하는 대신 독일로부터 신형 전차와 항공기의 추가 지원을 약속받았고 남프랑스는 밀라노 북쪽 이탈리아 전선에 투입되어 있는 프랑스군을 철수시키기로 해 양측 모두 만족스러운 결과라고 할 수 있었다.

그러나 사실상 독일은 프랑스에서 얻은 것이 별로 없었다. 북프랑스 정권이 친독일 세력으로 가득 찬 상황이라고 해도 독일이 프랑스를 남북으로 분리한 것에 만족하고 러시아 전선에 병력을 집중시키기로 한 것은 일견 불합리해 보이기도 했다. 하지만 파리가 독일-프랑스 국경에서 80킬로미터밖에 떨어져 있지 않은 마당에 독일이 또다시 영토를 확장하는 것은 북프랑스 국민의 반독일 감정을 심각하게 자극해 자칫 페탱정권의 유지가 불가능해질 수도 있었다. 결국 독일로서는 프랑스를 분리한 것에 만족할 수밖에 없었다. 대신 영국과 북프랑스에 절대적인 영향력을 유지한 채 서부전선을 정리한 것만으로도 충분한 성공을 거두었다고 할 수 있었다.

가장 문제가 된 것은 스페인이었다. 아직도 스페인군은 오를레앙에서 물러서지 않고 있지만 프랑스와 독일의 종전 협상이 마무리된 이상 철군하지 않을 명분이나 이유가 없었다. 사실 스페인으로서도 독일이 남프랑스를 넘어 스페인으로 진출하지 않는다면 굳이 독일과 전쟁을 고집할 필요도 없었고, 자국군의 피해가 제법 생겼다고는 하지만 보복을 위해 승산 없는 전쟁을 계속할 생각은 더더군다나 없었다. 그러나 실익 없이 군을 움직이고 수만 명의 사상자를 발생시킨 스페인의 아사냐 대통령은 심각한 정치적 타격을 입게 된 셈이었다.

오전 내내 계속된 4개국의 종전합의 발표까지는 모두의 예상에 어느 정도 부합된 것이었고 기자회견장은 전쟁이 끝나감을 감지한 편안한 모습이었다.
그러나 4개국의 합의문 발표가 모두 끝나고 오후부터 시작된 독일 외무부 장관의 단독 기자회견이 시작되면서 기자회견장의 분위기는 급전직하急轉直下, 전쟁터를 방불케 하는 혼란 속으로 처박혔다. 폴란드 독립승인과 유대인, 폴란드인 포로 석방이 발표되자 장내는 웅성거리기 시작했다. 팔레스타인에 유대인 자치구가 성립되도록 지원하겠다는 성명서가 낭독되면서 장내의 혼란은 극에 달했다.
터키 정부와의 극비협상을 알 리 없는 터키 측 기자들의 반발이 줄을 이었고, 대한제국에서 파견된 기자들 역시 대한제국과 터키의 입장을 예측하고 기자회견내용을 전송하느라 눈코 뜰 새 없이 분주한 모습이었다. 결국 독일의 유대인 자치구 지원 발표는 4개국의 종전소식보다도 더 큰 이슈가 되어 각국의 언론에 송고되었고, 제국 정부 역시 터키 정부의 반응에 촉각을 곤두세우기 시작했다.

터키의 반발은 당연한 일이고, 최악의 경우 독일과 터키의 전쟁으로 이어질지도 모르는 중차대한 사인이기 때문이었다.

비명에 가까운 기자들의 고함 소리가 기자회견장에 난무했지만 독일 전권대사 베르너 백작은 시종일관 침착했고 터키 정부의 반응을 묻는 질문에 대해서는 침묵으로 일관해버렸다.

폴란드인과 유대인 학살에 대한 질문도 가끔 터져 나왔다. 그러나 그다지 큰 비중을 차지하지는 못했다. 사실 전쟁포로의 경우 전쟁이 끝나기 전에 80퍼센트 이상 사망하는 것이 보통이었다. 제2차 세계대전 중 포로로 잡힌 550만의 러시아군 중 무려 400만 명이 전쟁이 끝나기 전 포로수용소에서 사망했다. 결국 천만의 러시아군 전사자 중 40퍼센트는 전투 중에 사망한 것이 아니라 수용소에서 죽었다는 이야기, 러시아군에 포로로 잡힌 독일군 역시 같은 운명이었다. 그런 만큼 독일의 입장에서는 폴란드인 역시 전쟁포로일 뿐이었다.

유대계 폴란드인 문제에 대해서는 별도의 간단한 사과문과 유대인 자치구를 지원하겠다는 내용으로 대답을 대신했다. 학살 관련자들조차 모조리 사라져버린 독일로서는 당연히 그리 심각한 문제로 생각하지 않았고 대부분의 외교관과 기자들 역시 마찬가지였다.

실제 유대인학살 문제가 국제적인 이슈가 된 것은 1964년 이스라엘의 요르단강 레바논 토목공사장 공격 이후부터라고 해야 했다. 1960년대가 되면서 지속적인 이스라엘과의 분쟁을 참지 못한 아랍은 1964년 아랍정상회의에서 시리아, 요르단, 레바논 등 접경국들이 요르단강의 흐름을 요르단 국경 안쪽으로 바꾸는 계획에 합의했다. 그리고 토목공사가 실제로 착수되자 1964년 11월 절박한 위기감을 느낀 이스라엘군이 레바논의 요르단강 상류 토목공사장에 공격을 가하면서 6개월간에 걸친 무력충돌이 일어나게 된다. 그후 계속적인 이스라엘군의 공사장 공격으로 아랍 측은 계획을 포기하게 되나 PLO 등의 단체들이 이스라엘군에 대해 무제한 게릴라전에 들어갔고, 이스라엘은 민간인 지역을 포함한 가차 없는 보복공격을 단행했다. 이때부터 이스라엘의 아랍인 학살은 국제 여론의 지탄을 받게 되었고 제3차 중동전쟁 이후엔 그 도를 더하게 된다.

1967년 6월 이스라엘이 이집트를 기습 공격하면서 시작된 중동전쟁은 단 6일 만에 아랍의 군사력을 완전히 소멸시켜버렸다. 자연히 아랍의 게릴라전과 이스라엘의 아랍인 보복 학살은 폭발적으로 늘어만 갔다. 그러나 폭증하는 아랍인 학살은 국제 여론의 집중포화를 받기 시작했고, 이에 당황한 미국과 영국 정부 및 언론들은 그 학살에 대한 면죄부가 될 수 있도록 여론을 조작, 독일을 극단적인 테러국가로 다시 규정하고 유대인이 피해자임을 강조해 국제적인 비난을 피하도록 만들어버렸다.

할리우드에서 1960년대 후반부터 수없이 만들어진 유대인 관련 영화들은 모두 그런 맥락에서 제작되었다고 보아야 했다. 게다가 극렬 시온주의 단체들은 독일로부터 엄청난 배상금을 뜯어내 자신들이 보유한 단체의 기금과 전쟁 비용으로 유용해버렸고, 실제 피해자들은 거의 혜택을 받지 못했다. 결국 유대인 학살 문제는 대부분의 전쟁포로와 폴란드인이 같은 조건의 학살을 당했음에도 불구하고 상당 부분을 과장해 유대인들만이 피해를 본 것으로 국제 여론을 오도誤導했다고 보는 것이 정확할 것이었다.

### 1942년 9월 21일 09:00 평양, 을밀대

추석이 이틀 앞으로 다가온 평양의 보통문 거리는 인파로 발 디딜 틈 없이 북적이고 있었다. 을밀대에 새로 들어선 40층짜리 국제평화유지국國際平和維持局 건물에는 60개국의 국기가 휘날렸고, 각국 수상과 대통령들이 속속 도착하면서 명절로 인해 가뜩이나 복잡한 평양의 교통을 완전히 마비시키다시피 했다. 국제평화유지국의 창설기념식 겸 1차 총회에 참석하기 위한 각국의 대표들이 속속 도착한 것이었다.

국제평화유지국 본부건물은 예상보다 다소 빨라진 종전 때문에 아직도 끝나지 않은 상태였다. 각국 대표의 숙소로 사용될 서관西關의 공사는 아직도 한창인 상황, 그나마 본관本館의 공사가 근근이 일정을 맞추어 손님 맞을 준비를 마무리할 수 있었다.

총회에 앞서 분주하게 각개 접촉을 가진 전쟁 당사국들은 빠르게 협상을 마무리했다. 서부전선의 전쟁을 종식시킨 독일이 러시아 전선에 집중적인 압박을 가하자 견디지 못한 러시아가 일찌감치 오데사와 핀란드를 포기하고 이미 독일이 점령하고 있던 우크라이나 남서부 드네스트르강 이남을 독일에 할양함으로써 독일과 러시아 양국의 협상은 쉽게 합의점을 찾아냈다.

독일은 러시아로부터 450억 마르크의 전쟁배상금과 북해유전을 챙겨, 영국으로부터 받아낼 300억 마르크를 포함하면 750억 마르크에 달하는 엄청난 거금을 손에 쥐게 되었다. 하지만 10년에 걸친 전쟁으로 인해 피폐해진 국토와 민생을 복구하려면 앞으로도 상당한 시간이 걸릴 터였다.

러시아가 다시 한 번 패전에 가까운 치욕적인 휴전협상에 서명함으로써 정치적 입지에 엄청난 타격을 받게 된 스탈린의 일인 독재체제는 그 뿌리부터 심각하게 흔들렸다. 민생 대신 군사력을 선택했던 스탈린은 패전으로 인해 어쩔 수 없이 수많은 불만세력을 만들어냈고 곧바로 흐루시초프에 의해 실각의 위기를 맞고 있었다. 아직도 오스트리아와 이탈리아, 천하공국과 중화민국 사이의 전쟁은 끝나지 않았지만 사실상 제2차 세계대전은 끝이 난 셈이었다.

결국 9월 초, 독일과 러시아의 종전협상이 끝나자 대한제국과 독일, 터키 3개국의 제안으로 국제평화유지국을 창설하기로 결의하고 대한제국의 평양에 유지국 본부를 설치하기로 합의했다. 국제평화유지국은 총 60개국의 회원국으로 구성했으며 군사, 금융, 식량, 보건, 자원, 환경, 지적소유권 등 6개 분회와 국제사법재판소를 개설해 패전국 처리와 향후의 국제분쟁조정을 목적으로 설립되었다.

유상열은 노동기구 등 10여 개의 분회를 추가 개설하자는 독일과 터키의 제안을 거절함으로써 분회의 숫자를 최소화했다. 분회의 숫자가 많아질수록 약소국에 대한 간섭이 심해질 것은 당연했고, 조금 나아지기는 했지만 아직도 약소국이 대부분인 아시아권 국가들을 궁지에 몰아넣는 일이 많아질 것을 우려한 제국의 반대의사가 반영된 것이었다.

가장 중요한 군사분회의 회원국은 16개로 제한했다. 대한제국, 독일, 터키, 나성, 오스트리아, 멕시코의 6개 상임회원국을 선정, 4개국 이상의 찬성시 평화유지군 파병을 결정할 수 있도록 했다. 이는 21세기의 국제연합이 아무런 군사조치를 할 수 없게 만든 '안전보장이사회 만장일치제'의 폐단을 익히 알고 있던 유상열의 강력한 의견이 반영된 것이라고 해야 했다.

창설기념식을 마친 국제평화유지국은 총회와 군사분회의 첫 번째 안건으로 핵 확산 금지조약과 대인지뢰, 5만톤 급 이상 대형 전함 생산 금지, 스코틀랜드 독립 승인 등을 끌어내는 데 성공하고 첫 번째 총회를 무사히 마쳤다.


### 1942년 10월 15일 23:10 중화민국, 홍콩

대한제국 대사관 무관 자격으로 홍콩에 체제하고 있는 오수혁 소령은 벌써 4일째 류샤오치劉少奇의 숙소인 홍콩 호텔 뒤편에 주차된 '미류'를 떠나지 못하고 있었다. 낮은 목조 건물들로 가득 찬 거리는 한낮의 북적거림을 벗어버리고 조용하게 가라앉아 드문드문 신경을 건드리는 취객의 흐느적거리는 움직임만이 눈에 띄었다.

오수혁이 도청 수신기를 귀에 꽂고 옆자리에 앉아 있는 장태식 상병에게 말했다.

"태식아. 오늘도 별다른 이야기 나오는 건 없지?"

"예. 특별한 것은 없는 것 같습니다. 단순한 가족 모임인 모양입니다."

"젠장. 그나저나 저 자식들은 어디서 국산 K-52 대전차 미사일을 구입해가지고 사람을 이렇게 고생을 시키는 거야? 해외에 판매된 적도 전혀 없는 물건인데 말이다. 환장할 노릇이네."

중화민국은 지난달 중순부터 천화공국과의 난징전선에 K-52 휴대용 대전차 미사일 50여 대를 투입해 천화공국의 몇 대 남지 않은 T-34를 모조리 사냥하고 조금씩 밀려나던 전세를 완전히 뒤집어버렸다. 그런데 문제는 제국이 K-52를 해외에 판매한 적이 없다는 것이었다. 신형인 K-53이 보급되기 시작하면서 일선부대에서 수거된 물건이 조금 있기는 하지만 아직 해외로 내보낸 일은 없었다. 더구나 아직도 일선부대에서 많이 사용하고 있는 2세대 현무장갑차에는 치명적인 무기가 될 수 있었다.

당연히 비전에는 비상이 걸렸고 한 달에 걸친 끈질긴 경로추적 끝에 남서도와 홍콩을 오가며 중계무역을 하고 있는 류샤오치를 찾아낼 수 있었다. 하지만 류샤오치가 연결된 제국 내부의 구매처는 아직도 오리무중五里霧中인지라, 구매처 확인을 위해 그를 24시간 동안 감시하라는 상부의 명령이 떨어진 것이었다.

장태식이 말했다.

"누구 한 사람이 더 오는 것 같습니다. 제법 비중이 있는 사람인 것 같은데요? 들어보세요."

오수혁이 자신의 수신기를 끼우자 며칠간 지겹게 들어온 낯익은 목소리가 들려왔다.

─이여! 한 상무! 여기까지 방문을 해주시다니요. 고맙습니다.

―별말씀을! 당연히 찾아뵈어야지요. 사모님의 생일 아닙니까. 더구나 제가 홍콩에 있으면서도 찾아오지 않으면 후환이 두렵지요. 하하하.

―하하. 그런가요? 자자. 저쪽 방으로 들어가서 말씀을 나누시지요.

오수혁이 들고 있던 수신기의 회선을 침실에 설치된 3번 회선으로 돌리며 말했다.

"태식아. 저거 우리나라 사람 같지 않냐? 중국어 말투가 좀 어색한데?"

"그런 것 같습니다. 조금 있다가 정문 쪽의 요원한테 사진 좀 찍으라고 해서 조회를 해봐야지요. 잘하면 연락선을 포착할 수도 있을 것 같습니다."

"그래. 좋았어. 녹음은 하고 있지?"

"예, 염려 마십시오."

다시 수신기에서 류샤오치의 목소리가 들려왔다.

―이번 건은 아주 효과가 좋았습니다. 고객들께서 아주 흡족해하십니다. 역시 귀사의 물건들은 믿음을 저버리지 않습니다. 고맙소이다. 그나저나 이번 물건은 뭡니까?

―물건은 한 개인데 가격은 일곱 장입니다. 신형이어서 물건 이름은 모르실 것이고 극비에 들어가는 물건입니다. 아직 사용된 적은 없습니다. 제원은 지금 드린 서류에 간단히 요약되어 있습니다. 생각해보시고 답을 해주십시오. 그리고 이것은 사모님 생일선물입니다. 드리시면 좋아하실 겁니다. 보르네오산 다이아몬드 반지입

니다. 자, 그럼 이만.

　─ 고맙소이다. 어쨌든 우리가 구입을 할 것이니 다른 곳으로 돌리지는 마십시오. 그럼.

　두 사람의 목소리가 끊어지자 오수혁이 미류의 시동을 걸면서 말했다.

　"매미3! 여기는 매미1이다. 지금 나가는 회색 정장 차림의 30대 후반의 남자를 촬영해라. 반복한다. 지금 나가는 회색 정장의 남자를 촬영해라. 매미1이 미행한다. 이상."

　─ 알았다. 매미1. 미행한다.

　오수혁의 검은색 미류가 낡은 목조건물 모퉁이를 돌아 호텔의 정문을 향해 움직이기 시작했다.


　한 상무라는 자의 숙소에 요원을 배치한 즉시 대사관으로 돌아온 오수혁은 서울 본사에 사진과 성, 직급을 전송하고 결과를 기다렸다. '본사'는 비전요원들이 흔히 사용하는 비전 정동 본부건물을 지칭하는 말로 이제는 거의 굳어져버린 상태였다.

　오수혁은 전산단말기 화면에 잡혀 있는 40대의 제국인 얼굴을 다시 한 번 노려보았다. 생각할수록 괘씸했다. 그러나 최근 제국의 무기들이 남미와 중동 지역에 많이 유출되어 있는 것을 생각하면 그리 새삼스러울 것도 없었다. 그런데 개인이 K-52 대전차 미사일 정도의 무기를 대량으로 구입해 판매하기는 불가능하다고 보아야 했으니 이것은 분명히 조직적인 유출이었다. 결국 대기업이 연관되어 있다는 뜻이었다.

'잘못하면 벌집 건드린 꼴이 될 것 같은데…… 신중해야 한다. 오수혁. 자칫하면 너만 다친다.'

삑!

단말기 화면에 한 상무의 사진과 함께 기다리던 신상명세가 떠올랐다.

'한익필, 나이 39세, 대륙상단의 자회사인 태평양 상사 남서도 지사장…….'

오수혁은 뒷목이 뻐근해왔다. 대기업이 관여되어 있으리라고 생각은 했지만 대륙상단이라면 이야기가 완전히 달라진다. K-5 계열 무기 및 비호와 천무계열 미사일 전체를 생산하는, 세 명의 국회의원까지 거느린 엄청난 재벌상단이었다. 일개 소령이 상대할 수 있는 회사가 아니었다.

"뭐야? 대륙상단 간부란 말이야? 이거야 원! 만든 놈들이 내다팔았으니 이제까지 포착되지 않았구먼. 빌어먹을! 그럼 비호의 가격은 그리 비싸지 않을 테니까 신형이라는 물건은 천무계열의 미사일 발사대라는 이야기 아냐? 환장하겠네. 가격은 7천만 원이라는 이야기고? 이것들이 미쳤나? 아주 돌아가시겠군. 빌어먹을! 젠장! ×할! 뭐 다른 욕 없냐? 곧바로 덮쳐서 몽창 불게 만들어버릴까?"

단말기를 조작하던 김희연이 오수혁의 어깨를 툭 쳤다.

"오 소령님. 소령님답지 않게 왜 이러세요? 지금 한익필을 덮치면 서울의 대륙상단본사에서 증거를 모두 없애버릴 수 있어요. 그러니 일단 감시를 강화해서 거래는 못 하게 하시되 나머지 조치는 본사에다 일임하시는 것이 좋을 것 같습니다. 우리가 계속 관여하기에는 덩치가 너무 커요."

"열 받아서 그런다. 제기랄! 어쨌든 희연 씨는 지금 당장 보고서 작성해서 본사로 날려줘. 수장직할 보안회선을 이용하도록 하지. 강 소위는 이놈 묵고 있는 호텔에 가 있는 태식이한테 연락 좀 해라. 감시 인원을 두 배로 늘리도록 하고 무슨 수를 쓰든 아침이 되기 전에 도청기 설치하라고 해. 시간 없어. 부탁 좀 하자고."

"네."

말없이 두 사람의 작업을 지켜보고 있던 강 소위가 곧바로 자리를 뜨자 오수혁은 다시 짜증이 솟구쳐 올랐다.

'젠장! 중화민국놈들 관리하기도 힘들어 죽겠는데 이젠 제국인들까지 말썽이냐? 어쨌든 한익필 넌 나한테 죽었다. 모가지를 비틀어주마. 빌어먹을 놈!'

1) **아데나워**  콘라드 아데나워. 쾰른 출생. 1933년 나치정권이 수립될 때까지 프로이센 상원의원, 국무원의장, 쾰른 시장을 역임. 1944년 히틀러암살사건에 연루, 체포, 투옥된다. 1945년 시장직에 복직하나 곧 영국 정부와 대립해 사임한다. 1949년 서독 정부의 초대 총리에 취임하고 1963년 10월 사임할 때까지 성공적인 경제 정책으로 소위 '라인강의 기적'으로 불리는 경제 부흥을 이룩한다.

2) **해모수-11**  함대의 대잠능력 극대화와 태평양 도서 지역의 지상전투 보조를 위해 개발. 만재수량 2만톤, 함재기: 백호-13계열 12기, 대잠직승기 12기, 백호-23계열 8기, 해병수색대 1개 대대 승함. 무장은 대한제국 5천톤 급 정규 구축함에 준함.

3) **제3차 중동전쟁**  제3차 중동전쟁. 1967년 4월 이스라엘은 게릴라들의 아지트로 사용되고 있던 시나이 반도에 대해 대규모 공격을 감행한다. 이에 이집트의 나세르는 대군을 시나이 반도에 투입, 유엔군 철수를 요청하고 아카바만灣의 봉쇄를 선언한다. 6월 5일 이스라엘의 기습공격으로 이집트와의 전투가 개시되고 전쟁은 시리아와 요르단으로 확대되면서 전면전으로 치닫게 된다. 기습공격으로 아랍 측의 공군력을 괴멸시킨 이스라엘군은 압도적인 우세

속에서 4일 만에 시나이 반도와 요르단강 서안西岸, 골란 고원을 함락한다. 국제연합안전보장이사회는 6월 6일 즉시 정전을 결의하고 6월 9일 이스라엘의 일방적인 승리로 전쟁은 끝이 난다. 6일 전쟁이라고도 한다.

4) **흐루시초프**Nikita Sergeevich Khrushchyov(1894.4.17~1971.9.11)   1918년 공산당에 입당. 1931년 모스크바에서 당기관 서기로 근무, 1932~1934년 모스크바 당위원회 제1서기, 1934년 당 중앙위원, 1937년 소련 최고회의 외교분과위원회 위원이 되고 1938년 우크라이나 공산당 중앙위원회 제1서기, 1939년 당정치국원이 된다. 제2차 세계대전에서 키예프 특별군관구, 스탈린그라드, 우크라이나 군사위원으로 공훈을 세우고 1949년 모스크바시 당위원회 제1서기 겸 소련 공산당 중앙위원회 서기국원에 임명된다. 1953년 스탈린 사망 후 최초의 중앙위원회 총회에서 제1서기로 선출되고 말렌코프, 몰로토프 등과 대립해 '스탈린 비판'을 시작한다. 1958년 총리를 겸직, 전권을 장악하나 동서긴장 완화를 위한 '공존외교共存外交'에서 실패, 중국과 알바니아가 이반離反하자 1964년 실각한다.

## 제3차 중동전쟁

**1942년 10월 17일 14:00 이집트, 알렉산드리아**

　전화戰火를 그런대로 피해갈 수 있었던 알렉산드리아는 세계대전이 진행되는 4년 동안 독일과 오스트리아로 수출되는 원유와 전쟁 물자 수송의 요충으로 빠른 성장을 계속하면서 이집트 제1의 항구로 순조롭게 자리 잡았다. 아직 오스트리아와 이탈리아의 전쟁이 계속되는 상황인데다 그간의 농사를 모두 망쳐버린 유럽은 식량난으로 허덕이는 중이라 유럽으로 운송되는 밀의 수출까지 폭증해 항구는 북적이는 상인과 인부들로 넘쳐났고 모두의 활기찬 모습에서도 전쟁의 어두움은 찾아볼 수 없었다.

　넘쳐나는 인파를 뚫고 건장한 체격의 백인 두 사람이 제2항구에서 가장 큰 적하창고 건물로 들어섰다. 조명이 모두 꺼진 창고 안에는 선적을 위해 쌓아놓은 것으로 보이는 나무상자들이 즐비했으나 정작 있어야 할 인부들의 모습은 하나도 보이지 않았다. 두 사람은 빠른 속도로 나무상자들을 지나쳐 창고의 뒤편 사무실로 들어섰다.

사무실로 들어선 두 사람 중 키가 조금 작은 쪽의 남자가 책상을 등지고 앉아 있는 사람에게 오른손을 들어올렸다.

"각하! 레인하드입니다. 무사히 설치를 마치고 돌아왔습니다."

짧은 침묵이 흐른 후 책상을 등진 사람에게서 갈라지는 듯한 목소리가 흘러나왔다.

"수고했소, 하이드리히 장군. 폭발 시점에는 문제가 없겠지?"

"그렇습니다. 폭발은 내일입니다. 하이파로 몰려들고 있는 유대인의 절반은 죽어나갈 것입니다. 게다가 바람은 서풍일 것이니 낙진도 자연히 터키 영내로 날아갈 것이고 유대인 자치구의 면적이 예상보다 작아 유대인들의 피해가 극심할 것입니다. 당연히 터키 정부도 가만히 있지는 않을 것입니다. 후후."

지난 독일혁명 발발시 폴란드의 유대인 수용소에 내려가 있던 레인하드 하이드리히는 천행으로 목숨을 건져 자신이 총책이던 비밀경찰 게쉬타포와 나치스 돌격대를 총동원, 이집트를 향한 필사의 탈출에 성공했다. 과거 이집트의 독립을 추진하면서 깔아놓은 수많은 이집트 내의 게쉬타포 조직은 아직도 그의 수족과 같이 움직였고, 당시의 독일군들이 사용하던 은신처는 수천이 넘어가는 탈주자들의 은신처를 제공하기에 부족함이 없었다.

그 게쉬타포의 수장 하이드리히가 각하라 부르는 인물이 알렉산드리아의 작은 사무실에 모습을 드러낸 것이었다. 다시 갈라지는 목소리가 들렸다.

"그렇게 되어야지. 어차피 유대인은 모조리 사라져야 할 것들이니 문제는 없을 것이고 우리 아리안족의 영광과 동지들의 복수를 위해서는 꼭 필요한 혼란이야. 그리고 불가리아 쪽은 어떤가?"

"슬로바키아 주둔 남부집단군 사령관 에리히헤프너 대장이 우리 쪽 사람입니다. 폭발이 일어나고 나면 핑계를 만들어 즉시 불가리아 영내로 진입할 것입니다. 불가리아 저항군과도 선이 닿아 있으니만큼 다음 주부터는 터키와 독일의 전쟁이라고 보아야 할 것입니다. 헤프너 대장이 공격을 시작하면 뒤이어 독일 정규군 복장을 한 나치스 돌격대가 텔아비브에 상륙할 것입니다."

"유대인들의 반응은 어떨 것으로 예상하고 있지?"

"아무래도 독일 정부를 의심하지 않겠습니까? 일단 핵을 보유하고 있다고 확인된 국가는 독일과 대한제국뿐이니 말입니다. 대한제국이 팔레스타인에 핵을 사용할 이유는 없다고 생각할 것입니다."

"좋아! 잘 되었군. 롬멜! 구데리안! 배신자들의 말로가 어떤 것인지 보여주겠다. 조금만 더 기다려라. 하이드리히 장군! 베를린 장악 계획에도 차질이 없도록 다시 한 번 점검하도록 하게."

"네! 각하!"

하이드리히는 결연한 모습으로 함께 온 돌격대원을 데리고 비좁은 창고 사무실을 서둘러 떠났다. 어둠 속에서 등만을 내보이던 남자가 천천히 자리를 털고 일어서자 엷은 조명 사이로 비릿한 웃음을 머금은 갸름한 턱 선과 짧은 콧수염이 보였다.

**1942년 10월 23일 14:30 서울, 경복궁**

　신임 비전수장 장석준은 회전의자에 등을 기대 자세를 바로잡으며 목을 짓누르는 정장의 맨 위 단추 하나를 풀어냈다. 실용한복 정장의 목선은 언제나 목을 조이는 듯해 불편하기 그지없었으나 수상을 만나는 자리에 정장을 하지 않을 수도 없었다. 하지만 점심조차 거른 채 2시간 넘게 계속된 독대獨對에 지칠 대로 지쳐버린 그는 목이라도 조금 풀어놓고 싶었다.

　"죄송합니다, 각하. 정장은 아무래도 익숙치가 않아서……."

　"괜찮네. 그나저나 대륙상단의 처리는 어떻게 했으면 싶은가?"

　"그나마 다른 상단들의 경우는 1세대니 2세대 초기형의 물건들을 내다 팔고 있습니다만 대륙상단은 도를 넘어섰습니다. 실제로 K-52 대전차 미사일의 경우는 아직 일선에서 사용하는 아군 2세대 장갑차에 실질적인 타격을 줄 수 있습니다. 그리고 대륙상단이 이번에 거래하려고 하는 천무-1 지대지 미사일은 정확도가 떨어지긴 합니다만 사정거리가 1천5백 킬로미터나 되기 때문에 상해에서 직접 서울을 공격할 수도 있습니다. 물론 아군 방공망에 충분히 잡히리라고 생각은 됩니다. 하지만 만일을 생각하면 있을 수 없는 일입니다. 분명히 징계를 가해야 하는 일입니다. 최근 대륙상단 남서도 공장에서 별도로 제작된 천무-1 발사대 20기와 미사일 40기가 행방이 묘연한 것으로 보아 외부로 유출되었기가 쉽습니다. 제작 사실은 확인이 되었으나 군이 발주를 한 적도, 납품이 된 적도 없습니다."

　오전을 훌쩍 넘도록 길게 보고 된 비전의 수사대로라면 제국 상단을 제외한 거의 모든 상단이 무기 암거래에 참여했다는 이야기였다. 그만큼 제국의 경기가 하향곡선을 그리고 있다는 뜻이기도 했다. 유럽과 미국은 오랜 전쟁으로 구매능력을 거의 잃었고 국내 경기도 상당히 좋지 않았다. 제국령의 국가들까지 합치면 인구 2억에 가까운 대형 시장이지만 상단들의 엄청나게 불어난 덩치를 감안하면 턱없이 부족했다. 하지만 그렇다고 해서 이적 행위가 눈감아지는 것은 아니었다.

　유상열은 한숨을 내쉬며 조용히 눈을 감았다. 모든 사람들이 항상 이상에 합치하는 행동을 하는 존재가 아니라는 사실은 익히 알고 있지만 부메랑처럼 자신에게 화가 돌아올 것을 뻔히 알면서도 눈앞의 이익만을 추구하는 행태는 참아주기 어려웠다. 어쩌면 제국도 21세기의 미국처럼 무기장사로 먹고사는 나라가 되지 않을까 하는 한심한 생각이 들기 시작했다.

　생각하기도 싫은 한국동란과 월남전 이후, 전쟁이 사라지자 미국은 외채를 엄청나게 늘려가며 금본위제를 포기하면서까지 달러화를 무한대로 찍어내 근근이 버텼다. 그리고 국지전이라도 만들어낼 수 있으면 단기간에 대량의 무기를 팔아 그것으로 경제를 회복했다. 또한 그들은 소규모 재래식 국지전을 미국의 신형 무기와 전술의 실험장으로 이용했고 정부와 CIA의 비호 아래 남미와 중동, 아프리카의 암시장에 끊임없이 무기를 내다 팔았다. 결국 미국의 경제는 약소국 사람들의 피로 만들어진 것이었다.

　모두가 알다시피 전쟁 무기는 모든 과학 기술의 선두주자였다. 소나와 어군탐지기가 그렇고 항공기 착륙 제동장치와 자동차의

ABS(안티 록 브레이크 시스템), 전차의 무한궤도와 능동제어현가장치(액티브 서스펜션) 등, 전쟁무기가 선도하고 민간의 기술이 뒤따라 움직인다. 그런 만큼 당연히 미국이 모든 제품을 선도해야 했으나 21세기 미국의 제품은 중진국만 넘어가도 외면을 당했다. 원인은 한 가지라고 보아야 했다. 자신이 최고라는 아집에 사로잡힌 미국은 그런 전쟁 무기와 민간 기술의 효율적인 접목에 실패했고, 품질 관리를 등한시한 채 자신의 상품들을 강제로 팔아넘기기에 급급한 상황으로 추락해버렸다. 결국 공룡과 같이 비대해진 군산업체들만이 살아남았고 무기 판매가 아니면 경제를 유지해나갈 수 없는 상황까지 치닫게 된 것이었다. 자만이 대가인 셈이었다.

유상열은 상념을 털어버리듯 머리를 가로저으며 말했다.

"후, 자네 유토피아가 무슨 뜻인 줄 아는가?"

"네? 갑자기 그건…… 유토피아라면…… 모든 인간이 언제나 도덕적으로 행동하는 국가라는 뜻의 이상향을 말하는 것 아닙니까?"

장석준이 뒷머리를 긁으며 대답하자 유상열이 말했다.

"그건 토마스 모어가 쓴 라틴어 판 소설에 나오는 내용이고 사실 유토피아는 그리스어일세. '어디에도 없는 곳'이란 뜻이지."

"그렇군요. 그런데 왜 그런 말씀을 하시는지……."

유상열은 피식 웃음을 터뜨렸다.

"허허. 아닐세. 아니야. 이상과 현실의 차이라고 할까? 갑자기 생각이 나서 말이야. 참! 1세대 무기나 2세대 초기형은 비전에서 허가를 해준 것도 상당수 있지 않은가? 그렇게 보고를 받았던 적이 있는 것 같았는데?"

"그렇습니다. 비전이 직접 남미 친독일 국가의 반군들에게 넘어가도록 유도한 적도 있고 기업들이 직접 판매하게 한 곳도 더러 있습니다. 제법 많은 양이 남미와 인도로 빠져나갔을 것으로 봅니다. 주로 K-10 소총과 경기관총, 박격포 등 1세대 무기 위주로 공급되었습니다. 하지만 이번 경우는 조금 틀립니다. 10여 개 상단이 초기형이든 아니든 어쨌거나 모두 2세대 무기를 판매했고, 특히 대륙상단은 적국이라고 볼 수 있는 국가들에게도 판매를 한 것으로 보입니다. 아르헨티나에서 유대인 린이라는 여자에게서 도청한 정보로는 최근 50억 원이 넘는 거래를 성사시켰다는 내용도 있습니다."

"50억 원?"

"그렇습니다. 저희 비전의 판단으로는 남서도 공장에서 사라진 천무-1이 유대계 시오니즘 단체에게 넘어간 것으로 보고 있습니다."

"이거야. 50억 원이라…… 엄청나게 큰 규모의 밀수출을 한 모양이구먼. 이러면 어쩔 수 없지. 어떻게든 제재를 가하기는 해야겠구먼. 헌데 10개 기업군에 모두 손을 대기는 어렵네. 가뜩이나 경기도 좋지 않은데 이들 중 반만 흔들려도 제국 전체가 흔들린다고 보아야 하네. 한두 군데만 시범적으로 제재를 가하고 나머지는 경고를 하는 선에서 정리를 해보세나."

"그럼 가장 크게 문제를 일으킨 대륙상단과 한솔상단에 제재를 가하는 것으로 하는 것이 좋아 보입니다. 나머지는 경고하는 선으로 하지요."

유상열은 고개를 저었다.

"아니. 대륙상단만 하세. 두 회사를 모두 제재하면 경제에 타격이 너무 커. 한솔상단은 회장을 내게 데려오게. 직접 타일러 볼 테니까. 조금 작은 상단을 하나 더 선정하도록 하게. 단, 대륙상단은 회사가 도산을 하는 한이 있더라도 철저히 제재를 하는 것으로 하세."

"알겠습니다. 그럼 나가보겠습니다."

딩동!

장석준이 자리를 털고 일어나려는 순간 전화기에서 비서실장의 목소리가 들려왔다.

"각하! 유재륜 위성정보통제실장이 급히 뵙기를 청합니다. 급한 일이라 합니다."

"들어오라고 하게. 자네도 그냥 앉아서 듣도록 하게."

유상열의 말이 떨어지기가 무섭게 벌겋게 상기된 얼굴의 유재륜이 집무실로 뛰어들다시피 들어섰다.

"각하! 조금 전 우리시간 13시 11분에 팔레스타인 하이파에 핵폭발이 있었습니다. 영국에 투하되었던 독일의 핵과 동일한 규모입니다. 인구 밀집 지역이어서 최소한 10만은 사망할 것으로 보입니다. 아직 누가 사용을 한 것인지 정확하게 확인이 되고 있지는 않습니다만 사용가능한 핵보유국이 하나뿐인 것을 감안하면 독일일 가능성이 가장 높습니다."

유상열은 유재륜이 내민 위성사진을 들여다보며 머리를 감싸 쥐었다. 외견상으로만 본다면 독일이 터키에 핵공격을 한 상황이었고 제2차 세계대전 개전 초기인 1939년에 터키가 병합한 불가리아를 가져다대면 억지스럽지만 공격의 이유가 될 수 있었다. 게다가 피해 지역이 유대인 자치구인 하이파이다보니 상황은 더욱 복잡하게 꼬여갈 것이 분명했다.

"젠장! 중사도 주둔군에 파천1을 선포하고 지금 당장 국방회의를 소집하도록 하시오. 비전은 유럽과 중동지부의 모든 인원을 동원해서 상황을 정확히 파악하시오. 어서 움직이세요. 어서!"

"네! 각하!"

두 사람이 서둘러 자리를 떠나자 유상열은 문득 오늘도 집에 들어가기는 어려울 것 같다는 생각이 들어 비서실을 호출하며 끊었다고 생각했던 담배를 다시 빼물었다.

"관사에 전화를 연결해 내가 집에 들어가지 못할 것 같다고 전해주게나. 아쉽지만 손자 녀석 생일 모임에 참석 못하게 되어 미안하다는 말도 함께 전하도록 하지. 그리고 차를 준비하게. 남산엘 가야겠어."

제2차 세계대전의 불씨가 채 사라지기도 전에 전혀 예상치 못한 또 다른 전쟁이 검붉은 혓바닥을 내보이기 시작했다. 제3차 중동전쟁의 시작이었다.

# 유대인 자치구

**1942년 10월 24일 05:10 터키, 다마스쿠스 공군기지**

　새벽의 어둠을 뚫고 독일 정규군 복장의 30여 명이 다마스쿠스 주둔 터키 공군기지에 접근하고 있었다. 다마스쿠스는 터키 공군의 주력기인 대한-12 제공기와 대한-22 전폭기 30여 기가 주둔하고 있는 터키 남부 최대의 공군기지였다. 하이드리히가 생각하고 있는 나치스 돌격대의 텔아비브 상륙작전을 제대로 성공시키기 위해서는 다마스쿠스 공군기지에서 출격할 공군기와 북부에서 이동해올 공군기들이 사용할 연료 및 비행장의 파괴가 절실했다. 하이드리히는 이를 위해 40명의 특공대를 조직해 다마스쿠스에 투입한 것이었다.
　3개조로 구성된 나치스 특공대는 1조가 기지에 접근함과 동시에 경비초소의 터키군을 공격, 대검을 이용해 순식간에 10여 명 경비병의 목을 그어버렸다. 일부 총성은 막을 수 없어 터키군에 비상이 걸렸지만 공격조가 터키군을 견제하는 동안 항공기 파괴를 맡은 3조는 전투기들에 폭탄을 설치했고 2조는 활주로와 항공유 저유고로 달려갔다.

5분여의 시간이 지나자 저유고에서부터 엄청난 버섯구름이 솟아오르고 30여 기에 달하는 터키 공군 최강의 전투기들은 하나둘씩 고철로 변해가고 있었다. 터키군의 집중적인 공격을 받은 특공대는 얼마 버티지 못하고 후퇴를 시작했으나 살아 돌아가기는 불가능할 것이었다.

곧이어 새벽의 여명이 밝아오면서 루마니아를 신속하게 종단한 독일 남부집단군 18개 사단 20만이 불가리아 진입을 시작했다. 터키가 제대로 된 외교경로를 통해 독일에 항의를 시작하기도 전에 불가리아에 주둔하던 터키군과 독일 남부집단군의 전면전이 발생하면서 상황은 단 하루 만에 걷잡을 수 없이 확산되어버렸다.

40명의 희생을 담보로 한 3천여 명 나치스 돌격대의 텔아비브 상륙작전도 성공적으로 마무리되어 내륙을 향해 신속하게 전진하고 있었다. 예상치 못한 나치스 돌격대의 유대인 자치구 상륙은 터키군의 신속한 반격을 원천적으로 봉쇄해버린 셈이었다. 텔아비브에 거주하던 유대인 자경대가 필사적으로 저항했지만 빈약한 무장의 민간인이 정규군과의 전투를 감당한다는 것은 애당초 무리였다. 그리고 남은 것은 흰색과 갈색을 가리지 않은 잔혹한 살육이었다.

**1942년 10월 24일 19:00 아르헨티나 부에노스아이레스 외곽, 비전 안가**

린 사마단은 20대 후반의 농염한 몸매를 적나라하게 드러내놓고 있었다. 어두운 방에는 그녀만이 칙칙한 조명에 노출되어 있을 뿐 다른 사람들의 모습은 보이지 않았다. 어둠 속에서 묵직한 제국어가 흘러나왔다.

"그래, 린 사마단. 제국인 두 사람을 살해하고 제국인 손에 체포된 기분이 어떠신가?"

"무슨 소리를 하는 거예요? 나는 사람을 죽인 일이 없어요."

여자의 날카로운 목소리가 튀어나오자 다시 남자의 목소리가 들렸다.

"그래? 그럼 이건 어때?"

딸각.

무언가를 누르는 소리가 들리자 린의 목소리가 녹음기에서 흘러나왔다. 히브리어였다.

─야곱. 최근 제국인들이 많이 얼쩡거리기 시작했어요. 아무래도 낌새가 이상해요. 지난번의 무리한 거래가 문제를 만든 것 같아요. 대륙상단 부에노스아이레스 지사장은 정리를 합시다. 내일 약속을 만들어 놓을 테니 깨끗하게 처리하세요. 그리고…….

딸각.

녹음기가 꺼지는 소리가 들리면서 다시 남자의 목소리가 흘러나왔다.

"당신들은 지사장과 동행했던 무고한 제국인도 함께 제거해서

유대인 자치구 **163**

리오만鸞에 던져버렸지. 우리가 도착했을 때는 너무 늦었더군. 야곱이란 자와 다른 두 사람도 저쪽 방에 잡혀와 있으니 외롭다는 생각은 하지 말도록 해. 후후."

'젠장! 이놈들은 프로다.'

린은 말로만 듣던 대한제국 비전요원들이라는 데에 생각이 미쳤다. 얕은 잔꾀는 씨알도 먹히지 않을 것이지만 우선은 타협을 시도해봐야 했다.

"원하는 게 뭐예요? 원하는 걸 드리죠."

"생각보다 상황판단이 빠르군. 좋아. 간단히 묻지. 지난 8월에 너희가 구입한 물건은 어디로 보냈으며 너는 누구를 위해서 일하나? 어때. 간단하지?"

"대답하면 살려주실 건가요?"

"내 마음대로 되지는 않겠지만 부에노스아이레스에서 죽지는 않을 것이라고 약속하지. 만족스런 답변이 나오면 제국으로 이송되어 거기서 재판을 받게 될 거야. 뭐 그렇지 않으면 약간의 약물치료를 받은 후에 대답을 하고 대륙상단 지사장하고 같이 리오만에서 물놀이를 조금 긴 시간 동안 하게 될 거야."

린이 대답했다.

"아르헨티나에서 풀어준다는 확답을 해주세요. 그럼 말하죠."

"후후. 그건 내 권한 밖인 걸? 어차피 제국인을 죽였으니 제국에서 재판을 받아야 해. 싫으면 나도 다른 방법을 사용하는 수밖에 없어. 대답을 해줄 사람은 다른 방에도 몇 명 있거든."

린은 짧게 생각을 정리했다. 어차피 거래도 끝난 이후이고 물건은 팔레스타인으로 떠난 상황이니 지금 사실을 말한다고 해서 제국이 어찌할 방법도 없었다. 차라리 대답을 하고 탈출할 기회를 엿보는 편이 현명할 것이었다. 린이 한숨을 내쉬며 말했다.

"후, 좋아요. 나는 '시온결사'를 위해서 일해요. '시온결사'는 팔레스타인에 유대인의 국가를 설립하는 것을 목표로 하고 있어요. 그리고 물건은 지난 19일 이미 팔레스타인으로 들어갔어요."

"배의 이름과 물건의 내용물은?"

"무슨 미사일 발사대라고 했어요. 4만톤 컨테이너선 한 척 물량이니 제법 많을 거예요. 가격은 알다시피 원화 50억 원이고요. 배의 이름은 페가수스. 내가 아는 건 여기까지예요."

"좋아. 믿어보도록 하지. 확인해보고 사실과 다를 경우에는 그 고운 얼굴을 다시 거울 앞에 가져다 놓기 어려울 거야."

"나도 살고 싶으니까 걱정하지 마세요."

취조실을 나선 아르헨티나 비전 지부장 김태인은 취조에 동석했던 최동일 대위에게 물었다.

"예상대로이긴 하지만 종교전쟁을 하는 자들이 너무 쉽게 불어버리는 것 같지 않아? 조금 이상한데."

"그럴 수도 있지만 사실이기가 쉽습니다. 이미 다 끝난 일이거든요. 물건은 진즉에 팔레스타인으로 넘어갔고 사실상 여기서 우리가 조치할 방법도 없습니다. 더구나 거긴 지금 전쟁 지역이에요. 함부로 요원을 파견할 수도 없습니다."

"그럴까? 어쨌거나 극렬한 놈들에게 대량살상무기가 넘어갔으니 이래저래 신경 쓰이는 일이 제법 생길 것 같구만. 젠장."

사실 유대인들은 자신들의 생존에 대해 광적인 강박관념을 가지고 있었다. 오랜 기독교도들의 탄압을 겪었기 때문이기도 했지만 그들 자신도 다른 종교를 인정하지 않았고 타인과의 공존共存을 배우지도 못했다. 그런 유대인들이 마사다와 디아스포라 이후 2천 년 만에 기독교도들의 억압과 학살을 피해 자신들이 살던 팔레스타인으로 돌아갔다. 문제는 그들의 손에 제국의 대량 살상 무기를 포함한 엄청난 무기와 자금이 들려져 있다는 것이었다. 터키가 제국의 예상보다도 훨씬 작은 자치구를 만들어준 덕분에 아직은 아랍인들과의 심각한 분쟁이 발생하지 않았지만 그들의 종교적 행태는 분명히 아랍인과 피비린내 나는 분쟁을 일으킬 것이었다. 그리고 그들의 강박관념은 필연적으로 또 다른 대량 학살을 가져오게 될 것이었다.

김태인이 자신의 사무실로 들어서며 최 대위에게 말했다.

"빌어먹을! 일단 본사에 보고나 하고 지시를 기다리세. 우리가 할 수 있는 일은 다한 것 같네. 그리고 자네가 다른 상단들이 벌여놓은 자잘한 쓰레기들을 처리 좀 해주게나. 이 건은 보고서 작성에 시간이 좀 걸릴 것 같아서 말이야."

"그러죠. 하지만 이번엔 무력 사용을 허가하셔야 합니다. 지난번에 요원 한 명이 마약상들에게 죽다 살아났어요."

"알았네. 특수부대를 대동하고 가도록 하게."

### 1942년 10월 25일 09:00 터키, 이스탄불

이스탄불 주재 독일대사 바그너는 대사관 밖에서 들려오는 독일을 비난하는 군중들의 절규에 가까운 고함 소리에 어젯밤 설친 잠을 보충하려던 시도를 포기하고 말았다. 게다가 아침식사가 끝나기도 전에 들이닥친 터키군 병사들은 대사관 전체를 포위하고 대사관의 모든 서류들을 강제로 압류하기 시작했다. 어젯밤 본국의 훈령으로 중요한 기밀서류는 모조리 불태웠지만 혹시나 하는 불안감은 그의 얼굴을 참혹히 일그러지게 하고 있었다. 터키가 마침내 독일에 선전포고를 하고 전군을 동원하기 시작한 것이다.

수도인 이스탄불과 불가리아-루마니아 국경은 불과 350킬로미터밖에 떨어져 있지 않았다. 불가리아 전선이 돌파되면 순식간에 이스탄불이 전쟁터로 변할 위험에 처한 것이다. 터키 정부로서는 위협을 심각하게 느낄 수밖에 없었다.

그래서 국제평화유지국 군사분회를 통한 정식 항의절차를 밟기도 전에 5개 기갑사단을 포함한 40개 사단 35만의 병력을 불가리아로 전진 배치해 독일 남부집단군을 요격하도록 지시했고, 이스탄불 공군기지의 대한-22 전폭기들이 전선 병력에 대한 엄호 폭격을 위해 속속 날아올랐다. 다마스쿠스 주둔 터키 제11 집단군 10만도 유대인 자치구인 텔아비브로 남하해 상륙한 독일군을 공격하면서 하이파 인근의 부상자들을 긴급히 구호하기 시작했다.

전쟁은 바그너가 전혀 모르는 사이에 저만큼 앞까지 달려가 피로 얼룩진 붉은 손을 흔들어대고 있었다. 붙잡기에는 너무나 멀리 떨어져버렸고 더구나 불문곡직不問曲直 선제 핵무기 공격으로부터 시작한 것이니 변명거리조차 마땅치 않았다.

그러나 바그너의 머릿속은 온통 의문투성이였다. 사실 현재의 독일 정부는 터키와 전쟁을 치를 이유도, 여유도 없었다. 그런데 독일군은 오스트리아를 빼버리고 루마니아 영토를 넘어서 불가리아를 공략하기 시작한 것이었다. 분명히 자신이 모르는 무언가가 있었다. 우선은 터키 외무장관을 만나보아야 했으나 바그너가 아무리 대사관을 장악한 터키군 장교를 설득하려 해봐도 그는 묵묵부답, 대답을 회피하고 있었다.

"나를 자케이 외무장관에게 데려다 주시오. 무언가 오해가 있을 것입니다. 세계대전이 끝난 지 얼마나 되었다고 또다시 전쟁이라니요. 거기다 선전포고도 없는, 내가 모르는 터키와의 전쟁이라니? 있을 수 없습니다. 데려다 주시오."

"제가 받은 명령은 독일 대사관을 폐쇄하라는 것뿐입니다. 정히 그렇게 말씀하시면 상부에 건의를 해드리지요. 하지만 기대는 하지 마십시오. 조금 전 우리 정부는 독일에 선전포고를 했습니다. 당신들과 터키는 전쟁 중이라는 것을 명심하십시오."

"알겠소이다. 건의라도 부탁드리겠소."

돌아서는 바그너의 눈빛은 어둡게 가라앉아 있었다. 전쟁이 시작되었는데도 자신은 알고 있는 것도, 할 수 있는 것도 전혀 없었다.


**1942년 10월 26일 08:30 서울, 남산 위성정보통제실**

밤을 꼬박 새워 진행된 국방회의는 아직도 끝을 보이지 않았다.

평양의 국제평화유지국 군사분회는 독일과 터키의 설전으로 시작해서 같은 모습의 설전으로 끝이 났고 아무런 결과도 얻지 못한 채 터키는 공식적으로 독일에 선전포고를 해버렸다. 남은 것은 전쟁뿐이었다. 통제 상황실에서는 15명의 군 관련 장성들이 한결같이 독일에 대한 제재를 건의하고 있었지만 유상열은 아무래도 무언가가 걸리는 느낌이었다.

"우선은 국방장관의 의견대로 남서도에 항모 3척과 5개 기갑사단, 공군 전폭기 2개 대대를 추가 배치하는 선에서 대응을 시작하도록 합시다. 비전은 새로 확인된 사실이 있습니까?"

장석준이 준비한 자료를 뒷자리의 의전 비서에게 넘겨주어 배포를 시작했다. 장석준이 말했다.

"우선 하이파에서 폭발한 핵폭탄은 항공기 투하가 아니었습니다. 터키 공군기를 제외하면 폭발을 전후한 2시간 동안은 핵폭탄을 실어 나를 규모의 항공기가 하이파 상공을 이동한 사실이 없습니다. 결국 누군가 미리 이동시켜 설치를 해놓았다고 보아야 할 것이지만 항공기나 미사일 등 쉬운 운반수단을 포기하고 복잡한 방법을 택한 것은 상식적으로 납득하기 어렵습니다. 또한, 텔아비브에 상륙한 독일군의 병력은 겨우 보병 삼사천에 불과합니다. 적의 후방교란을 목적으로 하는 소수의 정예병력 투입일 수도 있으나 독일의 수뇌부인 롬멜과 구데리안이 전차를 이용한 전격전을 신봉하는 대표적 인물이며, 과거 독일이 거의 사용하지 않던 교란전술이라는 것을 감안하면 어색한 점이 많습니다. 남부 집단군의 불가리아 침공군도 독일에서 공급되는 보급물량의 이동이 거의 보이지 않습니다. 전통적으로 독일군이 보급 문제를 중요하게 생각지 않아 낭패를 본 경우가 상당히 많다고는 하지만 이처럼 전무한 적은 없었던 것으로 보입니다. 아직 결론을 내리기에는 조금 이르지만 비전은 프랑스 혹은 러시아가 개입했거나 독일군부의 일부 장성들이 원해서 시작한 의도적인 독일─터키 전쟁 유도일 가능성에 초점을 맞추고 있습니다. 비전 유럽지부와 중동지부의 전력을 모두 투입했으니 2~3일 정도면 윤곽이 드러날 것으로 보입니다."

"수고 하셨소. 나도 조금 석연치 않은 부분이 있었는데 잘 되었구면. 경과는 매일 보고를 해주기 바랍니다."

"알겠습니다, 각하."

장석준이 배포한 자료를 넘겨보던 유상열이 다시 입을 열었다.

"참! 지난번 터키가 유대인 자치구를 승인한 경위 조사는 어찌되었나?"

"자료에 나와 있는 것과 같이 두 가지로 압축할 수 있습니다. 그 첫 번째는 로스차일드 가문의 자금이 터키로 흘러들어간 것으로 보입니다. 두 번째는 종교적인 특성상 터키가 타종족의 흡수에 그리 인색하지 않다는 것입니다. 로스차일드 가문의 자금은 앙카라와 아네나 지역, 그리고 신규 유전 개발비용으로 사용되고 있는 것으로 보입니다."

중동은 고대로부터 유목민족의 특성상 다양한 인종이 존재했지만 국경선의 개념은 존재하지 않는 곳이었다. 주요 인종은 셈 족(아랍, 시리아, 유대인), 아리아 족(이란, 아프간), 우랄알타이 족(터키) 등 3

개 종족으로 대표되며, 지리적 특성상 아시아와 유럽 강대국들의 세력이 첨예하게 맞부딪치는 각축장이었다. 그런 중동에 마호메트와 이슬람 문명의 탄생은 엄청난 역사적 사건이었고 이슬람교를 중심으로 중동 전체는 국경조차 없는 하나의 문화권을 형성했다. 다른 문명과 인종도 차별 없이 포용하는 이슬람교의 특성상 이슬람 문화는 지속적으로 팽창을 계속할 수밖에 없었고 이슬람을 침략, 지배했던 몽골과 투르크족조차 이슬람으로 개종하게 되어버렸다.

그러나 수백 년간 중동 전체를 통치하던 오스만투르쿠가 약화되자 중동은 영국과 프랑스의 지배 하에 들어갔고, 그들은 식민 지배 강화를 위해 인종, 종교, 지리적 환경 등을 모조리 무시하고 중동을 분할했다. 중동 지역의 국경이 대부분 직선인 것은 이 때문이며 훗날 모든 중동 지역 분쟁의 원인이 된다. 각설하고 그런 이슬람교의 자신감과 포용력이 유대인 자치구 성립을 승인해주었다고 보아야 했다.

유상열이 물었다.

"흠…… 로스차일드 가문이 일국의 성립을 좌지우지할 정도로 규모가 큰 가문인가?"

"그렇습니다. 유대인이며 프랑크푸르트 출신의 금융업 가문입니다. 전 유럽을 돈으로 휘어잡은 거부이고 과거 19세기의 모든 전쟁은 그들의 자금이 승부를 결정지었습니다. 제1차 세계대전에서는 중립이었고, 제2차 세계대전에서는 독일편에 서 있다가 히틀러 집권 이후에는 중립을 지켰습니다."

"자칫하면 중동이 유대인의 손에 들어갈 수도 있다는 뜻인가?"

"충분히 가능한 이야기입니다. 종교를 바꾸지는 못하겠지만 정치를 좌우하는 것에는 문제가 없을 것입니다. 아직은 유대인과 아랍의 분쟁이 거의 없는 상황인데다 독일과의 전쟁으로 협력 관계를 유지하게 되면 자칫 제국에 상당히 위협적인 존재로 부각될 수 있습니다."

유상열이 미간을 좁혔다.

"흠…… 조금 어려운 상황이 되어버렸구먼. 조금 더 상황을 보도록 하지. 일단 비전은 그들의 동향을 집중적으로 감시하도록 하시오. 외무부 정책분석실은 터키와 유대인 세력을 분리할 수 있는 방안을 검토해서 보고해주시고, 국방부는 최대한 빠른 시간 내에 병력을 이동시키도록 하시오. 오늘은 이만하십시다."

관계자들이 부산히 자리를 털고 일어서자 유상열은 상황실 구석에 놓인 흑차를 직접 따랐다.

'재미있군. 유대인들의 돈놀이가 시작되었단 말이지? 피를 보지 않는 게임이라면 얼마든지 환영하지. 네놈들의 자금을 한 푼도 남아 있지 않도록 모조리 끌어내주마. 후후.'

그의 입가에 비릿한 미소가 떠올랐다.


**1942년 10월 28일 05:10 텔아비브 북동쪽 180킬로미터 나브러스**

늙은 농부는 그저 자신이 키우는 약간의 채소와 양, 염소 몇 마리가 별 탈 없이 잘 자라고 자신이 지은 작은 돌담 집에서 편안하게 여생을 마치기를 바랄 뿐이었다. 정말 작은 소망이었으나 그나마도 그에게는 쉬운 일이 아니었다. 최근 들어 인근 지역을 유대족에게 자치구로 내줄 것이니 이사를 가라는 관리들의 요구가 있었기 때문이다. 주변의 사람들이 하나 둘 고향을 떠나가고 있었지만 그에게는 남의 일이었다. 그는 힘들게 개간해놓은 자신의 텃밭을 돌아보며 중얼거렸다.

"내 땅을 누굴 준단 말이야? 어림없는 소리. 홍!"

어차피 모슬렘 지역으로 이사를 가더라도 괴팍한 성격 탓에 주변 사람들과 친근하게 지내기는 어려운데다 얼마 남지 않은 여생을 다시 개간을 하면서 힘들게 보내고 싶지는 않았다.

농부는 평소와 다름없이 채소들 사이에서 자라는 잡초를 뽑아주기 위해 밭으로 들어섰다. 채소밭에 가까이 다가서자 갑자기 언덕 뒤편으로부터 밝은 빛과 함께 하늘을 가로지르는 수십 개의 하얀 선들이 나타났다. 잠시 하얀 선들을 구경하던 노인은 곧 호기심을 접어버리고 잡초들을 뽑아내는 데 열중했다. 해가 떠오르고 나면 사막 지역의 뜨거운 태양은 제초작업을 두 배는 어렵게 만들 것이기 때문이었다.

제초작업을 거의 마무리하고 부러질 것 같은 허리를 펴는 그에게 독일제 군용차량을 탄 생소한 복장의 군인 몇 사람이 다가섰다.

군인 중 한 사람이 아랍어로 입을 열었다.

"노인장. 조금 전 하늘에서 뭔가 본 것이 있소?"

노인이 말했다.

"그런 것 같구려. 언덕 뒤에서 밝은 빛이 나면서 무언가 날아갑디다."

노인의 대답을 듣자마자 장교 복장의 사내가 눈빛을 달리하며 허리춤의 권총을 뽑아들었다.

타탕!

두 발의 총성, 노인은 가슴을 끌어안고 채소밭 사이로 무너졌다. 장교 복장의 사내가 권총을 갈무리하며 말했다.

"새벽이라 인적이 없으리라고 생각했는데 참내. 지독히 재수가 없는 노인이군. 하필 오늘 새벽에 나와 있다니 말이야. 미사일 부대의 위치가 알려져서는 곤란해서 그토록 이사를 강요했건만, 쩝. 떠나랄 때 떠났으면 좋았을 것을…… 할 수 없지. 돌아가자."

흙먼지를 날리며 달리기 시작하는 군용 차량의 뒷자리에서 푸른색 이스라엘의 별이 펄럭였다.

**1942년 10월 28일 11:00 사우디아라비아, 리야드**

리야드는 다른 중동의 도시와는 달리 모든 것이 새로 건설된 제법 정리된 도시였다. 1930년대 초, 인근에서 엄청난 양의 석유가 발견된 이래 리야드는 폭발적인 변화를 겪었다. 직승기로 들어오면 중사도에서 불과 한 시간 거리에 불과했으나 차장을 지나가는 모든 것이 새로웠다. 페르시아만 연안의 엄청난 원유 매장지를 인지하지도 못한 채 제국에 빼앗겼지만 리야드 인근의 원유만으로도 사우디 왕가의 여유로운 생활과 국가의 식량수급을 모조리 충당할 수 있었다.

게다가 오만과 예멘의 왕가가 터키와의 전쟁으로 인해 사라져버린 탓에 해당 지역의 권리까지 확보하게 된 사우디 왕가는 벼락부자라는 말이 무색할 정도로 사치스런 생활에 길들여져 가고 있었다. 사우디 왕가를 비롯한 상류층은 이미 돈벼락을 맞은 제국의 땅부자들과 다를 것이 거의 없어져버렸다. 반면, 아직도 인구의 반 이상이 가혹한 코란의 전통을 지키는 고대 유목민과 동일한 어려운 생활을 유지하고 있었다. 엄청난 부와 절대 빈곤이 공존하는 기묘한 동거였다.

제국 국경에서부터 무려 네 시간 동안 차량으로 이동해온 중사도 지역사령관 김좌진 대장은 매끄러워야 할 제국산 대형 승용차 '매향'의 승차감에 치를 떨고 있었다. 노면 상태가 고르지 못해 벌어지는 일이니 대안은 없었다. 그러나 장시간 시달려야 하는 입장에서는 쉽게 생각할 문제가 아니었다. 다행히 낮은 건물들 사이로 왕실 건물과 의전을 위한 경비병들이 보이기 시작했다.

붉은 양탄자가 깔려 있는 왕실의 정문에 매향이 정지하자 40도에 가까운 후끈한 열기와 제복 차림의 장교들이 그를 맞이했다.

"어서 오시오, 김좌진 장군."

장난감 병정 같은 병사들 사이로 파이잘 왕자가 모습을 드러냈다.

"감사합니다, 왕자님."

"안으로 들어가십시다."

파이잘이 김좌진을 궁전 안으로 안내했다. 건국의 아버지라 불리는 압둘 아지즈 국왕의 둘째아들인 파이잘은 다음 대의 왕권을 차지하지는 못할 것이었지만 탁월한 외교적 능력으로 사우디의 전반적 대외정책을 좌우하고 있었다.

사우디아라비아와 대한제국의 관계는 사실 조금 미묘하다고 해야 했다. 제1차 세계대전 기간 동안 대한제국이 터키를 지원함으로서 사우디아라비아는 독립을 위해 더 많은 시간을 투자해야 했고, 더 많은 희생을 치러야 했다. 당연히 소원한 관계일 수밖에 없었지만 멀리 있는 독일보다는 거리상 가까운 제국의 영향을 받지 않을 수 없었다. 더구나 화상수신기 등 제국의 대중매체를 쉽게 접할 수 있었던 지배계층은 친독일 정치적 성향에 문화적으로는 제국에 가까웠다. 그리고 사실상 독일과 제국이 적대국이라 할 수도 없어 제국에 대한 반감은 가지고 있지 않았다.

시종이 집무실 중앙에 놓여진 커다란 회의탁자에 그들이 자리를 잡자 파이잘의 집무실에 대기하던, 은쟁반을 든 또 다른 시종이 커피를 따르고 사라졌다. 한쪽 구석에 설치되어 있는 국산 냉방기 '하늬바람' 이 반갑게 그들을 맞이했다.

"오랜만이오, 장군. 지난달 도하에서 보고 처음이지요?"

"그렇습니다. 오랜만에 뵙는군요. 왕자님."

"그래. 어쩐 일로 어려운 걸음을 하셨습니까? 역시 터키와 독일의 전쟁 때문인가요?"

집무실까지 들어오는 동안 나누었던 신변잡기 등의 부드러운 이야기는 순식간에 사라지고 파이잘의 눈은 차갑게 가라앉아 있었다.

"사실입니다. 하지만 터키를 도우라는 식의 이야기는 아닙니다. 당분간 중립을 지키시라는 권고입니다."

"이유는? 터키가 승전할 경우 우리의 입지 역시 좋아지지 않을 것입니다."

"이번 전쟁은 석연치 않은 구석이 많습니다. 제국 정부가 사태를 정확히 파악할 때까지 기다려 주십사 하는 이야기일 뿐입니다."

"하지만 이란과 이집트는 이미 군대를 일으켰고 터키가 발사한 미사일 10여 기가 독일의 오데사와 루마니아 인접 지역에 떨어졌소. 전쟁은 피할 수 없게 되었소이다."

"이란은 몰라도 이집트 육군은 쉽게 터키를 공격하지 못합니다. 만일 이집트가 수에즈 운하를 공격하면 제국의 직접적인 개입을 가져오게 될 겁니다. 물론 이집트 육군이 귀국의 영토를 경유해서 터키로 진출할 수도 있겠지만 시간이 좀 걸리겠지요. 이란도 제국이 투자하고 개발한 가치사란 유전(페르시아만 연안의 이란 최대의 유전)으로 인해 쉽사리 제국의 의사에 반하며 터키를 공격하지는 못할 것입니다. 그리고 미사일은 터키가 발사한 것이 아니라 유대인 자치구에서 발사된 것입니다. 제국에서 흘러나간 물건입니다만 터키의 것은 아닙니다."

파이잘은 잠시 동안 말없이 김좌진을 건네다 보더니 말했다.

"하고 싶은 이야기가 무엇입니까? 듣겠소."

"결국 귀국이 중립을 지키시면 이집트와 이란은 경거망동을 하기 어렵다는 뜻입니다. 독일과 제국이 합의를 이룰 때까지 기다려 달라는 말이기도 하구요."

"그렇게 해서 우리가 얻는 것은?"

"왕자께서는 형인 사우드 왕자로 인해 왕위의 계승권에서 조금 멀리 떨어져 계신 것으로 알고 있습니다. 사우디가 당분간만 중립을 지키시면 국왕께서 승하하신 후 제국은 왕자의 편에 서게 될 겁니다. 이후에는 마음대로 하셔도 좋습니다. 이 정도면 손해보다는 얻는 것이 많을 겁니다."

파이잘이 눈을 감고 생각에 잠기자 김좌진은 앞에 놓인 은제 찻잔을 들어올렸다. 사실 정치판에서 당분간이란 단어는 10분에서 10년에 이르는 다양한 시간을 의미한다. 언제 바뀔지는 모르지만 어차피 제국 정부가 원하는 기간은 대략 5일 정도, 한 호흡을 죽여 움직이는 정도의 짧은 시간이었다. 파이잘이 거부할 이유는 없었다. 그가 미소를 머금었다.

"좋소. 하지만 내가 벌어드릴 수 있는 시간은 얼마 되지 않을 겁니다. 빨리 움직이는 것이 좋을 것이오."

"감사합니다, 왕자. 우리 수상 각하께서도 기뻐하실 겁니다."

**1942년 10월 29일 09:10 독일, 베를린**

"제 생각으로도 사태는 걷잡을 수 없을 것 같군요."

대한제국 외무부 장관 이선철이 커피 잔을 들어올리며 말했다.

롬멜은 말없이 회의 탁자 위에 놓여진 보고서 뭉치를 쳐다보고 있었다. 롬멜은 지난 며칠 사이에 일어난 일들이 꿈만 같았다. 어이가 없다 못해 화 낼 기력도 남아 있지 않았다. 자신의 예하부대인 남부집단군의 불가리아 침공은 그의 입장을 더없이 곤란한 지경으로 몰아갔고 터키에서 폭발한 핵은 분명히 독일의 물건일 것이었다. 게다가 일부 부대의 텔아비브 상륙과 대학살은 변명의 여지조차 남겨놓지 않았다. 곧이어 터키의 미사일 공격으로 오데사와 루마니아 국경의 보급 요충이 날아가버리면서 이제는 전혀 예기치 못했던 전쟁을 치러야 할 형편이었다.

어젯밤 군용 비행기로 베를린에 도착한 이선철은 새벽부터 정부청사를 방문해 독일의 최고 권력자 세 사람을 괴롭히고 있었다. 롬멜이 입을 열었다.

"이선철 장관, 이제 당신이 가지고 온 보따리를 풀어 놓아야 할 것 같소이다. 터키의 반격이 시작된 이상 독일도 더 참고 있을 수는 없소. 남부집단군 사령관 에리히헤프너는 사령부의 소환에 응하지 않고 불가리아 공격을 강행하고 있으나 소환부대를 보냈으니 곧 체포될 것입니다. 독일이 참을 수 있는 한계는 여기까지입니다. 더는 버틸 수가 없습니다."

조용히 서류를 뒤적이고 있던 대한제국 외무부 장관 이선철은 자신과 마주하고 있는 세 사람의 얼굴을 다시 한 번 하나하나 훑어보았다. 아데나워, 롬멜, 구데리안. 현 독일의 최고 권력자들이 한 자리에 모여 있는 것이니 지금부터 그가 하는 말들과 여기서 거론된 이야기들은 세계의 정세를 한순간에 바꿔놓게 될 것이었다. 이선철이 차분하게 말을 받았다.

"우선은 이 사건, 아! 저는 전쟁보다는 사건이라는 단어를 사용하고 싶습니다. 이 사건의 현황부터 정리를 해보시지요. 지금까지 일어난 사건은 크게 네 가지로 볼 수 있습니다. 하이파 원폭, 불가리아 침공, 텔아비브 상륙, 오데사 미사일 피폭입니다. 이중 앞의 세 가지는 독일이 한 일이고 오데사 피폭은 터키가 한 일입니다. 그런데 오데사 피폭은 터키가 귀국에 선전포고를 하고 난 이후의 일입니다. 공식적인 전쟁을 선포한 이후의 일이라는 말이지요. 그렇지만 앞의 귀국이 자행한, 죄송합니다. 이것은 자행이라는 단어를 사용할 수 있을 정도로 심각한 일이지요. 어쨌든 귀국이 일으킨 세 가지 사건은 민간인을 수없이 죽인데다 선전포고도 하지 않은 지극히 비상식적인 공격이라 아니 할 수 없습니다. 따라서 대한제국은 우선 독일에 그 책임을 물을 것입니다."

아네나워가 낯빛을 붉히며 말했다.

"말씀이 지나치시군요. 독일은 분명히 상관이 없는 일이라고 말씀드렸을 텐데요?"

"아! 죄송합니다. 하지만 제가 드리는 말을 오해 없이 끝까지 들어주시기 바랍니다. 우선 핵폭탄은 귀국이 아니면 보유하고 있는 국가가 없습니다. 이것이 귀국에 가장 불리한 증거입니다."

"그건 제국에도 있지 않소이까?"

"그렇기는 합니다만 제국의 물건이 아니라는 것은 확실합니다. 하이파에서 폭발한 폭탄이 영국에서 폭발한 것과 같은 물건이라는 것을 입증해드릴 수도 있습니다. 그리고 텔아비브 상륙과 불가리아 공격은 분명히 독일 정규군의 이동이었으며 이는 명백한 터키에 대한 도발이라고밖에 할 수 없습니다. 물론 여기에는 어색한 점도 상당히 많이 눈에 띕니다. 귀국의 핵이 이동된 경로도 분명치 않고 부대의 이동도 미심쩍습니다. 귀국이 의도한 것이 아닐 수도 있지요. 그러나 그렇다고 해서 귀국의 책임이 없어지는 것은 아닙니다. 독일이 한 일이 아니라고 해도 대량살상무기의 관리와 예하 부대의 관리를 잘못한 책임을 져야 하기 때문이지요."

롬멜은 불쾌했다. 이 백인 못지않게 허연 피부의 동양 외교관은 독일을 극악한 범죄국가나 아니면 자신의 물건도 제대로 관리하지 못하는 바보로 몰아가고 있었다. 대한제국이 강국임은 인정하지만 독일도 못지않은 강국이었다. 퉁명스러운 어조가 튀어나올 수밖에 없었다.

"그래서 하고 싶은 이야기가 뭡니까?"

"아! 서두가 길었군요. 제가 보기에도 전쟁은 피할 수 없습니다. 하지만 조금 전 말씀드린 미심쩍은 부분에 대해 저희가 뒷조사를 좀 할 수 있도록 해주시지요. 관리를 잘못하신 책임을 지신다 생각하시고 4일 정도만 시간 여유를 주십시오."

구데리안이 끼어들어 머리를 가로저었다.

"그럴 수는 없소. 4일이면 오데사와 슬로바키아 지역은 초토화될 만한 시간이오. 독일은 걸어오는 싸움을 피하지는 않소. 그런 이야기라면 이만 하시고 돌아가십시오."

"그렇다면 대한제국과의 전쟁도 감수하시겠다는 말씀입니까? 터키는 제국의 동맹입니다. 터키가 독일과 전쟁을 한다면 제국도 끌려들어갈 수밖에 없습니다."

"지금 우리를 협박하려 하시는 게요?"

구데리안의 언성이 높아지자 아데나워가 나섰다.

"그만하십시오. 구데리안 대장, 이 장관. 사실 4일은 무리입니다. 이렇게 하시지요. 독일은 지금부터 터키와의 전쟁을 정상적으로 치를 것입니다. 그 대신 제국인이 국내에서 활동하는 것을 묵인하겠소. 하지만 우리 수사기관과 공조해서 움직여주셨으면 합니

유대인 자치구 **181**

다. 그런 정도로 합의를 하십시다."

"그럼 이집트와 이란에 제국이 개입을 해도 되겠습니까?"

"네? 무슨 말씀이신지?"

"이집트와 이란, 사우디가 독일과 공조해서 터키를 공격한다는 이야기는 이미 공공연한 이야기입니다. 제국은 운하 문제도 있고 주변국이 동맹국을 공격하는데 손 놓고 바라볼 수는 없습니다."

아데나워는 아차 싶었다. 정권을 장악한 후, 시간적 여유가 부족해 아직 손을 대지 못한 지역이고 실제로 첩보부서들은 아이히만 사후 본부 조직이 거의 무너지다시피 한 상황이어서 정비할 엄두조차 내지 못하고 있었다. 그런 손 밖의 조직이 독자적으로 움직이고 있다는 것은 지극히 바람직스럽지 못했다. 또한 통제에서 벗어난 첩보 조직은 대단히 위험한 존재였다. 어쩌면 그들이 이번 사건의 배후인지도 몰랐다. 게다가 동기도 충분했다. 중동국가들로서는 터키의 지배를 걷어낼 수 있는 절호의 기회가 될 수도 있으니 충분히 해볼 만한 도박일 것이었다.

"지금 처음 듣는 이야기입니다. 나쁠 것은 없겠지만 독일은 이집트 등의 국가에 협조를 요청한 적도 없고 그들의 도움도 바라지 않습니다. 그리고 지난 몇 달간은 중동국가 내의 첩보 조직을 가동한 적도 없습니다."

"그렇다면 만약 이들이 터키를 공격할 경우 제국이 이들을 공격하는 것에는 이의가 없으시겠군요."

"그렇지는 않습니다. 그들도 독일의 동맹국입니다. 우리가 수습을 해보지요."

"좋습니다. 하지만 이들이 움직일 경우 제국도 움직이게 될 겁니다. 그리고 저희가 보기에는 수습 단계는 지나가버린 것으로 보입니다. 어쨌든 기다려 보겠습니다. 참! 그리고 독일 내부에서 제국이 비밀리에 지주회사를 하나 설립해 자금을 좀 움직여도 되겠습니까? 조사에 필요한 일입니다. 그리고 수익이 생기게 되면 30퍼센트는 독일에 넘기는 것으로 하지요."

아데나워가 고개를 갸우뚱하며 말했다.

"그래요? 사전에 내용을 통보해주시기만 하십시오. 불법적인 것만 아니라면 문제는 없을 겁니다."

"좋습니다. 그리고 조사를 위해 제국이 독일에 위협적인 행동을 하게 될지도 모르겠습니다. 예를 들면……."

네 사람의 회의는 오후를 훌쩍 넘겨서야 끝이 났고 이선철은 제법 밝은 얼굴로 정부청사를 나섰다.

### 1942년 10월 30일 09:50 불가리아, 소피아 상공

마침내 독일이 터키에 선전포고를 하고 병력의 이동을 단행했다. 15개 기갑사단을 포함한 50개 사단의 이동이 시작된 것이었다. 롬멜이 부대의 이동을 명령하면서 가장 먼저 조치한 것은 제공권 장악을 위한 전투기의 이동이었다. 슬로바키아의 브라티슬라바에서 이륙한 메서슈미츠 ME362 100여 대가 불가리아 상공을 향했다. 독일 공군의 이동을 확인한 터키 역시 가용한 모든 전투기와 전폭기를 총동원, 소피아 상공을 수놓기 시작했다. 불가리아 전선의 제공권을 건 제트전투기 간의 대규모 공중전이 벌어지기 시작한 것이었다.

문제는 숫자상으로 열세인 터키의 대한-12에 유도미사일이 장착되어 있지 않은 데서 발생했다. 제국은 어느 누구에게도 능동유도 미사일을 제공할 수 없었고 당연히 터키에 공급된 항공기에는 1세대 레이더 사격조준장치와 로켓탄 20발만이 장착되어 있었다. 탄도미사일에 사용하는 관성항법장치와는 달리 공대공 미사일의 능동유도장치는 아직도 외부에 노출되어 있는 상황이 아니었고, 능동유도 이론의 공개조차 철저히 금지되어 있었기 때문이었다. 물론 최고속도나 선회능력 등 기체의 전반적 성능이 월등한 상황이었지만 신형기체 30기 이상이 다마스쿠스 공군기지에서 이륙도 해보지 못한 채 고철이 되어버린 터키는 동원할 수 있는 전투기가 기껏해야 60기를 밑돌았다.

결국 1942년 10월의 마지막 날, 소피아의 하늘을 배경으로 전개된 공중전에서 먼저 기선을 제압한 쪽은 독일 공군 전투기 조종사들이었다. 성능면으로 볼 때는 터키 공군이 여러모로 상당히 우세했고 숫자상으로는 독일 공군의 전력이 2배 정도 우세해, 전체적으로는 백중세를 보이거나 터키 공군이 우세해야 했다. 그러나 조종사들의 기량이 첫날의 승부를 갈랐다.

대부분의 독일 조종사들은 도버해협과 영국 본토 항공전에 참가해 전투 경험을 쌓았던 베테랑 중의 베테랑들이었다. 신참 조종사들도 이들로부터 엄격한 일대일 공중전 및 편대전술 훈련을 받아 전반적으로 높은 수준의 기량을 유지하고 있었다. 반면 터키 공군은 대한-12와 22 신형기체를 인수한 이후에는 큰 전투를 치른 적이 없었고 수준 낮은 러시아 공군과의 쉬운 전투만을 경험했을 뿐, 독일 공군과 같이 제대로 훈련된 전투기들과 싸워본 적이 아예 없었다.

공중전이 시작되자 전투를 시작하기 이전부터 대한-12와의 성능차를 인식하고 있던 독일 공군은 성능의 열세를 수적인 우세로 보완하는 방어원형진을 철저히 활용해 경험이 턱없이 부족한 터키 공군기의 숫자를 차근차근 줄여나갔다. 신참이 대부분인 터키 공군 조종사들은 기체성능의 유리함을 자진해서 반납하며 적기의 꼬리를 잡기 위해 원형진 안으로 뛰어들었고 서로의 후미를 보호하던 독일 공군기의 기총에 요격당하면서 추락 기록조차 극히 드문 대한-12가 맥없이 추락하는 이변이 속출했다.

결국 수십 회의 출격과 수백 기의 전투기가 얽힌 첫날의 소피아 상공 전투에서 독일 공군의 ME362는 24기가 추락한 반면 터키의 대한-12는 무려 16기가 추락해 전투기 숫자의 차이는 시작 첫날부터 조금 더 벌어져버렸다. 그러나 터키 공군도 차츰 원형진의 격파 방법을 숙지하게 되고 신형기체에 적응이 되어가자 기체 수의 차이에도 불구하고 소피아 하늘의 전투는 팽팽한 균형을 유지하며 지상전투의 결과를 기다리는 소모전의 양상으로 바뀌어가고 있었다.

### 1942년 11월 1일 16:10 이집트 알렉산드리아

알렉산드리아 경찰청 소속 사복경관 이스마엘 경장은 낡은 점퍼 차림으로 항구 노변의 싸구려 여관 담벼락에 기대어 서 있었다. 전쟁이 임박한 알렉산드리아에는 평소의 두 배에 가까운 많은 노무자와 무역업자들로 넘쳐났고 더불어 강도 등 폭력 사건도 폭발적으로 늘어나고 있었다. 더구나 최근 들어 전쟁과 전후의 어려움에서 벗어나기 위해 이주하는 유럽인들이 늘어나면서 이들의 범죄도 부쩍 증가하고 있었다.

이스마엘은 이 항구의 노변과 싸구려 여관 앞에 잠복하기를 좋아했다. 자잘한 소매치기나 강도짓을 하기에는 이만한 장소도 드물었고 이놈들도 잠은 자야 할 것이었으니 이 근처만 맴돌아도 하루에 한두 건은 건질 수 있었다.

지루한 듯 하품을 하던 그는 100미터 정도 떨어진 항구의 골목에서 빠른 걸음으로 걸어나오는 두 사람의 백인을 발견하자 본능적으로 자세를 바로잡았다. 차림새는 프랑스인 같았지만 둘 중 한 놈, 백금발의 사내는 전형적인 아리안족의 얼굴을 가지고 있었다. 게다가 주변을 날카롭게 돌아보는 백금발 사내의 눈빛은 어딘지 모르게 불안해 보였다. 온몸의 신경 조직이 팽팽하게 곤두서기 시작했다.

'흠. 한번 따라가 볼까? 저런 눈을 가진 놈들은 대부분 냄새가 나는 놈들이지? 후후.'

두 사람이 빠르게 도로를 따라 걸어가자 이스마엘은 허리춤의 자동권총을 점검해보고는 자리를 털고 일어섰다.

하이드리히는 천천히 걸음의 속도를 줄여 노점상들이 가득한 거리를 빠져나와 다시 한 구역을 더 이동해 항구의 노무자들이 주로 거주하는 지저분한 골목길로 접어들었다. 조금만 더 걸으면 아지트로 사용하는 창고건물이 나올 것이었다.

순간 동행하던 수하가 팔꿈치로 그의 팔을 살짝 건드리며 나직이 말했다.

"각하, 미행이 있는 것 같습니다. 한 명입니다."

"그래? 어디부터 따라왔지?"

"조금 전 항구 시장에서부터 따라붙었습니다. 이집트 사복 경찰관인 것 같습니다."

"쳇, 조금 귀찮게 된 것 같군. 다음 골목에서 오른쪽으로 돌지."

하이드리히는 좁은 골목길로 들어서자 빠른 속도로 모퉁이까지 뛰어 골목의 모퉁이에 그의 수하를 남겨놓고 천천히 걸음을 옮겼다. 얼핏 미행하는 자의 그림자가 골목 어귀에 나타났다.

이스마엘은 골목 어귀까지 최대한 빠른 속도로 달려와 숨도 제법 가빠왔고 골목 반대쪽에 추격하던 놈들의 모습이 보이자 안도의 한숨을 내쉬었다.

다시 천천히 걸음을 옮겨 좁은 골목의 모퉁이를 지나치는 순간, 그는 한 놈이 사라지고 없다는 것을 깨달았다.

'빌어먹을! 실수다!'

그는 걸음을 멈추고 재빨리 권총을 빼들려 했으나 목어름에 차가운 금속의 촉감이 느껴졌다. 반사적으로 목덜미를 부여잡은 그는 팔목에서 튀어나온 대검을 다시 갈무리하고 있는 백금발 사내의 차가운 푸른 눈동자를 노려보았다. 소리를 치려 했으나 소리는 나오지 않고 갑자기 눈앞이 흐려지기 시작했다. 그리고 천천히 골목 모퉁이의 쓰레기 더미 속으로 주저앉았다.

쓰러진 이스마엘의 목줄기에서 폭포처럼 쏟아지던 피가 조금씩 줄어들기 시작할 때쯤 하이드리히가 골목 모퉁이로 되돌아 다가왔다.

"죽었나?"

"네!"

"늦었다. 어서 접선을 마치고 기자 기지로 돌아가야 한다. 서두르자!"

두 사람이 빠른 걸음으로 좁은 골목을 벗어나자 아랍인 복장을 한 세 사람이 골목에 모습을 드러냈다. 그중 키가 작아 보이는 사내가 옷깃 사이에서 무전기를 꺼내들었다.

"한 중사! 따라붙어라. 키 작은 쪽이 하이드리히다. 놓치지 마라."


**1942년 11월 2일 04:20 이집트, 기자 서쪽 130킬로미터**

사막의 밤은 김병진이 예상했던 것보다 두 배는 고통스러웠다. 비전 이집트 지부장 김병진은 뼛속까지 스며드는 한기에 어깨에 덮고 있던 모포를 머리 위까지 끌어올리며 적외선 망원경을 다시 점검했다. 사실 지부장이 직접 작전을 지휘하는 일은 극히 드물었지만 이번 건은 본사부터 발칵 뒤집어버린 심각한 사안이니 만큼 자신의 눈으로 직접 확인하고 싶었다.

지난 10월 중순경부터 엄청나게 활발해진 이집트 내 독일 첩보조직의 움직임은 그의 신경을 있는 대로 긁어 놓았고 그 와중에 확인된 히믈러의 수석부관이자 전前 게쉬타포 총책 하이드리히의 활동은 서울 본사까지 초긴장 상태로 몰아가버린 것이었다. 결국 나치스 잔류 조직의 중심이라고도 볼 수 있는 하이드리히의 움직임이 김병진을 이 황량한 사막 한가운데까지 끌어다 놓은 셈이었다.

"빌어먹을. 더럽게 춥네. 한 중사! 이왕 이렇게 된 거 한번 들어가 볼까?"

어제 오후부터 하이드리히를 추격한 비전 이집트 지부 요원들은 새벽 네 시가 되어서야 기자에서 130킬로미터 정도 떨어진 고원지대 사막의 나직한 사구砂丘에 자리를 잡을 수 있었다. 그러나 10여 명의 대원이 교대로 밤을 꼬박 새워 추격해온 하이드리히의 아지트는 안타깝게도 사방이 온통 개활지로 이루어져 있어서 직접적인 접근이 아예 불가능했다. 넓은 쪽의 길이가 200미터, 높이 2미터 정도의 낮은 건물은 거의 완벽한 대공 은폐가 이루어져 있었다. 그리고 건물 주위를 감싸고 있는 제법 높은 철책에는 엷은 조명이 사방을 완벽하게 노출시키고 있었다. 간간이 눈에 띄는 아랍인 복장의 경비원들은 전원이 MP40 기관단총으로 무장을 한 상태였고 얼핏 보기에도 건장한 백인의 체격이었다.

한 중사가 피식 웃음을 터뜨리며 말했다.

"후후. 지부장님, 노구에 직접 움직이시려니 뼛골이 쑤시십니까? 그러게 이제는 은퇴하시고 수하들에게 맡기시라니까 굳이 직접 지휘를 하십니까?"

"인마! 아직 마흔도 안 된 사람한테 노구라니! 그만 까불고 안으로 들어갈 궁리나 해봐라."

"눈에 띄는 경비병만 22명입니다. 일반적인 방법으로는 접근이 어렵습니다. 주변을 수색하고 있는 대원들이 돌아오면 생각을 해보죠."

"하긴 그냥은 어려울 것 같다. 그렇게 하지. 그나저나 출출한데 뭐 먹을 것 좀 없냐?"

"아마 제 배낭에 비상식량이 몇 개 남아 있을 겁니다. 드릴까요?"

"그래. 그거라도 좀 먹자."

"네."

배낭을 끌어와 뒤적이는 한 중사의 눈에 북쪽으로부터 접근하는 가느다란 빛의 행렬이 눈에 띄었다. 수십 대가 넘는 차량의 행렬이었다.

"지부장님, 저기."

한 중사가 김병진의 어깨를 두드리자 그가 무전기를 꺼내들며 말했다.

"나도 봤다. 지부장이다! 북쪽에서 많은 숫자의 차량이 접근한다. 전 대원은 제자리에서 은폐하라. 반복한다. 북쪽에서 차량이 접근한다. 제자리에서 은폐하라. 이상."

두 사람은 은폐용 모포를 머리끝까지 끌어올리며 접근하는 차량의 숫자를 확인하기 시작했다.

10여 분이 지나 선두차량이 철책 가까이 접근하자 철책과 창고의 문이 거의 동시에 열리고 화물차량들이 신속하게 창고 안으로 사라지기 시작했다. 열려진 철문 사이로 간간이 보이는 창고의 내부에는 눈에 뜨이는 물건이 하나도 존재하지 않았다.

"지부장님, 저거 확실히 창고가 아닌데요. 저 정도의 차량이 안으로 들어가면 작업을 할 수 없을 뿐더러 공간이 턱없이 부족합니다."

"인마. 너 바보냐? 이런 사막 한복판에다 창고를 만들어놓는 미련한 것들이 있을 것 같으냐? 당연히 창고는 아니지. 내부에도 설비나 화물은 하나도 없는 것 같다. 어쨌거나 되는 대로 내부 사진이나 찍어 봐라."

"참내. 괜히 역정이십니까? 알겠습니다. 찍으면 될 거 아닙니까. 크크."

한 중사가 사진기를 꺼내 투덜거리며 몇 장의 사진을 찍는 짧은 시간 동안 겨우 폭 200미터 비좁은 창고 안으로 무려 81대의 대형 화물차량이 사라졌다. 그것도 시속 20킬로미터 이상의 빠른 속도로 계속해서 진입한 것이니 무언가 내부에 추가적인 공간이 있다는 뜻이었다.

"젠장. 감시 인원만 남기고 즉시 철수한다. 저 차량에 실린 것이 무기인지 병력인지는 모르지만 우리가 해결할 수 있는 규모가 아닌 것은 분명하다. 최소한 연대병력 이상이 주둔하는 곳이다. 관측이 용이한 곳에 은신호隱身壕(비트)를 설치하라고 해라. 느낌상 독일군 병력의 대규모 이동이나 무기 공급으로 보인다. 본사에 최대한 빨리 연락을 취해야 할 사안이다. 가자!"

김병진은 신속하게 사구를 벗어나 위장포로 덮어 놓았던 사막 전용차량으로 달리기 시작했다.

**1942년 11월 2일 08:30 서울, 남산 위성정보통제실**

상황실 천정에서 내려진 대형화면에는 시나이 반도의 위성사진이 올라와 있었다. 10여 명의 군 고위층 장성이 모인 상황실의 대형탁자 위에는 또 다른 위성사진이 여기저기 흩어져 있었다. 상황실장 유재륜이 화면에 보이는 화살을 카이로 북부 해안으로 움직이며 말했다.

"금일 새벽부터 이집트 육군이 텔아비브에 상륙을 시작했습니다. 전차 300여 대를 포함 10만의 대병이 이미 상륙을 마쳤고, 추가로 전차 100여 대와 6만 정도의 병력이 이곳 두미엣항에 대기 중입니다. 오늘 중으로 이동을 시작할 것으로 보입니다. 이란군 역시 오늘 새벽 하마단 국경을 넘어 케르만샤로 진격 중입니다. 이란군의 병력은 전차 600여 대에 30만의 병력입니다. 다행히 사우디는 아직까지 중립을 지키고 있는 상태입니다. 불가리아 전선에 병력이 집중되어 있는 터키로서는 러시아 국경의 병력까지 철수를 시켜야 할 형편입니다. 어떤 방식이든 터키를 지원해야 할 상황인 것으로 보입니다."

유상열이 화면에 시선을 고정한 채 물었다.

"국방장관. 우리 지상군과 해군의 배치 현황은?"

"쿠웨이트에 5개 기갑사단과 보병 8개 사단이 배치되어 있고 도하에 해병 3개 사단이 있습니다. 해군 페르시아 함대는 항모 지리

산과 함께 쿠웨이트와 포트사이드에 분산 정박 중입니다. 항모 연화산과 오대산은 20여 척의 전투함과 함께 홍해에 대기 중입니다."

유상열 국방장관의 간단한 현황보고가 끝나자 비전수장 장석준을 불렀다.

"장 실장, 아까 하던 이야기를 모두에게 들려주시오. 마무리합시다."

"네. 우선 독일이 이집트와 이란을 설득하지 못한 것은 확실해 보입니다. 이집트는 수에즈 운하를 건드리지 않으면 제국의 개입이 없을 것이라고 판단한 것 같습니다. 이란은 이란인들이 거주하는 타브리스와 베르만샤를 회복하셌나는 의사를 신삭부터 내난히 강하게 표명하고 있었습니다만 제국의 개입이 있을 것이라는 간접 경고를 했음에도 불구하고 터키를 공격한다는 것은 대단히 어색한 모습입니다. 양측 모두 독일의 직접적인 영향력 아래에 있는 나라임에도 불구하고 설득에 실패한 것으로 보아 무언가 다른 이유가 있는 것으로 보입니다. 특히, 이란의 경우에는 러시아로부터 30억원 상당의 무기를 구입한 것으로 밝혀졌는데 자금의 출처가 대단히 모호합니다. 분명히 외부의 자금이 유입된 것입니다. 확인이 꼭 필요한 사안입니다. 또한 이집트의 기자에서 독일의 비밀기지로 보이는 대규모 군 관련 시설을 포착했습니다. 문제는 하이드리히라는 자가 그곳을 운영하고 있다고 보인다는 것입니다. 아시다시피 하이드리히는 히믈러의 최측근이자 히틀러 집권 시절 독일 첩보조직의 수장이었습니다. 따라서 이집트와 이란의 독일 첩보조직은 그에 의해 움직이고 있다고 보아야 할 것이며, 이번 핵폭발과 텔아비브 상륙은 이들의 소행일 가능성이 높습니다. 비전은 우선 하이드리히의 체포와 기자에 대한 공격을 건의합니다."

장석준의 보고가 진행되는 동안에도 유상열의 마음은 여러 갈래로 흩어지고 있었다. 분명히 이 전쟁은 치밀한 계획에 의해 진행된 것이었다. 독일의 핵 공격과 불가리아 침공, 텔아비브 상륙, 유대인의 미사일 공격, 이란과 이집트의 터키 공략. 모든 것이 톱니바퀴 물리듯 일사분란하게 움직이고 있었다.

독일의 첩보조직이 하이드리히에 의해 움직이는 것도 의외였지만 유대인들의 움직임과 자금 운용이 엄청나게 과감해졌다는 것도 무언가 꺼림칙했다. 게다가 이집트와 이란의 제국을 완전히 무시하는 듯한 위험한 도박은 유상열을 더욱 혼란하게 만들었다. 확실한 것은 아무것도 없었다. 정보가 더 필요했다.

유상열이 말했다.

"좋습니다. 비전의 건의를 승인하겠소. 작전 계획을 수립해 보고해주시오. 단, 이집트 정규군과의 교전은 피하시고 하이드리히는 필히 생포하시오. 그리고 우선 페르시아 함대를 홍해로 진출시켜 이집트에 압력을 가하고 남서도 함대를 중사도로 증파增派하십시다. 외무부는 사우디의 중립을 유지시키는 데 총력을 기울이십시오. 힘이 들겠지만 모두들 조금만 더 고생을 해주시기 바랍니다. 오늘 회의는 이것으로 끝내십시다."

**1942년 11월 2일 09:35 독일, 베를린**

토스트와 우유만으로 간단하게 아침식사를 마친 룬드그린은 피곤에 절은 모습으로 자신의 싸구려 아파트에서 3킬로미터 정도 떨어진 베를린 증권거래소 뒤편의 사무실로 향했다. 10여 분을 걸어가 사무실문을 열자 항상 통명스럽던 여비서가 평소와 달리 반갑게 그를 맞이했다.

"좋은 아침입니다. 미스터 룬드그린!"

"좋은 아침!"

"손님이 기다리고 계십니다, 사장님."

"응? 오늘 약속은 없는 것으로 알고 있었는데?"

"세 분인데 꼭 만나야 한다고 하셨습니다. 한 분은 정부기관에 근무하는 사람인 것 같고, 나머지 두 분은 동양인입니다. 세 분 다 아주 깔끔한 복장이십니다. 사장님 방에서 기다리고 있습니다."

그는 고개를 갸웃했다. 투자자가 먼저 자신을 찾아올 턱이 없기 때문이었다. 하지만 전쟁통에 꽁꽁 얼어붙은 증권시장은 하나뿐인 여직원의 주급조차 제대로 줄 수 없게 만들어버렸고, 그런 그에게 새로운 손님은 어쨌거나 반가울 수밖에 없었다.

그가 낡은 바바리를 벗어 걸며 말했다.

"알았어. 만나 봐야지. 커피 좀 부탁해."

한때 60여 명의 부하 직원을 거느린 베를린 최고의 증권브로커로 군림하던 룬드그린은 지난 1940년 세계대전이 심화되면서 시작된 증시폭락의 여파를 견디지 못하고 도산해버렸다. 자신의 자금은 물론이고 그에게 투자를 의뢰했던 거부들의 자금까지 모조리 날려버린 그는 직무유기와 공금횡령 혐의로 꼬박 9개월간의 참담한 감옥 생활까지 겪어야 했다. 1941년 말, 형기를 마치고 밝은 세상으로 돌아온 그에게 남아 있는 것은 아무것도 없었다. 아는 것이라고는 주식밖에 없었던 그는 다시 베를린 증권거래소 뒷골목의 사무실 한 칸을 빌려 조그만 투자상담소를 운영하며 과거의 투자자들을 찾아다니기 시작했다. 그러나 과거의 명성은 이미 사라져 버린 후였고 그에게 돌아오는 것은 차가운 냉소뿐이었다. 이른바 증시의 큰손들은 철저히 그를 외면했고 중규모의 투자자들조차 그에게 자금 관리를 맡기지 않았다. 다시 증권을 시작한 지 일 년이 지난 지금은 그저 소규모 투자자들의 돈을 관리해주면서 근근이 입에 풀칠을 하고 있었다.

룬드그린이 자신의 비좁은 사무실로 들어서자 낡은 소파에 앉아 있던 세 명의 건장한 사내들이 자리에서 일어섰다.

전형적인 관리의 얼굴을 가진 독일인이 그에게 손을 내밀었다.

"반갑소. 거스트만이요. 이분들은 대한제국 사람들로 신태용 씨와 김상철 씨입니다."

"반갑습니다. 일단 자리에 앉으시지요."

네 사람이 모두 자리를 잡자 여비서가 투박한 찻잔에 담긴 커피 넉 잔을 내려놓고 밖으로 나갔다. 룬드그린이 커피 잔을 집어 들며 말했다.

"어떻게 도와드릴까요? 신규 투자를 원하십니까?"

거스트만이 피식 웃음을 지었다.

"우리는 당신에게 한 가지 사실을 알려주고 한 가지 제안을 하러

왔습니다. 신태용 씨, 말씀하시지요."

룬드그린이 신태용을 돌아보자 편한 자세로 소파에 기대어 있던 그가 자세를 바로 잡았다. 유창한 독일어가 흘러나왔다.

"고맙습니다, 미스터 거스트만. 우선 미스터 룬드그린, 당신에게 알려주어야 할 것이 있습니다. 당신은 지난 1941년에 전 재산과 투자자들의 돈을 휴지조각으로 만들어버리고 투옥되었습니다. 그렇지요?"

감추고 싶은 자신의 과거사가 들추어지자 룬드그린은 키가 180센티미터는 되어 보이는 건장한 동양인의 얼굴을 빤히 쳐다보았다. 기분이 상한 것은 말할 것도 없고 조금 불안해지기까지 했다.

"그래서요?"

"아아. 긴장하실 필요는 없습니다. 당신에게 해가 되는 일은 아닐 것입니다. 당신이 도산할 당시 날려버린 고객의 자금과 당신의 재산은 총 190억 마르크가 넘었던 것으로 알고 있습니다. 그 엄청난 자금을 모두 날리게 된 경위를 다시 한 번 생각해보신 적이 있습니까?"

"물론이요. 그걸 어떻게 잊을 수 있겠소. 누군가 엄청난 자금을 투입해 나를 쓰러뜨리기 위해 인위적인 조작을 한 것으로 판단합니다. 하지만 이 바닥에서는 다반사로 일어나는 일이요. 나도 몇 번 인위적인 공격으로 다른 회사를 넘어뜨린 적이 있소. 엄청난 자금을 가지고도 방어를 하지 못해 도산한 내가 잘못한 것이지 남을 탓할 일은 아닙니다. 그리고 이제는 생각하기도 싫은 일입니다."

신태용이 다시 입을 열었다.

"그렇군요. 하지만 당신을 감옥에 처넣은 것도 그 사람의 의도라면 어떻게 하시겠습니까?"

룬드그린은 잠시 할 말을 찾지 못하고 멍하니 신태용의 얼굴을 건네다 보았다. 보통 증권 브로커가 실수를 해 고객들의 자금을 날려버리더라도 감옥에까지 들어가는 일은 극히 드문 일이었다. 사실 당시에도 공금횡령으로 기소만 되지 않았어도 어느 정도 수습할 시간적 여유가 있었다. 아니, 단 2~3일의 시간 여유만 더 있었더라도 이 정도까지 망가지는 일은 없었을 것이다. 게다가 2억 마르크가 조금 넘는 은행 빚을 갚지 못해 선대의 유산인 8억 마르크짜리 저택이 은행으로 넘어가버렸다.

룬드그린의 얼굴이 조금씩 상기되기 시작했다.

"증명하실 수 있습니까?"

"물론입니다."

신태용의 옆에 앉아 있던 다른 동양인이 서류가방에서 문서 하나를 꺼내 룬드그린에게 넘겨주었다.

"그 문서에 나와 있는 것은 당시의 증시 흐름과 당신의 자금, 전쟁의 판도를 중요한 시간별로 정리해놓은 것입니다. 자세히 보시면 당신이 사고파는 주식과 항상 같이 연동되어 움직이던 사람이 있을 겁니다. 마지막 증시 폭락 이후 당신이 자금난에 몰리면서 헐값에 팔아버린 주식의 대부분은 그들이 사들였습니다. 당신은 전문가이니 자료만 보고도 대략은 유추해낼 수 있을 겁니다. 당신은 마지막에 당신에게 돈을 빌려주었던 은행에 의해서 망한 것입니다. 그리고 그 빌어먹을 은행이 당신을 감옥에 처넣은 것이고요."

한참을 서류에 시선을 집중시키던 룬드그린의 얼굴이 차츰 창백하게 구겨져 갔다.

"이…… 이건?"

"그래요. 로스차일드 뱅크입니다. 그리고 나와 독일 정부는 당신에게 복수할 기회를 드릴 겁니다. 당신에게 제공될 자금은 500억 마르크, 성공보수는 1천만 마르크, 계약기간은 3개월입니다. 해보시겠습니까?"

어둡게 가라앉아 있던 룬드그린의 눈빛이 살아나기 시작했다.


**1942년 11월 2일 22:10 이집트, 기자 서쪽 110킬로미터 상공**

"부대! 낙하!"

초록색 등이 켜지자 대대장의 목소리가 기내확성기를 통해 흘러나왔다.

"낙하!"

대원들의 복창 소리와 함께 김두한은 캄캄한 밤하늘을 향해 개방된 기체 뒤쪽의 낙하창으로 분대원들과 함께 힘차게 달려나갔다. 대한-32가 머리 위에서 사라지자 차가운 밤공기가 그의 몸을 휘감았다. 눈앞에는 아무것도 보이지 않았다. 지면까지는 아직도 한참을 더 내려가야 할 것이었다. 영원 같은 몇 초가 지나자 김두한은 손목의 고도계를 확인하고 낙하산 줄을 잡아당겼다. 가슴과 목에 숨이 막힐 정도의 충격이 한 번 가해지자 뺨을 스치던 바람의 속도가 약해지기 시작했다. 김두한은 목을 한 번 앞뒤로 휘저어 보았다. 평소보다 10킬로그램은 불어난 군장 때문에 충격이 조금 더 심했던 모양이었다. 함께 뛰어내린 바로 옆의 1분대원들조차 보이지 않았지만 867명의 최정예 제7공수여단 대원들은 분명히 주변을 날고 있을 것이었다.

쿠웨이트 공군기지를 이륙한 대한-32는 터키 상공을 통과해 지중해로부터 이집트로 진입해 이륙한 지 세 시간 만에 목적지인 기자 서쪽 110킬로미터 상공에 제7공수여단 전 병력과 장비들을 낙하시킨 것이었다.

가볍게 착지에 성공한 김두한은 낙하산을 신속하게 걷어내고 자신의 중대원들과 장비를 점검하기 시작했다. 다행히 낙오한 대원은 하나도 없었고 자신에게 배당된 장비상자도 무사히 손에 넣을 수 있었다. 상자를 뜯어내자 전장 3미터 정도의 소형 사막차량과 차량에 부착된 중기관총 형태의 짙은 회색 '뇌우雷雨1'이 모습을 드러냈다. 차량의 시동을 걸며 그가 말했다.

"이동한다! 현재시간 22시 40분. 익일 01시까지는 목표지점에 도착해야 한다. 가자!"

90여 개의 검은 그림자가 조용히 어둠 속으로 스며들었다.


**1942년 11월 3일 00:40 이집트, 기자 서쪽 120킬로미터**

야간투시경 안에 들어찬 창고건물은 온통 짙은 초록색으로 물들어 있었다. 김두한이 은폐한 곳에서 100여 미터 떨어진 전방에 2미터 정도 높이의 철책이 세워져 있었고 창고 주변에는 여전히 경비병 수십 명이 진을 치고 있었다. 김두한은 뒤를 돌아보며 저격조 대원들에게 산개 저격준비를 지시했다. 창고 정면을 치고 들어갈 대대의 선봉이니 위험을 최대한 줄여야 했다. 저격조 대원들이 어둠 속으로 사라지자 바람 소리만이 그의 귓전을 어지럽혔다.

잠시 시간이 흐르자 그의 귀에 꽂힌 무전수신기에 대대장의 목소리가 들려왔다.

―03시에 직승기 부대가 진입한다. 직승기 진입 이전에 작전을 종료해야 한다. 공격개시는 00시 55분이다. 창고 후방과 주변의 환기구들로 진입할 2, 3대대와 시간을 맞춘다.

"알았습니다. 1중대 진입을 준비합니다."

보고를 마친 김두한은 오른쪽 눈앞을 가리고 있던 야시경을 철모 위로 들어올리고 전진을 명령했다. 때맞춰 달빛이 구름 속으로 사라지자 대원들은 완벽하게 어둠 속으로 스며들어 전진했다.

김두한은 대원들이 거의 철책 앞까지 다가가자 무전기에 대고 속삭였다.

"저격 개시!"

티디틱.

나직한 파열음이 대여섯 번에 걸쳐 지속되자 정문 근처에 서 있던 14명의 초병들이 눈 깜짝할 사이에 모조리 쓰러졌다. 후방의 초병들도 마찬가지일 것이었다.

"진입!"

신속하게 철책을 끊어낸 대원들이 정문을 향해 달리기 시작했다. 김두한도 자신이 개조한 변형 K2 소총을 삼점사三點射로 돌려놓

유대인 자치구   201

으며 재빨리 창고 건물로 달렸다. 사구를 돌아 나온 사막차량이 철문의 중앙에 흡착판吸着板 2개를 꽂아 넣자 뇌우雷雨1의 총구에서 푸른빛이 약하게 일어나며 두께 20밀리가 넘어 보이는 철문을 단숨에 높이 2미터, 폭 4미터의 크기로 절단해버렸다. 최근 제국의 영화에서 흔히 보이던 레이저가 지나가는 경로는 전혀 보이지 않았다. 철문은 흡착판에 의해 당겨지며 천천히 안쪽으로 넘어졌다.
"1소대 진입!"
창문조차 없어 짙은 어둠 속에 갇혀 있는 창고는 대원들의 발자국 소리뿐 아무것도 보이지 않았다. 김두한은 대원들을 따라 창고의 내부로 진입하면서 야간투시경을 눈앞으로 내렸다. 낮은 천장에는 간간이 환기구가 뚫려 있었고, 정면의 철문으로부터 창고의 중앙으로 이어진 도로는 10도 정도의 경사를 이루며 창고 중앙의 또 다른 철문으로 연결되어 있었다. 창고의 중앙으로 접근한 대원들이 그를 호출했다.
―중대장님! 지하통로인 것 같습니다. 진입하겠습니다.
"시작해라. 강 중사!"
거의 동시에 다시 뇌우의 레이저가 철문을 향해 발사되었다. 이번에는 창고 내부에 자욱한 먼지 때문인지 푸른 선이 철문을 절단하는 모습이 선명하게 보였다. 절단된 철문이 넘어가자 엷은 조명이 들어온 폭 15미터 가량의 통로가 나타나고 이어 기지 전체에 비상을 알리는 알람이 울리기 시작했다.
투두둥!
통로의 좌우에 설치된 모래주머니를 쌓아 만든 기관총좌 두 개가 전진하는 사막차량을 향해 불을 뿜었다. 그러나 총탄은 차량의 방탄유리에 모조리 튕겨져 나갔고 뇌우의 레이저는 모래주머니와 기관총, 사수를 통째로 잘라버렸다. 잘려진 모래주머니 참호가 주르륵 무너져 내리자 당황한 경계병들이 기지 내부로 후퇴를 시도했다. 하지만 이번엔 대원들의 K2가 순식간에 통로를 정리해버렸다.

대원들이 통로를 신속하게 달리기 시작했다.

500여 미터에 달하는 통로가 끝나자 예상을 초월한 엄청난 규모의 지하광장이 나타났다. 광장에는 이미 환기구로 진입한 대원들이 무지막지하게 투여해 놓은 100여 발 분량의 최루가스가 자욱하게 퍼져 있었다. 독일군의 저항은 그리 심하지 못했다. 화학 살상무기가 살포된 것으로 착각한 독일군의 혼란은 그야말로 최악으로 치달았고 진입로를 모두 차단한 제국군의 정확한 조준사격에 변변한 저항도 해보지 못한 채 숱하게 쓰러져 나가고 있었다.

광장에 들어선 김두한은 내부부터 한 바퀴 훑어보았다. 800~900명쯤으로 보이는 병력 중에는 흰 가운을 입은 기술자들도 제법 눈에 띄었으나 독일 정규군 복장의 군인들이 대부분이었다. 자신의 부대가 진입한 출입구 근처에는 대형 화물차량 수십 대가 주차되어 있었고, 광장의 중앙에는 실험실로 보이는 밀폐된 공간이 자리 잡고 있었다. 실험실 주변으로는 제법 많은 설비들이 배치되어 있는 것으로 보아 독일의 극비 실험실인 듯싶었다. 화물차량 옆에 쌓인 뜯겨진 나무상자 안에는 상당한 분량의 중기관총과 탄약이 들어 있었고 간간이 휴대용 대전차포까지 눈에 띄었다.

김두한은 주변의 독일군에게 삼점사를 계속하며 중앙 실험실 주변에 배치된 사무실로 달려갔다. 막 사무실 문을 열던 장교 복장의 독일군이 그의 총탄에 가슴을 얻어맞고 허우적거리며 사무실 안쪽으로 밀려들어갔다. 독일군 장교가 사무실 안에서 쓰러지자 그는 탄창을 새것으로 갈아 끼우고 사무실 안으로 뛰어들었다.

사무실 안에는 아무도 남아 있지 않았다. 한쪽 벽에는 수많은 자료 파일들이 꽂혀 있었으나 독일어로 적혀 있어서 어떤 내용인지는 알 수 없었다. 그는 책상 위에 널려 있는 서류와 책자들을 한번 둘러본 후, 실험실 쪽으로 개방된 대형 유리창을 향해 걸어갔다.

유리창을 통해 실험실 내부를 들여다본 김두한의 입에서 욕설이 튀어나왔다.

"네미럴! 이건 또 뭐냐? 오늘 철수하기는 애저녁에 틀렸네. 에휴."

실험실은 대형 풍동시험장風動試驗場이었다. 시험장 내부에는 'V4'라고 쓰인 길이 7미터 가량의 미사일 4기가 설치되어 있었다. 미사일 지식이 거의 없는 그가 보기에도 예사로운 물건이 아니었다. 이곳을 점령하고 느긋하게 조사할 생각이 아니라면 모조리 들고 나가야 했다. 그러나 저 물건을 밖으로 들어내는 것은 사람의 힘만으로 해치울 수 있는 일이 아니었다. 분명히 하루는 족히 걸릴 일이었고 이곳은 이집트의 수도인 카이로에서 불과 200킬로미터밖에 떨어지지 않은, 언제 이집트의 정규군이 들이닥칠지 모르는 위험한 지역이었다.

아직도 사무실 밖에서는 K2의 발사음과 비명 소리가 험악하게 터져 나오고 있었다. 작전 종료까지는 시간이 조금 더 걸릴 것 같았다. 김두한이 3소대 회선을 열고 짜증스럽게 말했다.

"3소대장! 자네 소대에 독일어 좀 하는 친구가 있지? 실험실 옆에 있는 사무실로 좀 들여보내게. 확인해야 할 게 있어."

— 알겠습니다.

3소대장의 대답이 나온 지 몇 초 되지 않아 앳된 얼굴의 대원 하나가 사무실로 들어섰다.

"여기 있는 서류들 확인해서 여기가 무슨 실험실인지, 저게 뭔지 좀 알아내라."

"네!"

김두한이 사무실 곳곳을 둘러보는 동인 책상 위에 널린 서류를 뒤적이던 대원의 얼굴이 점점 굳어졌다. 그가 미사일이 그려진 서류 한 장을 김두한에게 들어 보이며 말했다.

"중대장님! 이거 핵폭탄인데요."

"뭐? 젠장! 빌어먹을! 젠장!"

김두한은 저 V4라는 물건이 그냥 일반 미사일이기를 바랐다. 다행히 그래만 준다면 간단히 폭파시키고 빠져나가면 그만이었다. 하지만 이제는 오늘 새벽 안으로 철수하기는 완전히 글러버린 것이다. 김두한은 욕설을 퍼부으며 손에 잡힌 금속제 재떨이를 책꽂이 반대편 벽을 거의 반 이상 가리고 있는 대형 히틀러의 전신사진 액자에다 집어던져버렸다.

"젠장! 이 빌어먹을 히틀러 자식아!"

팅!

"응?"

그가 기대했던 소리가 아니었다. 건물 내부의 벽면은 분명히 콘크리트와 목재로 만들어져 있었고 금속과 콘크리트가 부딪히는 소리는 조금 더 둔탁해야 했다. 그러나 이 소리는 금속과 금속이 부딪히는 청아한 소리였다. 김두한은 재빨리 히틀러 사진액자를 뜯어냈다.

액자 뒤에서 모습을 드러낸 것은 은색의 폭 2미터짜리 정사각형 대형 금고 문이었다. 김두한의 얼굴이 있는 대로 구겨졌다.

"젠장! 한술 더 뜨는군!"

경첩 부분이 폭파된 두꺼운 금고 문을 천천히 넘어뜨리자 또다시 지하로 내려가는 계단이 나타났다. 1소대 대원들을 대동한 김두한은 어둠에 적응하기 위해 두어 번 눈을 깜박이고 나서 계단을 따라 내려가기 시작했다.

40여 개의 계단 끝까지 다가선 선두 대원의 목소리가 들렸다.

"중대장님. 이 아래 공간은 전등을 켤 수 있을 것 같습니다. 불을 켤까요?"

외부의 독일군은 이미 대부분 제압된 상황, 전등을 켠다고 해서 금고 안쪽에서 발생할 특별한 위험은 없을 것 같았다.

"켜라."

"켭니다. 셋, 둘, 하나!"

한 변의 길이가 100미터는 넘을 것 같은 정사각형의 공간 천장에 5미터 정도의 간격으로 설치된 100여 개의 전등이 하나 둘씩 들어오기 시작했다. 김두한의 입 안에서 체념의 말이 맴돌았다. 대부분 흰색 천으로 덮여 있었지만 들추어보지 않아도 내용물을 알 수 있을 것 같았다. 대원들이 한두 개의 천을 걷어내자 중세풍의 조각상과 미술품들이 모습을 드러냈다. 차곡차곡 겹쳐져 있는 고대 유물과 예술품들은 대형 박물관 하나를 채우고도 남을 만한 엄청난 수량이었다. 전쟁통에 사라진 유럽의 고대 유물과 예술품들은 모조리 모여 있는 것 같았다.

최근 들어 대한제국의 현대 미술가들의 작품이 워낙 비싸게 거래되는 통에 유럽의 현대 미술품들은 제대로 된 가격을 받을 수 없지만 그래도 수백 년 된 유물과 조각품들의 가격은 측정이 불가능할 것이었다. 제국 정부의 고위층은 보물창고를 발견했다고 춤을 출지도 모를 일, 그러나 김두한은 이것들의 이동 방법과 이동에 걸리는 시간을 계산하느라 벌써부터 머리가 깨질 듯 아파왔다.

'어휴! 함부로 움직일 수도 없는 것들을 어느 세월에 운송하냐? 거기다 위층은 최루탄으로 범벅이 되어 있으니…… 에라! 모르겠다. 어떻게든 되겠지.'

창고의 가장 안쪽까지 진입한 대원이 김두한을 불렀다.

"중대장님! 여기 좀 와 보셔야겠습니다."

유물들 사이를 조심스럽게 지나쳐 창고의 안쪽을 향해 이동하던 김두한은 유물들 사이로 창고의 벽면이 보이자 걸음을 멈출 수밖에 없었다.

"세상에……."

일반적인 창고의 벽면으로 생각했던 곳에는 제국은행 대여금고 형태의 폭 10미터, 높이 1.5미터 정도의 서랍장이 설치되어 있었고 대원이 빼든 서랍 하나에는 엄지 손톱만한 다이아몬드 수십 개가 영롱한 빛을 뿜어내고 있었다. 아마도 독일 식민지인 남아프리카 공화국산 다이아몬드일 것이었다.

김두한의 머릿속에는 한 가지 생각만이 맴돌았다.

'이건…… 히틀러와 나치당의 군자금이다! 제기랄! 이젠 철수가 아니라 아예 방어를 생각해야 할 판이잖아! 빌어먹을! 젠장!'

1) **마사다**   사해문서死海文書가 발견된 쿰란 남쪽에 있다. 하스몬가家에 의해 축조되고 BC35년에 헤롯이 개축한 성벽의 높이만 400미터에 달하는 요새. AD73년, 예루살렘이 로마에 함락된 뒤 유대인들은 마사다에 집결, 최후의 항전을 벌이지만 마사다를 포위한 로마의 10군단에 의해 외부와 완전히 고립된 채 3년을 버티다 여자와 아이들을 포함한 960명 전원이 항복이 아닌 자살을 택한다. 디아스포라는 당시 수만 명의 유대인이 포로가 되어 바빌론으로 끌려간 것을 말하며 이로 인해 이산離散 유대인, 혹은 이산의 땅이라는 의미로도 사용된다.

2) **로스차일드**   프랑크푸르트의 금융업 가문. 독일 출신이며 독일식 원래 발음은 로트실트이다. 전 유럽을 돈으로 휘어잡은 거부 유대인 가문이며 이 가문을 크게 일으킨 사람은 마이어 암셀 로스차일드이다. 18세기 말 프랑크푸르트 게토(유대인보호구역)출신으로 고리대금업으로 출발, 거금을 모아 로트실트(로스차일드)은행을 설립한다.
빈, 런던, 파리, 나폴리 등지에 지점을 개설해 아들들을 지점장으로 보내 전 유럽을 잇는 금융 네트워크를 구축한 후 각국 정부, 권력층과 밀착해 전 유럽의 정치에 막강한 영향력을 행사한다. 유럽에 큰 전쟁이 있을 때마다 로스차일드의 자금은 엄청난 영향력을 행사해 그의 자금이 어디로 가느냐에 따라 유럽의 역사가 뒤바뀌어버린다.

마이어 로스차일드는 나폴레옹 전쟁 당시 프랑크푸르트가 속해 있는 제후 헤센의 비밀자금을 관리해 거액의 포상금을 받아 훗날 로스차일드 가문이 전세계적인 금융망을 구축하는 종자돈으로 삼았다. 곧이어 아들 5명을 해외로 파견, 은행을 창립케 한다. 가문의 문장紋章에는 빨간 방패rotes Schild란 독일어를 중심으로 5형제를 뜻하는 5개의 화살이 보인다. 로스차일드 가문의 특성은 효율적인 정보망과 이머징 마켓에 대한 선별력, 그리고 친척들 간의 철저한 결속력이다.

프랑크푸르트를 본점으로 구축된 로스차일드의 금융 네트워크는 당시로선 유럽 어느 왕실의 정보망보다 정확했다. 인편과 원시적인 우편에 의존했지만 히브리 문자의 이디시Yiddish어를 사용한 커뮤니케이션망은 워털루 전쟁의 결과를 영국 왕보다 먼저 감지할 정도로 위력을 발휘했다. 로스차일드는 제국주의와 함께 19세기 세계사의 흐름을 좌우했다.

로스차일드는 정세의 변화를 정확히 읽고, 이머징 마켓을 선택하는 데에도 발 빠르게 움직였다. 런던 로스차일드 은행은 나폴레옹 전쟁 당시 1억 파운드를 각국 왕실에 빌려주었고, 1875년엔 영국의 수에즈 운하 매수에도 융자했다. 제1차대전 직후 시오니즘을 등에

업고 이스라엘 건국의 자본과 아이디어를 제공하기도 했다. 영국이 팔레스타인 땅을 유대인에게 양도키로 한 1917년 밸푸어 선언도 이 집안 출신 라이오넬의 제안과 로비에 의한 것이었다. 파리가家에서만 7천만 프랑을 이스라엘 건국자금으로 지원했다. 유럽 자본주의 열강의 정치, 경제에 강력한 영향력을 끼치면서 미국과 남아프리카까지 진출해 전세계 금융계는 물론, 산업계도 지배하기 시작한다. 가문의 결속력은 유대인 특유의 잦은 족내혼에서 나왔다.

제2차 세계대전 이후 세계사의 주도권이 유럽에서 미국으로 넘어가면서 로스차일드의 전성기는 지났다. 하지만 '전설의 가문'으로 돌리기엔 아직도 너무 엄청난 유산을 갖고 있다. 5개의 거점 가운데 현재까지 번성하고 있는 것은 전승국인 영국과 프랑스의 로스차일드 집안이다. 은행, 뮤추얼펀드, 자산관리 같은 금융업종에서 여전히 유럽 각지 회사들과 거미줄처럼 얽혀 있다. 영국의 NM Rothschild Ltd, Rothschild Trust Guernsey Ltd 등과 스위스의 Rothschild Bank AG, 프랑스의 Edmond de Rothschild 등이 대표적인 금융사다.

파리와 런던을 중심으로 재기한 로스차일드 은행은 호주와 캐나다 등 30여 개국으로 활동범위를 넓혔고, 전세계 금융기관 중 이름에 로스차일드가 들어가는 은행은 모두 이 가문에 속한다. 프랑스산 최고급품 포도주인 보르도 산 샤토 무통Chateaux Mouton의 제

조사Baron Philippe de Rothchild SA도 이들의 소유이다. 1905년에 설립한 파리 안과 병원, 파리의 세계 첫 분자생물학연구소(1931), 제네바의 아돌프 로스차일드 재단, 프랑스의 에드몽 드 로스차일드 재단 등 학술, 의학 관련 재단도 10여 개를 소유하고 있다. 유럽 전역에 퍼져 있는 190여 개의 로스차일드 저택은 고풍스러운 건물과 가문의 자랑인 화려한 영국식 정원으로 관광객들의 필수 코스이다.

(위의 내용은 어느 신문에서 발췌, 편집한 것임을 밝혀 둡니다.)

3) **메서슈미츠 ME362**   ME262 차세대 후퇴익 제트전투기. 단좌, 최고속도 시속 1,100킬로미터, 항속거리 2,000킬로미터, 무장: 30밀리 MK108 기관포 4문, R4M공대공로켓 24발.

4) **방어원형진**   상대적으로 성능이 떨어지는 여러 대의 전투기들이 서로 일정 거리를 두고 원을 그리며 급선회를 해서 뒤쪽의 기체가 앞쪽에서 돌고 있는 우군기의 후미를 지켜주는 일종의 유인 작전. 적기가 아군기를 공격하기 위해 이 원형진에 끼어들어 같이 선회하기 시작하면 뒤따라 돌고 있는 아군기가 이 적기를 공격한다. 제2차 세계대전 당시 신참 독일 조종사들이 성능이 떨어지는 영국 전투기의 원형진에 끼어들어 선회를 하다가 서로의 후미를 보호하

던 영국 전투기들에게 격추되는 경우가 많이 발생했다.

5) **MP40 기관단총**　2차 세계대전시 독일군이 주로 사용한 기관단총으로 슈마이저Schmeisser라 불린다. MP-38의 개량형으로 공수부대와 전차 승무원에게 우선 보급되었다가 추후 보병에게도 사용된다. 6조우선, 구경 9밀리, 무게 4킬로그램, 발사속도 분당 500발, 탄창 32발, 최대사거리 4.5킬로미터, 유효사거리 100미터.

## 이스라엘

**1942년 11월 3일 11:10 터키, 이스탄불**

오스만투르쿠 제국의 영화를 확연히 드러내는 돌마바흐체 궁전은 압둘메시드 1세가 건축한, 프랑스의 베르사유궁을 그대로 옮겨다 놓은 듯한 전형적인 프랑스풍의 궁전이었다. 터키 외무장관 자케이와 벤구리온은 보스포루스 해협이 멀리 내려다보이는 돌마바흐체 궁전의 5층 영빈관에서 3시간째 단독면담을 진행하고 있었다.

잠시 생각을 정리하며 창밖을 내려다보던 벤구리온이 앞머리를 쓸어 올리며 말했다.

"이제 정리를 해보십시다. 장관, 우리 유대인 자치구가 성립된 이후 300만이 넘는 유대인이 입국해 정착을 할 수 있었던 것에는 무한히 감사를 드리고 있으나 터키는 이번 독일의 침략과 민간인 학살을 막아주지 못했습니다. 벌써 30만에 가까운 민간인이 사망했고 자치구의 삼분의 일 이상이 독일의 수중에 떨어진 상태입니다. 대단히 죄송한 말씀입니다만 솔직히 우리 자치구는 더 이상 터키의 보호를 믿기 어려운 상태입니다. 해서 우리 자치구 자체의 힘으로 이들을 물리치기로 결정했으며 동시에 독립을 선언했으면 합니다. 물론 터키가 인정을 해주셔야 할 일입니다. 터키로서는 상당한 면적의 영토를 영구적으로 할양하시는 일이지만 우리도 그에 상응하는 보상을 해드릴 수 있습니다. 최근의 계속된 전쟁으로 전쟁 비용의 충당이 어려우신 것으로 알고 있습니다만……."

자케이는 인상을 찌푸렸다. 최근 세계대전이 끝나자마자 벌어진 일련의 시테외 대 독일전쟁으로 인해 터키의 재정 상태는 완전히 바닥을 치고 있었고 추진 중인 대한제국으로부터의 차관도입 시도가 실패할 경우에는 더 이상의 전쟁을 수행하는 것조차 불가능할 지경이었다. 하지만 대국의 자존심은 그것을 인정하기 어려웠고 터키의 한 개 자치구에 불과한 유대인들에게 자금 지원을 받는 것은 더더욱 불쾌하기 짝이 없었다. 더구나 영토의 판매와 다름없는 할양협상은 생각하기도 싫은 일이었다.

다소 불쾌하다는 뜻이 밴 침중한 음성이 자케이의 입에서 흘러나왔다.

"그것은 자치구 정부가 마음대로 결정하실 수 있는 일이 아닙니다. 아군 병력이 속속 남하하고 있으니 문제는 곧 해결될 것입니다. 조금만 더 기다리시지요."

잠시 찌푸린 자케이의 얼굴을 건네다 보던 벤구리온이 다짜고짜 하고 싶은 말을 내뱉었다.

"450억 마르크 어떻습니까? 기준화폐인 대한제국화폐 300억 원 정도 될 겁니다. 그리고 이제 독일과의 전쟁 문제는 우리도 좌시할 수가 없는 상태가 되었습니다. 해서 텔아비브로 상륙한 독일군과 이집트군은 우리 자치구의 군대로 방어하겠습니다. 어떻습니까? 독일, 이란, 이집트 그리고 메소포타미아 지역 반군을 동시에 상대하시기에는 다소 무리가 있으신 것으로 알고 있습니다만……."

사실 후방의 방어를 위해 터키는 카스피해 지역에 주둔하고 있던 병력을 급히 끌어내리고는 있었으나 당장 이들이 전진 배치되기 전에는 빠르게 전진하는 이란의 공격을 속수무책으로 바라보고 있어야 할 형편이었다. 게다가 공군 전투기 등 대부분의 주력부대가 불가리아 전선에 투입되어 있는 관계로 이란과 메소포타미아 전선에 투입되어야 할 병력은 제국에서 추가로 구입, 공수될 무기가 도착할 때까지는 상당기간 거의 맨몸으로 적을 상대해야만 했다. 더불어 300억 원은 결코 적은 돈이 아니었다. 일부 요르단강 서안을 제외하면 황무지에 불과한 유대인 자치구의 가격으로는 사실 과분했다. 그리고 당장 필요한 무기구입자금을 충분히 충당할 수 있을 만한, 터키 정부로서도 엄청난 거금이었다.

자케이가 조금은 가라앉은 목소리로 말했다.

"솔직히 솔깃한 제안이군요. 하지만 저 혼자 결정할 수 있는 문제가 아닙니다. 그리고 자금의 지불시점이 조약체결 즉시라면 저로서도 건의해볼 수 있을 것 같습니다."

"물론 즉시 지불할 것입니다. 하지만 저희도 조건이 있습니다."

"말씀해보시지요."

"저희가 팔레스타인 일부 지역에 거주하고는 있습니다만 우리의 성지인 예루살렘에서는 150킬로미터 이상 떨어져 있습니다. 그래서 우리는 예루살렘 인접 지역까지 우리의 영토를 추가시켜주실 것을 요청합니다. 이슬람의 성지이기도 한 예루살렘을 요구하는 것은 무리라 생각되어 단지 예루살렘 순례를 원하는 우리 종교인들이 쉽게 접근할 수 있으면 하는 것입니다. 아시겠지만 솔직히 유대인 자치구로 배정된 땅이 300억 원이라는 거금의 가치를 지니고 있지는 않습니다. 그 정도를 추가로 양보하셔도 문제는 없으리라고 생각합니다."

벤구리온은 작은 지도가 그려진 서류 한 장을 내밀며 다시 말했다.

"이것은 저희가 원하는 지역을 나타낸 지도입니다. 극히 좁은 면적이 추가되는 것이니 우려하실 문제는 아닙니다. 시간이 없으니 빠른 결정을 바랍니다."

"좋습니다. 우리 정부도 한시가 급하니 오늘 중으로 결론을 통보해드리지요. 그럼 이만."

"호텔에서 기다리겠습니다. 좋은 소식을 기대하고 있겠습니다."


### 1942년 11월 3일 14:10 서울, 경복궁

10여 명만 들어서면 이내 앉을 자리가 마땅치 않을 정도로 협소한 유상열의 수상집무실은 며칠 전부터 발 디딜 자리를 쉽사리 찾기 힘들었으나 장석준은 오늘도 변함없이 가장 먼저 유상열과 얼굴을 마주하고 앉아 있었다.

유상열이 먼저 입을 열었다.

"우선 중동 이야기부터 하십시다. 시작하세요."

"네, 각하. 아군이 파견되어 있는 기지부터 시작하겠습니다. 기지는 예상외로 규모가 큰 군사기지였습니다. 핵미사일 4기가 발견되었고 핵 관련 과학자 100여 명이 상근하고 있었습니다. 나머지 650명은 군인이었으며 보병 1개 사단을 중무장시킬 수 있는 무기도 함께 발견되었습니다. 기지의 금고에는 4천여 점의 고대유물과 중세의 예술품이 숨겨져 있었고, 아직 가액은 정확하게 파악되지 않았습니다만 수십 억 상당의 귀금속도 함께 보관되어 있었습니다."

"허. 대단하군. 나치당의 비밀기지였나?"

"그런 것으로 보입니다. 관련된 문제는 세 가지입니다. 첫 번째는 같은 형태의 기지가 두 군데 정도 더 있다는 것입니다. 현지에서 압류한 서류를 조사한 결과 상대적으로 규모는 조금 작지만 오스트리아와 남아프리카 공화국에 유사한 기지가 존재한다고 판단됩니다. 핵무기의 확산 문제를 고려한다면 이 기지들에 대한 처리가 시급한 실정입니다."

"골치 아프게 되었구먼. 하이드리히는 생포되었나?"

장석준의 목소리가 기어들어갔다.

"죄송합니다. 현재 추격 중입니다. 아군이 차단한 비밀 통로 이외에 예상치 못한 두 번째 비밀 통로가 존재했습니다. 하이드리히는 이를 통해 탈출에 성공, 카이로 시내로 이동 중이라고 합니다. 비전 이집트 지부가 총동원되었으니 곧 체포될 것입니다. 죄송합니다, 각하."

"할 수 없지. 최대한 서두르도록 하게. 이집트 정규군이 움직이기 시작하면 이집트 내에서 비전이 활동하기 어려울 게야. 나머지 두 개의 기지에 대해서는 조금 있다가 이야기를 하기로 하고, 두 번째는 무엇인가?"

"네. 금고에 숨겨져 있던 고가품들의 수송 문제입니다. 급히 수송직승기를 투입해 이송을 시작하고 있지만 시간이 상당히 걸릴 것 같습니다. 더구나 하이드리히가 카이로로 도주해버린 상황이어서 이집트 정부에 제국군 투입 사실이 알려지게 되면 여러 가지로 곤란한 문제가 발생할 수 있습니다."

유상열은 고개를 끄덕이며 동의를 표명했다.

"그렇긴 하겠군. 그 문제는 따로 해결할 방법을 찾을 수 있을 것 같네. 조금 있다가 정리를 하세나. 다른 하나는 뭔가?"

"히틀러가 생존해 있을 가능성입니다."

"뭐? 히틀러가 살아 있어?"

느긋한 표정이던 유상열의 얼굴이 순식간에 굳어졌다.

"자세히 좀 이야기 해보게."

"기자의 기지에서 발견된 문서 일부에 히틀러의 서명이 들어가 있는 서류 몇 장을 포착했습니다. 문제는 서명된 날짜가 1942년 6월과 7월이라는 것입니다. 서류 조작일 수도 있으나 독일 정부가 히틀러의 생존을 은폐했을 가능성도 전혀 없지는 않습니다. 비전 역시 히틀러 생존시의 문제점을 신중하게 검토하고 있습니다."

"이런, 이런. 만약 살아 있다면 독일에 일대 혼란이 일어날 수도 있겠구먼."

"그렇습니다. 만약입니다만 히틀러가 살아 있다면 이집트와 이란의 도박이 설명될 수도 있습니다. 히틀러 재집권 계획의 일부라고 생각할 수도 있다는 뜻입니다."

유상열은 깍지 낀 두 손으로 뒷목을 지그시 누르며 집무실 천장을 물끄러미 바라보았다.

"흠. 이거야. 일이 복잡해지기만 하는구먼. 최대한 빨리 하이드리히를 체포해 확인하는 수밖에 없겠군. 비전은 하이드리히 체포를 최우선으로 하게. 필요하다면 군의 협조를 받아 지상군을 직접 투입해서라도 체포를 서두르게."

"알겠습니다, 각하."

"그리고 유대인 자치구 문제는 어떻게 진행되고 있나?"

장석준이 조금은 난감한 표정으로 입을 열었다.

"그것이…… 조금 엉뚱하게 일이 진행되고 있습니다. 터키와 유대인 자치구가 공동으로 제국에 무기 구입을 의뢰해왔습니다. 그런데 구입을 원하는 분량이 만만치 않습니다. 전차와 항공기를 포함해 무려 400억 원 상당의 재래식 무기구입을 요구했습니다. 터키는 250억, 유대인 자치구는 150억 정도입니다. 아시다시피 현재의 터키 재정은 완전히 파산 직전이어서 어제 저녁까지만 해도 차관도입을 요청하고 있었습니다. 그런데 조금 전 갑자기 태도를 바꾸어 현금 거래를 거론하고 있습니다. 아무래도 다시 유대인의 자금이 흘러들어간 것 같습니다."

"그래? 이거 재미있게 되었군. 아군 주력 무기가 아니면 양측 모두에게 즉시 판매를 승인하도록 하게. 터키를 도와준다는 핑계로

빨리 넘겨주고 그들의 자금을 최대한 끌어내도록 하게. 준비는 되어 있겠지?"

최근 제국 해군의 주력 전폭기였던 대한-22를 대한-23이나 24로 교체하면서 대한-22 단일 기종만도 무려 170여 기의 재고물량이 쌓여 있었는데, 국방부는 터키의 무기 구입을 예상해 대한-22 170기 모두를 중사도로 이동시켜 놓고 있었다. 상당수의 2세대 전차와 장갑차 역시 마찬가지로 중사도에 집결되어 있는 상태였다.

장석준의 대답이 여유로워졌다.

"그렇습니다, 각하. 수량이 조금 많아지기는 했으나 대응에는 문제기 없습니다. 최근 3, 4세대 장비로 교체하면서 중시도로 집결시켜놓은 장비만 해도 충분히 원하는 수량을 맞출 수 있을 겁니다."

"잘 되었어. 수고했네. 참! 독일 은행 문제는 어찌 되어 가나?"

"준비는 모두 끝났습니다. 본국이 움직이기 시작만 하면 연동되어 움직일 겁니다."

"좋아. 그럼 하나씩 해결을 해가도록 하세. 시간에 따라 장단을 맞춰주는 것이 중요하다는 것은 잘 알겠지? 나폴레옹 전쟁 때 정보 조작으로 벌어들인 돈을 모조리 토해내도록 만들어주게나. 후후."

유상열의 반쯤 농 섞인 말에 장석준의 얼굴에 미소가 떠올랐다. 유상열이 거론한 로스차일드의 정보 조작은 21세기에도 거의 전설과 다름없었다.

1815년 6월 마이어 로스차일드는 나폴레옹이 엘바섬을 탈출해 웰링턴 장군의 영국군 병력 9만 명과 워털루에서 마지막 전투를 벌이게 되자 둘째 아들인 나단 로스차일드를 워털루로 직접 보내 현장을 확인하고 오도록 했다. 나폴레옹의 병력은 12만 명, 승리를 점치기는 어려운 상황이었다. 그러나 웰링턴은 프로이센군 4만 명의 지원을 받아 어렵사리 승리를 거머쥐었다. 그리고 현지에서 웰링턴의 승리를 목격한 나단은 동원 가능한 모든 수단을 동원해 신속히 도버로 향해 폭풍으로 인해 아무도 건너려 하지 않던 해협을 엄청난 금력으로 해결, 밤을 새워 런던으로의 이동에 성공했다.

다음 날 아침 런던 증권거래소는 전투 결과를 확인한 나단의 얼굴만을 바라보고 있었는데, 나단은 웰링턴의 패전을 의미하는 주식의 '매각'을 선언했다.

그로 인해 증시는 일제히, 그리고 끝없이 폭락을 계속했고 오전 내내 조금씩 매각을 계속하던 로스차일드는 오후에 들어서면서 시세가 바닥을 쳤다고 판단되자 종이 값에 불과한 주식들을 대량으로 긁어 들이기 시작했다. 갑작스런 로스차일드의 매입으로 시장은 극심한 혼란에 빠져들었으나 계열 은행까지 총동원한 그는 순식간에 런던 증시에 상장된 증권의 30퍼센트 이상을 매입할 수 있었다. 결국 로스차일드는 아주 단순한 정보 조작으로 단 하루 만에 수십억 파운드의 수익을 긁어모으며 수천 명의 거부들을 하루아침에 파산시켜버렸다.

유상열이 집무실에 모인 장관들을 하나하나 돌아보며 묘한 미소를 흘렸다.

"후후. 자! 그럼 은행 문제의 뒷일은 비전에 맡기고 우리는 우리의 일을 결정합시다. 국방부 장관!"

비전의 보고가 진행되는 동안 시종 편안한 자세로 침묵을 지키던 국방부 장관 한원석이 자세를 바로 했다.

"네, 각하."

"이집트 정규군은 병력이 어느 정도 됩니까?"

"텔아비브에 상륙한 보병 16만을 제외하면 수에즈 인근에 배치되어 있는 10만 정도의 보병이 전부입니다. 공군은 독일의 ME262 20기와 메서슈미츠 109BF 50여 기가 전부입니다. 해군은 전무한 상태이고요. 언제든지 일격에 괴멸시킬 수 있습니다."

"흠. 그럼 터키와 유대인 자치구의 무기 판매 계약이 성사되는 대로 이집트에 선전포고를 하세요. 이렇게 된 바에야 아예 알렉산드리아와 기자에 정규군을 투입하는 것으로 하십시다. 우리는 분명히 경고를 했고 그들은 우리를 무시했습니다. 일주일 이내에 이집트를 항복시키십시오. 그리고 지중해에 진출한 중사도 함대 일부를 북해로 진출시키세요. 독일 북부를 위협하는 겁니다. 단, 독일과의 교전은 엄금합니다. 어떤 경우라도 교전은 피하도록 하세요."

한원석이 힘차게 대답했다.

"알겠습니다, 각하."

"아까도 이야기했지만 비전은 하이드리히의 체포에 총력을 기울이세요. 그것이 가장 급한 일인 것 같습니다. 그리고 남아공과 오스트리아에 있다는 나치 기지의 소재 파악도 서두르시오. 자. 그럼 돌아들 가세요. 준비하실 것이 많을 겁니다."

"네! 각하!"

장성들이 하나 둘 자리를 털고 일어나기 시작했다.

### 1942년 11월 3일 19:10 이집트, 기자 서쪽 3킬로미터

직승기가 기자시市 초입의 나지막한 구릉의 지면에 내려서자 가장 먼저 지면에 발을 디딘 이동수 중사의 얼굴에는 웃음이 가득했다. 그는 신이 나 있었다. 그의 부대가 주둔하던 중사도 남부 두바이는 언제나 졸음과 더위에 지친 8월의 백두산 자락 산골마을이었고, 인구도 그리 많지 않은 작은 도시는 장가도 들지 못한 스물여섯 노총각에게는 지옥과도 같은 곳이었다.

재수가 없으려니 적지 않은 숫자의 여군부대들은 북부의 쿠웨이트에 집중적으로 배치되어 있었다. 덩달아 쉽사리 혼전의 여성들을 찾아 볼 수 없는 상황이다보니 고급장교들의 딸들인 부대 숙영지 내의 여자들을 집적거리다 경고를 받은 적도 여러 번 있었다. 그럴 때마다 나이 어린 동료들의 집중적인 놀림을 받아야 했고, 대부분이 이미 혼인한 동료들의 짓궂은 선물은 구하기도 힘든 분홍색 자위기구였다. 달리 지옥이 아니었다. 더구나 다른 특전사단들이 태평양과 아메리카 대륙을 누비며 끊임없이 화젯거리를 만들어 내는 동안, 뜨거운 중사도의 태양 아래에서 하릴없이 나무토막 적병과 종잇조각 적진에 분노의 총탄을 쏟아내던 그에게 이번 작전은 사실 가뭄의 단비와도 같았다.

가상 적을 상대하는 전투 훈련과는 판이하게 다른, 실전 상황에서 적을 상대하는 '흥분과 짜릿한 자극'은 천성이 전사인 그를 교전 중에 오줌을 지릴 정도로 전율하게 만들어버렸다. 곧이어 최루탄의 매캐함이 아직 가시지 않은 기자의 기지를 빠져나와 적의 수뇌를 체포하는 작전에 다시 투입되자 그는 아예 만세를 부르고 싶었다.

부대가 모두 하강을 마치자 소대장의 목소리가 무장을 점검하던 그의 귓전을 때렸다.

"이동한다! 직승기 안에서 요약해준 것과 같이 적병은 모두 15명으로 보인다. 모두 아랍인 복장을 하고 있으며 고동색 서류가방을 들고 있는 자가 하이드리히다. 필히 무력화시켜서 체포한다. 절대로 죽여서는 안 된다. 가자!"

40여 개의 검은 그림자가 이미 캄캄해진 도시 외곽의 낮은 잡목 숲을 달리기 시작했다.

이동수는 눈을 가늘게 뜨고 어둠 속을 노려보다 철모에 부착된 야간투시경을 눈앞으로 내렸다. '딸깍' 하고 야시경이 제자리에 걸리는 느낌이 들자 오른쪽 눈앞이 흑백화면으로 변했다. 기온이 급격하게 떨어지는지 가늘게 오한이 밀려들었다. 분대원들이 주변에 매복하고 있을 것이었지만 완벽하게 어둠 속으로 녹아들어 한 녀석도 눈에 보이지는 않았다. 벌레들의 울음소리조차 끊어진 비포장 도로변의 덤불 속에 은폐한 이동수는 열심히 접근하고 있을 독일군들을 떠올리며 웃음을 머금었다.

'짜식들! 뛰어야 벼룩이지. 후후. 그래도 100킬로미터가 넘는 거리를 하루 만에 도보로 이동해왔으니 칭찬해줄 만하네.'

도주로 차단을 위해 우회한 소대장의 목소리가 수신기를 울렸다.

—이 중사! 목표가 접근한다. 거리 150미터. 가방을 든 목표가 둘이다. 혹시 모르니 둘 다 체포한다. 실수 없도록 해라. 이상.

이동수가 마취탄이 장전된 근거리 저격총을 다시 점검하며 무전기를 입술 바로 앞으로 끌어다 대고 속삭이듯 말했다.

"알았습니다. 전 대원! 들었지? 개인화기를 삼점사三點射로 변경한다. 가방을 든 놈들은 절대로 건드리지 마라. 첫 번째 놈이 쓰러지고 나서 2초 후에 사격을 시작한다. 이상."

야시경을 걷어내고 다른 한 발의 마취탄을 꺼내 집어 들기 편한 자리에 내려놓은 후 저격소총을 천천히 어깨 앞으로 고정시켰다. 발자국 소리가 가깝게 들리기 시작하자 다시 전율이 발끝부터 온몸을 훑어 올라가 머리끝까지 치솟았다.

이동수는 끈질기게 기다렸다. 1분 조금 넘는 시간이 영원처럼 길게 느껴졌다. 작게 심호흡을 한차례 하자 총구가 조금씩 아래위로 움직였다.

'제기랄.'

호흡을 멈추고 저격소총에 부착된 야시경 안으로 들어온 그림자들 속에서 어렵사리 서류가방 두 개를 찾아냈다. 불규칙한 대오隊伍였지만 대략 앞에서부터 세 번째 정도에서 나란히 걷고 있었다. 거리 30미터, 속으로 격발 시점을 재기 시작했다.

'셋, 둘, 하나.'

틱.

나직한 비명 소리와 함께 서류가방을 든 사내 하나가 갑자기 걸음을 멈추며 목으로 손을 가져갔다. 이동수는 재빨리 마취탄을 재장전하고 다른 서류가방을 찾았다. 사내는 목을 감싸고 있는 사내를 막 부축하려 하고 있었다. 이동수가 다시 방아쇠를 당기는 순간 사방에서 자동소총 소리가 폭발하며 심야의 적막을 깨뜨리기 시작했다. 이동수의 야시경 안에서 두 번째 서류가방의 사내가 천천히 무릎을 꿇고 있었다. 이동수는 저격소총을 내려놓고 자신의 K2 소총을 집어 들었다. 잠시 MP-40 기관단총을 난사하는 소리가 요란하게 들렸지만 후방으로 달아나는 2명을 제외한 모든 목표가 움직이지 않고 있었다.

"사격 중지! 사격 중지! 1분대! 목표를 확인해라."

이동수가 사격중지를 외쳤다.

1분대 대원들이 천천히 목표들이 쓰러져 있는 곳으로 다가가 하나씩 움직임을 확인하기 시작하자 독일군 두 명이 달아나던 서쪽에서 서너 발의 총성이 들려왔다. 목표를 확인하던 대원 하나가 이동수를 돌아보며 말했다.

"선임하사님! 두 명 모두 살아 있습니다."

"좋아! 서류가방을 챙겨라. 그놈들 네 시간은 꼼짝 못하고 잘 잘 거다. 한 놈씩 교대로 들쳐 업어라. 즉시 직승기 접선지점까지 이동한다. 부상자 없지?"

"네!"

대원들을 한차례 돌아본 이동수가 무전기에 대고 외쳤다.

"소대장님, 토끼사냥 종료되었습니다. 직승기 접선 지점까지 이동합니다. 이상."

―여기도 청소 끝났다. 이동해라. 거기서 보자. 이상.

"출발한다. 전 대원 속보!"

**1942년 11월 4일 08:10 터키, 텔아비브 북동쪽 70킬로미터**

이집트 선봉 전차부대는 나블러스를 향해 파죽의 진군을 계속하고 있었다. 아직 다마스쿠스의 터키군은 북쪽 산지로 숨어들어 게릴라전을 펼치고 있는 얼마 안 되는 병력의 나치돌격대에 신경을 쓰느라 암만 동쪽까지 전개를 마치지 못하고 있는 상태였고 유대인들의 저항은 거의 보이지 않았다. 나블러스 외곽 1킬로미터 정도까지 진출한 이집트군은 낮은 계곡을 낀 개울에서 일단 전진을 멈추고 느긋하게 전초병들을 도시 안으로 진입시키기 시작했다. 이제까지 그래왔듯이 유대인들의 저항이라고 해봐야 민병대 수준의 미미한 저항이 전부일 것이었기 때문이었다.

그러나 이집트군 전차들은 전초병들이 도시 안으로 채 진입하기도 전에 방심의 대가를 호되게 치러야 했다. 전차의 시동조차 꺼버린 상태로 휴식을 취하고 있던 이집트군은 계곡에 매복한 가칭 이스라엘 공화국 육군의 무반동 90밀리 대전차포 200여 대에 의해 무참히 도륙되기 시작했다. 야산의 개인호에 숨어서 날려대는 대전차포는 50밀리 정도의 얇은 전면장갑밖에 보유하고 있지 못한 3호 전차들을 산산이 깨뜨려버렸다. 불과 20분 만에 전차의 반 이상인 50여 대의 전차들이 불타버린 이집트군은 전력으로 후퇴를 시도할 수밖에 없었다. 이집트군으로서는 전혀 예상치 못한 기습이었고 텔아비브 상륙 이후 처음으로 겪는 정규군과의 전투는 지휘관들의 정상적인 지휘 계통마저 완전히 무너뜨렸다. 결국 허둥지둥 후퇴를 시도하던 이집트군은 우회 매복해 있던 이스라엘군의 러시아제 T-34 전차 50대가 대오 속으로 난입하자 10분도 채 버티지 못하고 순식간에 무너져 내렸다.

이집트군 전차 피탄 86대, 이스라엘군 전차 피탄 21대. 이집트와 이스라엘 정규군 간 최초의 전투는 이스라엘의 일방적인 승리로 막을 내렸다. 살아남아 도주에 성공한 이집트군 전차는 불과 3대뿐이었다.

초전에서 불의의 일격을 당한 이집트군은 남아 있는 전차 300여 대와 전 병력을 나블러스 외곽에 집중시키기 시작했다. 이스라엘군이 일차 승리를 거두기는 했으나 이스라엘의 무장은 암시장에서 구입한 소량의 전차와 대전차무기가 전부였고, 이집트의 전 병력이 집중되고 나면 전황은 순식간에 바뀌어버릴 것이 분명했다. 그러나 이스라엘군도 나블러스를 내줄 경우 유대인 자치구의 외곽까지 밀려나는 것이었고, 그것은 곧 자국 남부의 모든 영토를 이집트에게 내주는 상황이 될 것이었다. 당연히 이스라엘군 사령관 와이즈먼 대령의 의지는 결연했다. 옥쇄를 하더라도 나블러스를 내주지는 않을 생각이었다.

다음 날 새벽, 해가 떠오르기가 무섭게 20여 기의 슈투카 폭격기가 지상 폭격을 감행하는 것을 시작으로 이집트군의 본격적인 공격이 나블러스를 향해 집중되었다. 보유한 92대의 T-34 전차는 이집트군 폭격기의 지상공격과 300대가 넘어가는 3호 전차의 집중 공격이 시작되자 하나 둘씩 검은 연기를 내뿜으며 기동을 멈추었다. 결국 보병의 숫자마저도 턱없이 부족했던 이스라엘군의 방어선은 조금씩 돌파당하기 시작했다.

마침내 슈투카의 폭격과 야포의 포격이 사라지면서 이스라엘 전차들 사이로 이집트군의 3호 전차들이 섞여들게 되자 전투는 순식간에 백병전 양상으로 치달았다.

전차 간의 전투는 숫자에서 압도적 우위를 차지한 이집트군에게 이스라엘군이 일방적으로 밀려나고 있었다. 전황을 살펴보던 와이즈먼은 살아남은 보병들에게 나블러스를 포기하고 신속하게 후퇴할 것을 명령했다. 이미 남아 있는 전차의 수가 20대 이하로 줄어들었고, 16만에 달하는 이집트군을 3만이 채 안 되는 병력으로 감당한다는 것은 사실상 무리였다.

중장비를 모두 남겨놓은 채 황급히 후퇴를 단행한 보병들이 어느 정도 전선을 이탈한 것으로 판단되자 와이즈먼은 전투를 포기하고 사령부로 사용하던 벙커의 무전기 앞에 다가앉았다.

와이즈먼이 무전기를 작동시키며 말했다.

"알파1! 여기는 알파2!"

— 말하라! 알파2.

"나는 와이즈먼 대령이다. 아군 전차부대는 전멸했고 보병은 나블러스를 포기하고 철수한다. 나는 여기서 최대한 시간을 끌 것이다. 이 지역으로 남아 있는 천무미사일 전부를 집중시켜라. 좌표는 3-7-A10과 A12, 3-6A11, A13이다. 부탁한다. 그리고 천국에서 만나자. 시온의 영광을 위하여! 아웃!"

— 알았다. 안녕히…… 시온의 영광을 위하여! 아웃!

통화가 끝나자 와이즈먼은 철수하지 않고 벙커에 남아 있던 10여 명 병사들의 얼굴을 하나하나 돌아보았다. 그리고 벙커의 기관총을 움켜쥐었다. 이미 전차는 한 대도 남아 있지 않았고 사령부 벙커를 향해 서너 대의 3호 전차가 포탑을 회전시키고 있었다.

와이즈먼은 방아쇠를 당겼다.

**1942년 11월 5일 13:55 이집트, 알렉산드리아 북쪽 50킬로미터 해상**

김좌진 대장은 페르시아 함대 기함인 항모 설악산의 함교에서 전선통제기가 보내온 나블러스 전투의 결과를 훑어보며 쓴웃음을 흘리고 있었다. 이집트군 전차 총 300대 중 240대 전파, 보병 16만 중 사상자 9만. 이스라엘군 전차 90대 전파, 사상자 1만 2천. 어이없는 성적표였다. 공군이 전무했던 이스라엘이 이 정도로 선전할 줄은 아무도 상상하지 못했던 것이다. 김좌진도 그저 이스라엘군이 어느 정도 시간을 끌어주기를 바랐을 뿐, 추후에 이집트 원정군 병력의 청소까지 고려하고 있었다. 그런데 엉뚱하게도 결과는 공멸이었다. 이스라엘에게 남아 있던 천무미사일 25기가 좁은 지역에 밀집되어 있던 이집트군을 괴멸시키다시피 한 것이었다. 당분간 이집트 원정군은 움직이기 어려울 터였다.

김좌진이 해군 사령관 정명철 소장에게 말을 건넸다.

"제독. 이렇게 되면 우리 군이 굳이 텔아비브에 상륙할 필요는 없을 것 같소. 그것 참…… 허헛."

"그렇겠군요. 게다가 터키와 이스라엘에게 오늘 중으로 무기가 넘어간다고 했으니 이스라엘이 알아서 청소를 할 것 같습니다. 우린 이집트 본토 공격에만 신경을 쓰면 되겠습니다. 참! 대 이집트 선전포고는 아직이라고 합니까?"

"곧 연락이 올 것 같소. 기다려 보십시다. 자! 그럼 나는 연화산으로 돌아가야겠소. 다시 연락하십시오."

김좌진이 함교를 벗어나려 하자 작전참모 한 사람이 허겁지겁 함교로 뛰어 들어왔다.

"각하! 본국의 연락입니다. 1942년 11월 5일 14시를 기해 이집트에 선전포고를 한답니다. 터키와 이스라엘의 무기 인수단도 쿠웨이트에 도착해 장비 이동을 시작했다는 전갈입니다."

김좌진이 미소를 머금었다.

"그래? 드디어 시작이군. 계획대로 홍해의 보병 26, 27사단과 9, 10기계화사단을 수에즈에 상륙시켜라. 카이로를 직접 친다. 해병대와 12기계화사단은 알렉산드리아로 상륙한다. 최우선으로 기자까지 이동한다는 것을 잊지 말도록. 제독은 가장 먼저 이집트 공군을 괴멸시켜주시오. 움직입시다."

"네, 각하."

참모 한 사람이 함대에 전투 준비를 알리는 붉은 경고음 단추를 누르자 조용히 가라앉아 있던 함대 갑판이 분주히 움직이는 운영요원들의 모습으로 메워지기 시작했다.

**1942년 11월 5일 14:10 이집트, 카이로, 슈브라 공군기지**

"북쪽 120킬로미터에 다수의 항공기 발견! 빠른 속도로 영공으로 진입합니다. 반복합니다! 다수의 항공기 발견!"

"젠장! 이건 또 뭐야! 이스라엘에 공군도 있었나?"

격납고에서 항공기 점검 상황을 둘러보던 이집트 공군 사령관 압둘하리파 중장은 확성기에서 흘러나오는 레이더실의 다급한 방송에 물고 있던 담배를 집어던지며 사령부 건물을 향해 지프를 몰아가기 시작했다. 전혀 예상치 못했던 정규군을 보유하고 있는 이스라엘이었으니 공군이 없으란 법도 없었다. 원정군이 위기에 몰린 지금 공군마저 타격을 입으면 더 이상 터키를 공략할 방법이 없을 것이었다. 마음이 급했다.

관제탑과 격납고 쪽에서 비상 사이렌이 울리며 전투기 조종사들이 황급히 달려 나와 활주로 한편의 전투기들이 정렬되어 있는 곳으로 달려가는 모습이 보였다. 차량이 사령부 입구에 정지하고 압둘하리파가 지면에 발을 대는 순간, 엄청난 굉음과 함께 300여 미터 떨어진 관제탑 꼭대기의 레이더가 느닷없이 무너져 내리기 시작했다. 연이어 격납고 인근에 정렬되어 있던 항공기들의 머리 위로 엄청난 숫자의 자탄이 쏟아져 내렸다. 100여 기에 가깝던 전투기들은 순식간에 화염에 휩싸였고 기내 항공유의 유폭은 작은 버섯구름을 수없이 만들어내고 있었다.

그런데 적기의 모습이 하나도 보이지 않았다. 기지가 엉망이 되어 가고 있는데 적기가 보이지 않는다는 건 제국 공군의 미사일 공격이라는 뜻이었다. 압둘하리파는 문득 이집트와 이란이 터키를 공격하게 되면 제국의 개입이 있을 것이라던 경고가 생각났다. 정부 고위층은 단순한 경고 차원의 멘트라는 독일 정보국의 말을 여과 없이 그대로 받아들였고 운하를 공격하지 않으면 제국의 개입도 없으리라고 판단했다. 하지만 자신의 생각은 달랐었다. 누가 보아도 터키의 몰락은 중동 지역에 혼란을 가져올 것이었고 제국은 주변국의 혼란을 원하지는 않을 것이기 때문이었다.

'빌어먹을! 제국의 개입일지도 모르겠군. 어차피 늦었어. 게다가 제국과의 전쟁이라면 애초부터 우리 공군이 할 수 있는 일은 없었어. 젠장!'

그의 눈에 보이는 기지는 이미 아비규환으로 변해가고 있었다. 10여 개의 격납고는 산산조각으로 날아가버렸고, 항공유 저유고에서는 엄청난 화염과 검은 연기가 치솟고 있었다. 활주로 여기저기에 정렬되어 있던 항공기들 역시 한 기도 살아남지 못한 것 같았다.

다시 10여 개의 빛줄기가 북쪽으로부터 접근하고 있었다.


**1942년 11월 6일 09:20 독일, 베를린 외곽**

구스타프 로스차일드 남작은 베를린 외곽의 저택 '다인하드'의 발코니에서 인상을 있는 대로 찌푸리고 있었다. 항상 그에게 마음의 평화를 가져다주던 저택의 아름다운 정원도 오늘은 별 소용이 없었다. 영국과 프랑스의 패전으로 모든 국채와 주식이 종잇조각이 되어버린 영국과 프랑스 라인은 이제 사라진다고 봐야 했다. 종가 격인 독일의 프랑크푸르트 가문 역시 많은 독일 국채를 보유하고 있기는 했지만 히틀러 정권의 패악으로 인해 엄청난 재산을 강탈당해 거의 힘을 잃어버린 상태였다. 정상적인 힘을 유지한 가문은 오로지 자신이 이끄는 비엔나 라인 하나뿐이었다.

그나마도 전쟁 지원을 위해 무한정 사들이고 있는 오스트리아와 독일 국채, 최근 이스라엘 건국자금지원을 위해 벤구리온에게서 사들인 500억 원 상당의 이스라엘 국채들이 상당한 부담으로 작용하고 있었다. 더불어 몰락한 프랑크푸르트 종가에서 최근에 매입한 이 저택 '다인하드'도 문제라면 문제일 수 있었다. 종가의 자존심을 절대로 남에게 넘겨줄 수 없다는 생각에 구입을 해버렸으나 조금씩 자금에 압박이 돌아오는 것은 어쩔 수 없었다.

구스타프는 가문의 문장紋章인 붉은 방패와 묶여진 다섯 개의 화살을 물끄러미 바라보았다. 과거 '스키타이'의 한 왕이 아들들을 불러놓고 화살 한 개씩을 부러뜨려보라고 한 후에 다시 여러 개를 한꺼번에 부러뜨려보라고 명령한 데서 유래한 이 이야기는 초대初代인 마이어 암셀 로스차일드 때부터 가훈으로 전해져 내려오고 있었다. 그런데 이제는 단 두 개의 화살만이 살아남은 상태였다. 그나마도 하나는 절반쯤 부러져 있으니 결국 자신이 전 유럽의 로스차일드 가문을, 아니 전 유럽을 책임져야 한다는 엄청난 심리적 부담감이 그의 어깨를 짓누르고 있는 셈이었다.

구스타프가 발코니의 난간을 내리치며 중얼거렸다.

"젠장! 히틀러라는 놈 때문에 가문 전체가 휘청거리고 있으니…… 게다가 대한제국은 왜 독일 국채를 대량으로 매각하는 거야? 빌어먹을!"

독일보다 7시간이나 빨리 개장되는 대한제국의 주식시장을 비롯한 보르네오와 홍콩의 주식시장이 묘하게 움직이고 있었다. 대한제국과 보르네오 정부가, 보유하고 있던 독일 정부 국채와 마르크화를 일제히 매각하기 시작한 것이었다. 매각 대상 국채와 마르크화를 합치면 3천 억 마르크가 넘는 엄청난 분량이었고, 그것도 국채는 정상가보다 3퍼센트나 할인한 가격이었다. 턱없이 낮은 가격 때문에 유럽과 홍콩의 은행 및 증권사들은 정신없이 국채매입에 열을 올렸고 로스차일드 홍콩지점과 서울지점 역시 마찬가지였다.

구스타프는 뭔가 느낌이 이상했다. 전쟁 비용 조달을 위한 통상적인 현금 유동성 확보라고 볼 수도 있었으나 보르네오가 동시에 움직인다는 것은 대단히 어색했고 마르크화의 투매 또한 의문투성이였다. 더구나 어제 단행된 대한제국의 대이집트 선전포고와 공습도 마르크화의 약세를 가져올 지독한 악재惡材였고, 터키와 제국의 대규모 무기 거래 또한 적지 않은 악재였다. 게다가 제국의 은행들은 하나같이 투매를 계속하며 마르크화 약세를 부추기고 있었다.

'젠장.'

구스타프는 누군가에게 욕설을 퍼부으며 복잡한 머리를 식히기 위해 정원으로 나 있는 계단을 향해 걸음을 옮겼다. 현관 쪽에서 구스타프를 발견한 사촌동생 한스가 그에게 달려오는 모습이 보였다. 능력은 있는 녀석이었지만 조금 수다스런 놈이었다.

"무슨 일인데 이리 급한 것이냐?"

한스가 호흡을 가다듬으며 소리쳤다.

"남작님! 큰일입니다."

구스타프는 인상을 찌푸렸다.

"무슨 일이냐고 묻지 않느냐?"

"대한제국의 항공모함 2척을 포함한 페르시아 함대가 지중해를 빠져나와 북해로 진출하고 있습니다. 제국의 중사도에는 파천2가 선포되었다고 합니다. 전문가들에게 확인해본 결과 이집트 정도와의 전쟁으로 중사도 전체에 파천2가 선포될 리는 절대로 없다는 분석입니다. 조금 전 개장된 베를린 증시에서도 제국 상단과 소속 은행들이 독일 국채를 투매하기 시작했습니다. 아직은 국내 증권사와 은행들이 매수를 지속하고 있지만 제국 함대의 이동 사실이 알려지게 되면 끝없이 폭락할 겁니다. 늦어도 오후가 되면 함대이동 사실이 알려질 겁니다. 조치가 필요합니다."

구스타프의 얼굴이 창백해졌다. 제국의 대규모 함대가 북해로 진출하다. 그리고 제국이 독일 국채를 투매한다는 것은 독일의 현금 유동성을 떨어뜨리는 동시에 독일의 화폐 가치를 약화시키려는 의도라고 보아야 했다. 이것은 곧 전쟁을 의미했다. 게다가 자신의 비엔나 로스차일드가 보유하고 있는 독일 국채는 2천억 마르크가 넘었다. 이것이 폭락해버릴 경우 수습이 거의 불가능할 것이었다. 만일 제국이 독일에 선전포고라도 하게 되는 날에는 가뜩이나 자금 유동에 어려움을 겪고 있는 가문으로서는 앉아서 파산선고를 얻어맞는 최악의 상황이 될 수도 있었다. 대한제국의 증시와는 달리 아직 주식의 하한가나 상한가가 존재하지 않는 독일 증시는 단 하루에 모든 주식이 휴지조각이 되는 극단적인 상황으로 치달을 가능성도 다분했다. 그가 물었다.

"정부의 반응은 어떤가?"

"도이치 방크를 통해 증시에 전면적으로 개입할 움직임을 보이고 있습니다. 도이치 방크에 근무하는 친구의 정보이니 확실할 겁니다. 전량 매수 쪽으로 움직이고 있습니다. 벌써 3개월짜리 국채 할인율이 10퍼센트를 넘어갔고 마르크화는 원화대비 4퍼센트나 추락하는 엄청난 약세를 보이고 있습니다."

"후, 우리가 보유하고 있는 원화는 얼마나 되나?"

"500억 원을 넘지 못합니다. 지난 이스라엘 국채를 원화로 구입한 것이 화근입니다. 원화와의 밸런스는 완전히 깨져 있는 상태입니다."

"우리가 투자신탁으로 받아들인 돈이 전체 자금의 대략 60퍼센트 정도였지?"

"그렇습니다. 우리 자금이 3천억 마르크 정도이니 비슷합니다."

구스타프는 팔짱을 끼며 눈을 감았다. 지금부터 원화를 매입하고 독일의 국채매각을 시작한다고 해도 팔린다는 보장이 있는 것도 아니었다. 팔린다고 해도 이미 엄청난 손실이 발생한 이후라고 보아야 했다. 하지만 지금이라도 판매를 해야 손실을 줄일 수 있었다. 다소 성급한 결정일 수도 있으나 그의 머릿속에 깊숙이 박힌 주식거래의 철칙은 '팔아야 할 주식에 대한 구매자가 항상 있다고 가정하지 않는다'였다. 그리고 보편적으로도 유동이 심한 시장에서는 현금보유가 가장 확실한 대응책이었다.

"젠장! 우리도 판다. 독일 국채 보유율을 현재의 20퍼센트 이하로 줄여라. 원화도 매입을 시작하도록. 2천억까지 확보해라. 빨리 움직여라!"

"네!"

한스가 타고 온 승용차를 향해 달려가자 구스타프는 외출복으로 갈아입기 위해 서둘러 거실을 향해 움직였다. 마음이 한없이 급해졌다.

### 1942년 11월 6일 11:10 이집트, 수에즈 서쪽 80킬로미터

제국군의 포격은 무자비했다. 참호와 벙커 속에 틀어박혀 이틀째 계속되는 제국군의 포격과 공습을 감내해야 했던 이집트군의 상황은 그야말로 참담했다. 포대가 설치되어 있던 대형 벙커들은 제국군의 요상한 미사일에 콘크리트 더미로 바뀌어버렸고, 소형 벙커들도 대부분 무너져 참호의 역할밖에는 되지 않았다. 먼지와 파편 때문에 아무것도 볼 수 없었고 오로지 폭음만이 난무했다.

이집트 육군 사령관 파샤드 중장은 전선의 유지가 불가능할 것이라는 분명한 현실을 인식하고 있었다. 보급부대는 아예 전선으로 접근이 불가능했고 부대원들은 40시간이 넘는 끝없는 포격과 공습에 진저리를 치고 있었다. 1차 방어선의 진지들은 살아남은 것들이 별로 보이지 않았다. 오로지 생나무가 불타며 내뿜는 열기와 타닥타닥 쏟아내는 소음, 매캐한 화약냄새가 온 세상을 뒤덮고 있었다. 어떻게든 전선을 사수하겠다던 그의 결사적인 각오도 포성과 함께 차츰 사라져가고 있었다.

자지러지는 듯한 무전병의 목소리가 사령부에 울려 퍼졌다.

"적 전차부대가 최전방 전선으로 돌입합니다! 제국군 전차부대입니다!"

파샤드는 올 것이 왔다는 느낌이었다.

"공격 방향은?"

"정면 공격입니다. 1군단 중심부를 종단하려는 것 같습니다."

"하긴 굳이 우회할 것도 없겠지. 매복시킨 2군 전차사단을 투입해라! 측면을 치는 것이니 가능할 수도 있다. 어떻게 하든 막으라고 해!"

승리를 기대할 수는 없었지만 무언가는 해보아야 했고 그것이 파샤드가 능동적으로 할 수 있는 처음이자 마지막 한 가지였다. 전선 남쪽 모래밭 속에 곱게 모셔놓았던 마지막 카드를 꺼내든 것이었다.

그러나 전차간의 집단전투는 시작부터 잔인한 모습으로 전개되고 있었다. 전차간의 거리가 800미터 이상 떨어져 있어 적 전차의 모습이 제대로 보이지도 않는 상황에서 검은 연기를 쏟아내며 기동을 멈추는 전차들의 모습을 양산하기 시작한 것이었다. 게다가 제국군 전차의 주포 정확도는 상상을 초월했다. 제국군 전차들의 측면을 공격하기 위해 남쪽에서부터 진입한 이집트 2군 전차들이 3호 전차의 주포 유효사거리인 300미터 안으로 다가서기 위해 사력을 다해 전진하는 동안 무려 200여 대의 전차가 주저앉아버렸다. 결국 최전방의 이집트군 전차가 최초로 주포를 발사하기 시작했을 때에는 이미 150대가 겨우 넘는 숫자만이 살아남아 있었고 그나마도 이제는 아예 피격과 동시에 전차의 형체를 알아볼 수 없을 정도로 산산이 깨져나가고 있었다.

3호 전차의 50밀리 강선주포와 현무-23 125밀리 활강주포의 위력 차이는 이집트군의 상상을 초월한 것이었다. 적의 허리를 끊기 위해 매복공격을 감행했음에도 불구하고 불과 한 시간이 조금 넘는 짧은 시간 동안 파샤드의 유일한 희망이었던 자그마치 350대에 달하던 2군 전차사단 전차들은 흔적조차 남아 있지 않았다. 다시 제국군 포병의 포격이 참호진지를 향해 쇄도하기 시작했다. 이집트군 전차의 잔해를 뒤로한 제국군의 전차가 1군단 정면의 참호진지로 마침내 난입하기 시작하자 이미 기세를 완전히 상실한 이집트군은 모래성이 바닷물에 주저앉듯 순식간에 무너져버리고 있었다.

파샤드는 들고 있던 망원경을 조용히 내려놓았다. 어차피 새로운 부대가 투입되어도 전투의 결과는 불을 보듯 자명했고 더 이상의 저항은 살육을 의미할 뿐이었다. 무의미하다는 생각이 들었다.

파샤드가 사령부 무전기에 다가서며 말했다.

"무전병! 무전기를 이리 주게나."

무전을 담당하던 중사 계급장을 단 병사가 대답을 잃어버린 듯한 참담한 얼굴로 무전기를 건네주었다.

"나는 서부군 사령관 파샤드다! 지금 시간 14시를 기점으로 군단은 저항을 중지한다. 다시 한 번 명령한다. 지금 시간 14시를 기점으로 군단은 저항을 중지한다. 제국군이 진입하는 대로 백기를 꽂아라. 전쟁은 끝났다. 이상."

### 1942년 11월 6일 15:10 독일 베를린

대한제국 페르시아 함대의 북해 진출 소식을 접한 증시는 전쟁터를 방불케 하고 있었다. 하나같이 매각을 외치고 있었고 조금씩이라도 매입을 시도하는 쪽은 국책은행인 도이치방크와 멍청한 룬드그린이 새로 설립했다는 도이치펀드뿐이었다. 그나마도 도이치펀드는 독일 정부의 자금이 30퍼센트 이상 투입된 펀드이니 정부가 사들이는 것이나 마찬가지였다.

상황이 급전직하로 곤두박질치자 도이치방크와 도이치펀드 주변에는 딜러들이 발 디딜 틈 없이 몰려 있었다. 하지만 한스가 서 있는 로트실트의 기둥 근처에는 딜러들의 움직임이 아예 보이지 않았다. 500억 원 이상 추가로 확보된 원화의 매입은 비교적 순조로운 편이지만 독일 국채는 아직도 목표치의 20퍼센트도 매각하지 못했다. 물론 발 빠르게 움직인 덕에 다른 딜러들의 매각비율보다는 조금 나은 상태였지만 앞으로도 팔아야 할 수량이 너무 많았다. 게다가 벌써 할인율은 40퍼센트에 육박하고 있었다. 보유주식들도 매각을 시도하고 있었지만 사려는 사람은 보이지 않았다. 구매자가 없으니 당연한 일일 것이었으나 구스타프의 속은 시커멓게 타들어가고 있었다.

'젠장! 조금 더 빨리 움직여야 했었는데⋯⋯.'

자괴감에 몸서리를 치고 있던 구스타프에게 낯익은 얼굴이 다가왔다. 룬드그린이었다.

"반갑습니다, 남작님."

"오랜만이구려, 미스터 룬드그린. 그래 새로 정부 프로젝트를 맡으셨다면서요?"

"그렇습니다, 남작님. 간만에 주식시장에 모습을 보이신 것 같아서 인사라도 드리려고 왔습니다."

구스타프는 웃음을 감췄다. 이 멍청한 녀석은 아직도 로스차일드 은행이 그가 어려운 시절에 융자를 해준 것만을 기억하고 있는 것 같았다.

'하긴 네 녀석 머리로는 아무리 생각해도 감옥에 처박히게 된 이유를 알 수 없을 것이다. 후후.'

구스타프는 악수를 하면서 서둘러 주판알을 놀렸다. 룬드그린이 아직도 호의를 가지고 있으니 잘하면 이 멍청한 놈에게 처분이 곤란한 국채와 주식들을 팔아넘길 수 있을 것 같았다. 정부 자금을 관리하는 일이니 제 돈도 아닐 것이고 또 지금 돈이 많이 궁한 것이니 뒷돈을 조금 쥐어주면 자연스럽게 넘겨 버릴 수 있을 것이었다.

잠시 안부인사가 끝나자 구스타프는 슬그머니 정부자금현황을 물어보기로 했다. 그가 조금이라도 정보를 공개한다면 자신에게 호의를 가지고 있다는 뜻이었고 팔아넘길 가능성은 더 커질 것이기 때문이었다. 설사 팔아넘기지 못한다 하더라도 정보 입수라는 소득을 건질 수 있을 터, 밑져야 본전이었다. 구스타프가 조심스럽게 말을 꺼냈다.

"그나저나 미스터 룬드그린은 정부의 움직임을 어떻게 보십니까? 전쟁이 발생할 것으로 본답니까?"

"글쎄요. 제가 할 이야기는 아닌 것 같습니다. 조금 더 기다려보시지요. 곧 공식 발표가 있을 겁니다."

"그러지 마시고 조금 풀어놓으시지요. 어려울 때 서로 도와가며 살아야지요. 허허."

'서로 도와가며 살자' 라는 말에 룬드그린은 치를 떨었다. 만면滿
面에는 미소를 띠고 있었지만 욕설이 튀어나오려는 것을 필사적으
로 찍어 눌렀다. 이 후안무치厚顔無恥한 유대인의 끝없는 욕심을 끝
장내려면 지금은 참아야 했다. 간신히 마음을 다잡은 룬드그린이
말했다.

"허참, 좋습니다. 저를 한 번 도와주셨으니 저도 한 번 도와드리
지요. 하지만 공개해서는 안 되는 이야기입니다. 비밀을 지켜주셔
야 합니다."

"하하. 고맙소. 그리고 비밀엄수야 당연히 해야 하는 일이지요.
걱정 마십시오."

"그럼 믿겠습니다. 음…… 아직 정확하지는 않습니다만 우리 정
부는 7대3 정도로 발발 쪽에 무게를 두는 것 같습니다. 그리고 국
채와 마르크화는 오늘까지만 무제한 매수입니다. 그런데 아무리 정
부라 해도 모든 국채를 한꺼번에 사들일 만큼 자금이 풍족하지는
않습니다. 때문에 내일부터는 제한적 매수로 전환할 것 같습니다."

"사들일 액수는 얼마나 예상합니까?"

"글쎄요. 전체적으로는 모르겠고 제가 운용하는 펀드의 국채매
입 자금은 아직 650억 마르크 정도 여유가 있습니다."

"전부 오늘 소진할 생각입니까?"

룬드그린은 구스타프가 적극적으로 달려드는 느낌이 들자 한 발
뒤로 물러섰다. 확실하게 얽어 넣으려면 저쪽이 원하는 대답을 계
속해주어서는 곤란했다.

"그만 하시지요. 지금까지만 해도 너무 많은 이야기를 했습니다.

제 이야기는 이 정도로 하시고 남작님 이야기도 좀 하시죠. 로스차일드의 상황은 어떻습니까? 역시 매도겠지요?"

구스타프는 이제 본론을 꺼내보기로 했다.

"그렇습니다. 헌데 액수가 너무 커서 매도가 잘 되지는 않는군요. 이왕에 매수를 하실 양이면 우리 은행 것을 매수해주시지요. 우리가 독일 정부를 위해 사들인 국채만 해도 엄청난 양입니다."

"글쎄요. 형평성을 고려하면 조금 어려운 문제입니다. 생각을 해 보지요."

룬드그린이 조금 긍정적인 말을 꺼내자 구스타프는 지금이 아니면 말을 끼낼 기회가 없으리라는 생각이 들었다.

"200만 마르크를 리베이트하겠습니다. 도와주시지요."

룬드그린의 눈빛이 차갑게 가라앉았다. 그가 짧게 말했다.

"현금 300에 할인율 44퍼센트."

"좋습니다. 하지요."


**1942년 11월 7일 10:15 이집트, 기자**

김두한은 창고의 지붕 위에 올라앉아 속속 도착해 부대를 정비하는 제12기계화사단의 선봉부대 전차들을 둘러보고 있었다. 초긴장 상태의 4일간이 무사히 지나간 것이었다. 고작 10여 대의 현무-23이었지만 그것만으로도 갑자기 긴장이 풀어지는 느낌이었고 평소 같잖게 여겼던 '땅개'들이 이렇게 반가울 수가 없었다. 조금 있으면 화물 운송차량도 도착할 것이니 귀대와 더불어 따뜻한 목욕도 할 수 있을 것이고 잘하면 몇 주 전 새로 사귄 애인 엉덩이도 두드려 볼 수 있을 것이었다.

그가 기분 좋게 지붕을 뛰어내리자 전차 중대장과 이야기를 나누던 대대장이 그를 발견하고 천천히 다가왔다. 대대장이 미소를 머금으며 말했다.

"김 대위. 대원들을 집결시키게. 해병 17사단이 도착하는 대로 인수인계하고 자네 중대는 먼저 여기를 뜬다. 직승기 도착시간은 11시이다. 그리고 함에 도착하면 목욕하고 쉴 시간은 가질 수 있을 거다."

"예? 함이라니요? 중사도로 돌아가는 것이 아니었습니까? 이집트 전선에서 우리가 할 일은 없는 것으로……."

김두한이 말끝을 흐리며 의문을 표시하자 대대장이 피식 웃음을 터뜨렸다.

"후후. 나도 귀대해서 쉬게 해주고 싶기는 하네. 그런데 아쉽게도 그렇게 될 것 같지는 않아. 그리고 자네는 여우같은 마누라도 없지 않은가?"

"참내. 그게 쉬는 거하고 무슨 상관이 있습니까? 안 그래도 쌓이는데 노총각 염장 지르시는 겁니까, 뭡니까? 원래 총각이 더 아쉬운 거라고요. 쩝. 그나저나 다른 명령이 떨어졌나요? 혹시 카이로 공략에 투입됩니까?"

"아니. 그건 아니네. 우리가 투입되지 않아도 카이로는 오늘 저녁이면 함락될 것일세."

"흠…… 이집트가 조금은 더 버틸 줄 알았는데 허탈하게 됐군요. 그럼 뭡니까?"

"지난번에 체포한 하이드리히에게서 재미있는 정보를 얻어낸 모양이야. 베를린으로 갈 것 같네. 물론 함에서 보급을 다시 받고 약간의 휴식도 취한 후 내일 새벽에 출발한다. 나도 자세한 이야기는 듣지 못했어. 함에 도착하면 비전요원들이 기다릴 것이야. 이상일세."

"예? 독일이요? 전 독일어도 못하는데요?"

"그건 비전에서 알아서 조치를 취해줄 것이니 그런 걱정은 붙들어 매라. 이 친구야."

"에휴. 작전 끝나면 좀 쉴 수 있을까 했는데 어렵겠군요. 참! 여단 전부가 독일로 이동합니까?"

"그건 아닐세. 자네 중대만 갈 것이야. 후후."

김두한의 얼굴이 잔뜩 찌푸려지자 대대장이 덧붙였다.

"하지만 이번엔 재미있는 일이 좀 있을 테니 너무 실망하지 말도록. 우선 전 대원이 사복으로 이동할 테니까 말이야. 그리고 여단에서 가장 정예를 뽑아달라고 해서 자네 중대가 가게 된 것이니 자부심을 가지도록 하게나. 하하하."

김두한이 고개를 갸우뚱하며 말했다.

"뭐, 어쨌든 알겠습니다. 도착하면 자세한 이야기를 듣게 되겠지요. 그럼 준비하겠습니다."

중대 무전수신기에 그의 목소리가 흘러나갔다.

―전 대원! 나 중대장이다. 지금 즉시 군장 챙겨 집결지 '나'로 이동한다! 집에 갈 시간이다!

**1942년 11월 7일 10:40 베를린**

장세는 널을 뛰고 있었다. 제국과의 전쟁은 절대로 없을 것이라는 독일 정부의 공식적인 발표와 함께 오늘 새벽 제국 함대가 북해 진출을 포기하고 포트사이드로 돌아가고 있다는 내용의 보도자료가 공개되자 독일 국채는 다시 천정부지天頂不知로 뛰어올랐고 이제는 매물이 없었다. 마르크화 환율도 순식간에 2퍼센트나 뛰어 구스타프의 혼을 완전히 빼놓고 있었다.

어제 하루 동안 독일 국채 천백억 마르크를 평균 40퍼센트 할인해서 매각했고 원화 1천3백억 원을 4퍼센트나 높은 가격으로 매입한 로스차일드뱅크는 당분간 회복이 어려울 엄청난 타격을 입은 셈이었다. 덩달아 로스차일드뱅크와 관련 회사들의 주식가격이 끝없이 폭락하기 시작했다. 엄청난 분량의 국채매각 성공이 엉뚱하게 주식 가격의 덜미를 잡은 것이었다. 매수 일변도인 증시의 아비규환을 내려다보던 구스타프가 힘없이 중얼거렸다.

"젠장. 하루 만에 거의 600억 마르크를 날린 셈인가? 어이가 없구먼. 룬드그린이 도와준다고 매입해준 것이 도리어 해가 되어버렸군. 빌어먹을. 게다가 더 큰 문제는 주식 가격의 하락인데……."

그의 옆에서 침울한 표정으로 주변을 두리번거리던 한스가 말했다.

"지금이라도 국채를 다시 사놓으시는 것이 어떻겠습니다. 아직은 할인율이 10퍼센트 안팎입니다. 손실을 줄여야지요."

"아니. 국채에서는 손을 뗀다. 실패한 종목에 미련을 가지는 것은 바보들이나 하는 짓이야. 우선은 은행과 계열사의 주식 가격을 방어해야 해. 지금부터 매물을 소화해라. 벌써 주당 가격이 15마르크 이상 떨어졌다. 막아야 해. 더 이상 추락하면 감당하기 어렵다. 그리고 도이치펀드 주식을 최대한 사들여라. 서둘러라."

어제 92.6마르크로 마감되었던 로스차일드뱅크의 주식 가격은 이미 76.5마르크까지 내려앉았고 계열사의 주식들도 30퍼센트가 넘는 하락세를 보이고 있었다. 반면 로스차일드의 국채 대부분을 인수한 도이치펀드의 주식가격은 200퍼센트가 넘는 가파른 상승세를 보이며 어제 종가인 22마르크에서 64마르크까지 엄청난 폭등을 하고 있었다. 그나마도 매물은 몇 주 보이지 않았고 그저 매수호가만 끝없이 상승하고 있었다.

로스차일드의 기둥 건너편에서 제국산 신형 전산기를 두드리던 룬드그린이 옆자리의 직원에게 무언가를 이야기하더니 구스타프에게 다가왔다.

"이거 일이 묘하게 되어버렸군요. 어젯밤 정부와 제국의 막후 협상이 있었나 봅니다. 죄송합니다. 도와드린다는 것이……."

룬드그린이 말끝을 흐리자 구스타프가 고개를 저었다.

"그렇게 되었소이다. 덕분에 미스터 룬드그린은 제법 수당을 건질 수 있겠군요. 허참. 국채 매각은 안 하십니까?"

"해야지요. 3개월짜리 기준으로 할인율 3퍼센트 선에서 매각할 생각입니다. 조금 더 기다려야 할 것 같습니다."

"하루 만에 대단한 수익을 올리게 되겠군요. 사장 자리를 놓치지는 않겠습니다 그려."

"예. 그럴 것 같습니다. 그런데 제가 엄청난 도움을 받은 셈이어서 뭔가 남작님께 도움드릴 방법을 생각해보았는데 생각이 있으신지 해서요."

"그래요? 무슨 일인지 한번 들어봅시다."

"제가 재무성에 남작님 이야기를 조금 했습니다. 지난번 국채매입에도 적극적으로 나서주셨고 했는데 이번에 손해를 많이 보신 것 같다고 말입니다. 해서 귀사 주식을 적극적으로 매입하고 만일 원하신다면 수의 계약으로 할인율 7퍼센트로 500억 마르크 정도를 내드리도록 허가를 받았습니다. 물론 3개월짜리 기준입니다. 귀사 주식 가격은 아무런 조건 없이 공동으로 방어를 해드릴 겁니다. 그리고 국채는 생각이 있으시면 말씀을 해주십시오. 단, 제가 매각을 시작하기 이전에 말씀을 하셔야 합니다."

구스타프는 물끄러미 룬드그린의 얼굴을 쳐다보았다. 이미 그와의 거래에서 한차례 심한 홍역을 치렀으니 다시 거래를 하고 싶지는 않았다. 어차피 주식 가격 방어를 위한 자금도 만만치 않게 필요한 상황이었다. 하지만 국책 펀드가 주가를 지금처럼 일부 방어해준다면 주가 방어를 위한 자금 부담도 상당량 덜어질 것이 분명했다. 당연히 20억 마르크 이상이 될, 확실한 수익 4퍼센트를 그냥 내버리기에는 작금의 상황이 너무나 절박했다. 한 푼이 아쉬운 지금 가능성이 있다면 무엇이든 하고 볼 일이었다.

구스타프가 조금은 떨떠름한 표정으로 말했다.

"흠. 일단 한번 생각해보겠소. 고맙소이다."

"자. 그럼 저는 이만."

돌아선 룬드그린의 얼굴에 차가운 미소가 흘렀다.

'자. 이 미끼만 한 번 더 물어라. 그럼 네 왕국도 끝이 난다. 후후.'

룬드그린은 지금도 폭락하고 있는 로스차일드 관련 주식을 조금씩 끌어 모으고 있었다. 구스타프가 미끼를 물어 현금이 소진되면 상황을 보아 한꺼번에 주식을 매각하거나 매수 호가를 지속적으로 떨어뜨려 주가를 공격할 생각이었다. 어차피 순간적인 주가 조작에서 손해 보는 액수는 얼마 되지도 않을 것이었고 바닥을 칠 때 다시 사들이면 그만이었다.

정오 무렵, 급히 다인하드를 찾은 구스타프는 프랑크푸르트 로스차일드 종가의 수장인 슈레든 대남작을 만났다. 슈레든이 보유하고 있는 독일 국채 역시 2천억 마르크가 넘었고 아직도 독일 내에서 슈레든이 차지하는 영향력은 적지 않았다. 그런 만큼 현재의 위기를 타개하려면 어쨌거나 그와의 협력은 꼭 필요한 상황이었다. 반갑게 그를 맞이한 70세를 넘긴 노구의 대남작은 아직도 정정한 편이었다. 몇 마디 안부인사가 끝나자 대남작이 손짓으로 하인들을 내보내며 말했다.

"그래 우리 비엔나의 거물께서 이 누추한 곳에는 어쩐 일이신가? 그냥 안부를 물으러 오신 것은 아닐 게고. 슬슬 이야기를 시작해보게나."

"죄송합니다. 대남작님. 사실 최근의 상황이 워낙 좋지 않게 돌아가 상의를 좀 드릴까 해서 찾아뵈었습니다."

"이야기 해보게."

"저 그것이…… 요즘 독일 정부의 움직임이 조금 이상합니다.

저희를 제법 도와주려고 하는 듯한데 막상 뚜껑을 열어보면 결과가 좋지 않습니다. 느낌이 아주 좋지 않아요. 혹시 아시는 것이 있나 해서 염치불구하고 찾아왔습니다."

대남작은 심호흡을 하며 말했다.

"후, 그런가? 답답하기도 하겠지……."

사실 로스차일드가는 히틀러가 정권을 잡게 된 것과 무관하지 않았다. 21세기의 역사에서도 로얄 더치 셸 오일과 로스차일드 등 유럽의 막강한 금융계(스타인 은행, 콜로뉴 은행, 알리안츠 보험 등) 인사들이 히틀러를 위해 엄청난 기부금을 냈다는 것은 이미 잘 알려진 사실이었다. 이들 대부분이 로스차일드가 관여된 기업이었지만 공식적으로 반유대적인 입장을 표명한 히틀러를 지원한 것이었다. 물론 협박에 의해 그리 되었다는 변명이 먹힐 수도 있을 것이나 그 실제 이유는 사문화되어 있던, 히틀러의 아버지인 알로이스 히틀러가 유대인 혈통을 가지고 있다는, 미국 OSS의 미공개 보고서에서 찾아볼 수 있다.

보고서에는 알로이스가 1837년 로스차일드의 하녀였던 마리아 안나 쉬클그루버의 사생아였으며, 후에 요한 게오르크 히이들러와 결혼하면서 출생증명서를 새로 작성한 교구목사의 실수로 성이 히틀러가 되었다는 기록이 있었다. 믿을 수 없는, 흑색선전을 위한 보고서일지도 모르지만 독일과 오스트리아, 폴란드의 모든 유대인이 죽어나가는 와중에 로스차일드가만이 건재하게 살아남은 것은 여러모로 시사하는 바가 크다. 그리고 이 보고서는 수십 년간 공개되지 않았다. 또한 히틀러가 유대인의 혈통일지도 모른다는 루머가 그를 평생 따라다니며 괴롭힌 것도 사실이었다.

어쨌거나 이런 논란을 모두 차치하고라도 히틀러가 로스차일드의 지원을 받아 정권을 장악했다는 데에는 의심의 여지가 없었다.

"자네도 이제 영향을 받는 모양이군."

"네?"

"자네는 왜 독일 종가가 이처럼 죽어지내는지 알고 있나?"

대남작의 갑작스런 질문에 구스타프의 얼굴이 묘하게 일그러졌다.

"글쎄요. 저는 그저 히틀러에게 상당량의 재산을 압류당해 기반이 흔들렸다고 생각했었습니다. 다른 이유가 있나요?"

대남작의 고개가 가만히 좌우로 흔들렸다.

"그건 외부에 알려진 이야기일 뿐일세. 사실은 프랑크푸르트 가문이 적극적으로 지원을 했지."

"예?"

"지금부터 하는 이야기를 잘 듣게나. 비공식적이긴 했지만 우리는 히틀러 정권을 무제한으로 지원했네. 히틀러가 실권할 때까지 우리 가문에서만 10년간 7천억 마르크 정도가 투입되었어. 그리고 그것은 현재의 독일 정부도 잘 알고 있는 사항이야. 아데나워가 대외관계협의회CFRCouncil on Foreign Relations 회원이었기 때문이지. 알다시피 CFR은 음으로 양으로 유럽의 모든 정치를 좌지우지했고, 지난 히틀러의 집권도 그들의 작품이야. 독일의 혼란을 원했다고 보면 되네. 영국과 미국이 어떻게 1차대전 후의 폐허에서 빠져나와 성장을 하고 어떻게 군비를 마련했다고 생각하나? 무역? 과학 기술?"

대남작이 고개를 한차례 흔들더니 다시 말을 이었다.

"자네도 알다시피 영국 로스차일드 은행이 적극적으로 지원을 하지 않았다면 일어날 수 없는 전쟁이었어. 어쨌든 독일이 승리하면서 외견상 영국 로스차일드는 도산했지만 이미 실세는 모두 남미와 러시아로 빠져나갔네. 사실상 그들이 손해를 본 것은 없어. 결국 현 정부가 로스차일드를 경원시하게 된 것은 당연한 일이야. 그리고 이 상태로 10년만 더 지나가면 독일 로스차일드는 분명히 역사 속의 가문이 되고 말게야. 그래서 나는 이제 마지막 도박을 하려하고 있네."

"자세히 좀 설명해주십시오. 저도 CFR회원입니다. 왜 저는 모르고 있었지요?"

"가문에서는 내가 대표로 참석을 했었네. 위험을 공유하지 않기 위해 알리지 않았던 게야. 지금 모든 것을 이야기해 주도록 하지. 그러나 그전에 우선 자네가 알아야 할 일이 있어."

숨이 가쁜 듯 잠시 말을 끊은 대남작이 다시 입을 열었다.

"히틀러는 살아 있네."

"예?"

"나치스 돌격대와 지원세력을 총동원해서 현 정부를 전복할 게야. 게다가 나는 그 중심에 서 있는 셈이지. 내 저택에 그들의 아지트가 마련되어 있으니까 말이야. 진즉에 자네에게 이야기 해주었어야 했는데 워낙 일정에 쫓기다보니 조금 늦어져버렸네 그려. 이해하게나. 그리고 히틀러는 자네의 먼 친척일지도 몰라. 유대인의 후손일 가능성이 높으니까 말이야. 허허허."

구스타프는 정신을 차릴 수가 없었다. 살아오면서 이렇게 혼란스러운 적은 없던 것 같았다. 이제까지 히틀러의 강탈로 인해 프랑크푸르트 종가의 어려움이 시작된 것으로 알고 있었는데 사실은 현 정부 때문에 가문의 어려움이 가중되고 있는 것이었다. 게다가 쿠데타 기도라니……. 갈수록 태산이었다. 뭔가 정보를 얻어 해결책을 찾아보려 했던 것이 머릿속만 복잡해진 꼴이었다.

구스타프가 물었다.

"실패의 가능성은 생각해보시지 않았습니까? 현 정권도 그리 만만하지는 않습니다."

"그렇긴 하지. 하지만 나치당 세력도 만만치는 않아. 이름을 이야기해줄 수는 없지만 베를린방위군 5개 사단 중 2개 사단이 움직일 것이네. 아무래도 가능성이 높지. 비용은 모두 내가 대고 있는 것이고. 싸움은 이제부터일세. 독일이 흔들려야 이스라엘이 쉽게 자리를 잡을 수 있을 테고 이스라엘이 중동을 흔들어주어야 우리가 재기할 수 있는 발판이 생기게 될 것일세. 전쟁이 사라져서는 곤란해."

구스타프의 얼굴이 눈에 띄게 굳어졌다.

"후…… 단도직입적으로 묻겠습니다. 대남작님. 언제입니까?"

"허허. 여전하구먼. 모레 새벽이 될 것이네. 우선 정부청사와 방송국, 각국 대사관들을 장악하고 구데리안과 롬멜을 사살해야지. 아마 아데나워는 살려놓기가 쉬울 것이야. 군부만 정리했다는 명분상으로도 필요하고 또 여러 가지로 시켜야 할 일도 많을 테니까 말이야. 이 정도면 궁금증이 좀 해결이 되었나?"

"비엔나 라인이 해드려야 할 일은요?"

"오스트리아 정부를 조용하게 만들어 놓게. 그것들이 시끄럽게 하면 곤란하니까 말이야. 또한 베를린이 정리가 되고 나면 즉시 대한제국에 선을 넣게. 과거에도 히틀러의 집권을 묵인해준 적이 있으니 그리 크게 반대를 하지는 않을 게야."

"알겠습니다. 대륙상단이 많이 망가지기는 했지만 아직 정가에 선이 남아 있을 겁니다. 손을 써보지요."

"좋아. 그렇게 해보세. 어서 돌아가게. 그리고 독일 국채는 조금 더 구입해놓게. 내가 가지고 있는 것만으로도 독일 정부를 곤란하게 만들 수 있지만 한 천억만 더 있으면 함부로 우리를 건드리지는 못할 것이야."

"네, 대남작님. 그럼 저는 증시로 나가보겠습니다. 안녕히 계십시오."

증시를 향하는 그의 가벼운 발걸음에는 대남작 저택을 방문할 때의 무거운 그림자가 완전히 사라져 있었다.


### 1942년 11월 8일 23:20 독일, 베를린 서쪽 80킬로미터 포츠담

롬멜이 직접 지휘하는 동부군 28전차사단이 엘베강의 지류인 하펠강을 도하해 포츠담시의 브란덴부르크 문을 향해 질주하고 있었다. 베를린 방위사단 2개가 주둔하던 포츠담시 외곽의 독일군 병영은 이미 솟아오르는 불길로 인해 대낮을 방불케 했고 간간이 저항하던 방위사단 병사들도 속속 총기를 버리고 투항하기 시작했다. 후방인 포츠담 서쪽 외곽도로를 모두 차단한 29전차사단 쪽에서 지속적으로 폭음과 총성이 울려 퍼지고 있었으나 이미 전세는 기울어가고 있었다.

롬멜은 베를린을 구데리안에게 맡기고 단순가담자를 회유하기 위해 본인이 직접 포츠담으로 출전, 쿠데타를 위해 이동 준비에 여념이 없던 베를린 방위사단을 공격한 것이었다. 멋모르고 이동을 준비하던 방위사단 병사들은 투항을 권유하는 롬멜의 목소리가 확성기에서 들려오자마자 태반이 저항을 포기하고 항복했다. 일부 나치 골수분자들을 제외한 대부분의 병사들은 쿠데다를 기도하려 했던 것인지조차 알지 못했던 것, 롬멜의 방송이 나오기가 무섭게 대략의 상황을 파악한 일선 장교들이 동요하게 되면서 곧바로 투항을 시작한 것이었다.

롬멜은 폭음을 뚫고 전진하는 사단 전차의 포탑에 장착해 놓은 수백 대의 대형 확성기를 통해 줄기차게 병사들의 투항을 권유했다.

―베를린 방위사단 병력들에게 명령한다! 나는 롬멜이다! 너희들은 정부를 전복하려는 나치당의 손에 농락당한 것이다. 책임을 묻지 않을 것이다! 투항해라! 그래야만 살길이 열린다. 다시 반복한다. 투항해라! 전원 원대 복귀시킬 것이다.

롬멜은 목이 아픈 듯 잠시 탑승한 전차를 멈추게 하고 부관에게 물었다.

"베를린의 소식은 들어온 것이 있나?"

"네, 각하. 27사단 전차와 장갑차가 중무장한 기계화 보병과 함께 베를린으로 진입을 마쳤고 이미 관공서와 방송국 앞에 전진배치가 끝났다 합니다. 지금까지 약 40명의 쿠데타 관련 고급장교가 사살되거나 체포되었습니다."

"대한제국의 덕을 많이 본 셈이군. 그럼 일단 위기는 넘긴 셈인가?"

"그런 것 같습니다. 가장 위험한 세력이었던 3, 4방위사단을 각하께서 무난히 진압하셨으니 더 큰일은 없을 것 같습니다."

"좋았어! 잘하면 이 밤 안으로 혼란을 잠재울 수 있겠군. 조금만 더 고생하자. 자, 그럼 다시 전진해볼까?"

롬멜은 망원경으로 전방을 주시하면서 중얼거렸다. 주변의 전차들이 신속하게 롬멜의 전차를 추월해 전진하고 있었다. 저항은 거의 보이지 않았다. 부관이 쭈뼛거리며 말을 꺼냈다.

"저…… 각하. 괜찮으시다면 한 가지 여쭈어 볼 것이 있습니다."

"그래? 이야기 해보게. 2분 주지."

"운터덴린덴 街의 로스차일드 본점 등 은행들을 접수하는 것은 우리가 하면서 정작 주범들의 저택을 우리가 공격하지 않는 이유는 뭡니까? 병력이 부족한 것도 아닌데 독일의 자존심이 걸린 문제에 대한제국 병력을 투입하시다니요. 이해가 되지 않습니다. 솔직히 불만입니다."

롬멜은 피식 웃음을 머금었다.

"후후. 이렇게 이야기해주면 이해가 빠르겠나? 독일 정부는 오늘 밤 벌어진 로스차일드 가문의 참사에 관련해서는 아무것도 아는 게 없네. 아예 독일 정규군이 진입한 적도 없는 두 저택에서 벌어진 참사는 내일 아침이 돼서야 우리 정부가 알게 될 것이야. 자네도 아는 것이 없어야 하고. 쿠데타 진압의 혼란을 틈타 강도가 들었는지도 모르지. 하하. 어서 가세나."

다시 움직이기 시작하는 타이거 전차의 그림자가 중앙로를 길게 가로지르고 있었다.

**1942년 11월 8일 23:25 독일, 베를린 외곽, 로스차일드 저택 다인하드**

새벽에 일이 있을 것이라는 생각에 외출복을 입은 상태로 얇은 잠에 취해 있던 구스타프는 멀리 시내 쪽으로부터 은은히 들리는 포성에 놀라 서둘러 자리에서 일어났다. 우선 시계를 확인했다. 밤 11시 25분. 평소 술을 즐겨하지 않는 그였지만 오늘은 제법 많은 양의 위스키를 들이켰고 술기운에 앉은 자리에서 깜박 잠이 들었던 모양이었다. 그는 2층의 베란다로 나가서 싸늘한 밤바람을 음미하며 시내 쪽 야산 위로 걸쳐져 점멸하고 있는 엷은 섬광을 바라보았다. 어디선가 화약 냄새가 나는 것 같았다.

'분명히 새벽이라 이야기를 들었는데 벌써 시작된 것인가? 나에게도 시간을 조금 늦게 알려준 모양이군. 후후. 어쨌거나 오늘이 지나면 로스차일드의 세상이 다시 돌아올 것이다.'

그의 입가에 미소가 감돌았다.

그러나 그의 미소는 오래 가지 못했다. 머리에 차가운 금속의 촉감이 느껴진 것이었다. 그의 등 뒤에서 조금 어눌하지만 세련된 독일어가 흘러나왔다.

"구스타프 남작. 천천히 돌아서시오. 아직은 당신을 죽이고 싶지 않소."

구스타프가 천천히 몸을 돌리자 머리부터 발끝까지 온몸을 검은 색으로 뒤집어쓴 건장한 두 사내가 권총을 그의 눈앞에 들이대고 있었다. 사내가 다시 말했다.

"당신의 금고 속을 좀 보아야겠소. 안내하시오."

구스타프가 사내의 손에 들린 권총을 내려다보며 여유롭게 말했다.

"돈을 원한다면 얼마든지 줄 수 있다. 하지만 금고 안에는 너희들이 쓸 수 있는 것은 없어."

"세계 최고의 갑부가 가질 수 있는 여유인가? 후후. 남작, 그것은 내가 판단할 문제이니 안내나 하시지."

구스타프는 가볍게 고개를 끄덕이고 거실로 들어갔다. 거실로 들어선 구스타프가 한쪽 벽에 설치된 책장으로 다가가 책 한 권을 끌어내자 책장이 가볍게 앞으로 밀려나왔다. 책장 내부에는 제법 넓은 공간에 몇 가지 미술품들이 걸려 있었고, 한쪽에 높이 2미터 폭 1.5미터 정도의 철제 금고가 설치되어 있었다. 구스타프는 책장 안쪽으로 들어서 전등을 켜면서 자연스럽게 책장 뒤에 설치되어 있던 비상벨을 눌렀다. 그러나 저택을 쩌렁쩌렁 울려야 할 벨소리는 전혀 들리지 않았다. 검은 옷의 사내가 말했다.

"이런. 우리가 초보라고 생각하면 곤란하지. 그 정도도 해결하지 않고 대로스차일드 가문의 저택에 침입했을 것 같나? 그리고 설사 비상벨이 울리더라도 2층으로 올라올 수 있는 사람은 하나도 없어."

구스타프는 사내의 말을 믿을 수 없었다. 그의 목소리가 사뭇 커졌다.

"너희들이 이런 짓을 하고도 살 수 있을 것 같은가? 여긴 로스차일드 가문이야! 아래층에 상주하는 중무장한 경호원만 해도 20명이 넘어! 아마 달아나지도 못 할 것이야!"

그가 고함을 질렀지만 검은 옷의 사내는 별로 신경을 쓰지 않는 듯했다.

"소리를 질러도 소용 없으니 포기하고 금고나 열도록 하시오. 남작. 그게 싫으면 바로 당신을 쏘아버리고 우리가 알아서 가져가지. 선택은 남작이 하시오."

이 중요한 시기에 강도라니……. 구스타프는 어이가 없었다. 그까짓 돈이나 미술품이야 주어버리면 그만이지만 금고 안에 보관된 장부와 기밀 서류들이 유출될 경우에는 감당치 못할 상황이 벌어질 수도 있었다. 만일 이놈들의 말대로 아래층에 있는 20여 명의 경호원들을 소리도 없이 해치웠다면 이놈들은 분명히 프로였다. 보통 도둑이 아니라는 뜻, 누군가 배후가 있다는 이야기였다. 그는 일단 매수를 생각했다.

"젠장. 누구냐? 누가 시켰나? 그자가 지불할 돈의 10배 이상을 지불하겠다. 금고 안에는 100억 마르크가 넘는 무기명 채권이 있다. 모두 줄 수 있으니 협상하자."

사내가 피식 웃음을 흘렸다.

"허, 이거야 원. 좀 편하려고 했더니 그것도 잘 안 되는군. 미안. 조금 더 놀아주었으면 했는데 내가 워낙 시간이 없어서 말이지."

티틱.

나직한 소음총 격발음이 들리자 구스타프는 가슴을 꿰뚫고 솟아오르는 격렬한 통증에 가슴을 움켜쥐고 사내의 눈동자를 올려다보았다. 칠흑 같은 검은 눈동자였다.

'젠장. 대한제국인이었군. 로스차일드의 영화도 이걸로 끝인가……'

그의 몸이 천천히 뒤로 넘어가자 검은 옷의 사내가 입가의 무전기에 대고 말했다. 대한제국어였다.

"강 중사! 비전 이광선 소령이다. 일부 경계병만 남기고 올려 보내라. 화물차 준비시키고."

―네!

귀에 꽂힌 수신기에서 강 중사의 대답이 들리자 함께 책장 내부로 들어왔던 다른 사내가 허리에 차고 있던 소형 납땜기 모양의 레이저로 금고문을 절단하기 시작했고 20여 개의 검은 그림자가 2층 거실로 뛰어들었다. 이광선이 외쳤다.

"서둘러라. 강도의 소행으로 보이려면 저택에 있는 것을 모조리 싸들고 나가야 한다! 강 중사는 폭파 장치 시작하도록."


**1942년 11월 8일 23:26 독일, 베를린, 쾰른**

김두한은 슈프레강이 내려다보이는 슈레든 저택의 정원을 낮은 자세를 유지한 채 신속하게 가로질렀다. 미로처럼 가꾸어진 정원의 키 큰 소철나무 사이에 교묘하게 은폐된 지하로 내려가는 계단이 모습을 드러냈다. 김두한은 새삼 비전요원들의 작전수행능력에 감탄하고 있었다. 비전요원들은 이미 두 개의 비밀통로 탈출구를 모두 찾아내 요원들을 배치해 놓았고 지하로 돌입할 수 있는 별도의 통로 두 군데를 미리 지정해 놓은 것이었다.

베를린 시내 쪽에서 은은한 포성이 들려오고 있었으나 저택은 고요하게 가라앉아 있었다. 계단 아래에는 비좁은 복도가 길게 저택 본관 건물 쪽으로 이어져 있었다.

김두한은 대원 10여 명과 함께 정원 사이의 통로로 뛰어내리며 무전기 회선을 개방했다.

"작전 개시! 포로는 없다! 전원 사살한다."

명령을 마친 김두한은 비전요원들의 안내에 따라 빠른 속도로 저택을 향해 달렸다. 복도에는 한 치 앞을 볼 수 없을 정도의 짙은 어둠이 깔려 있었으나 전원이 야시경을 착용한 대원들에게는 아무런 영향을 주지 못했다.

복도가 끝나자 상당한 규모의 지하광장이 나타났다. 광장 가운데쯤에는 100여 명의 독일 SS정규군 복장의 병사들이 정렬해 있었다. 광장의 좌우에는 숙소 겸 사무실인 듯한 작은 방들이 몇 개 보였고 광장 한쪽에는 병사들의 침낭들이 쌓여 있었다. 어디선가 아득한 물비린내가 느껴졌다.

김두한이 무전기를 최대한 가까이 대고 속삭이듯 말했다.

"젠장! 예상보다 숫자가 너무 많은데? 1소대장! 지상의 상황은?"

—지상 건물에는 하인과 경호원 몇 명 빼고는 아무도 보이지 않

습니다. 모두 지하에 집결되어 있는 것 같습니다. 1소대도 지하로 이동하겠습니다. 이상.

"좋아. 여기는 예상보다 숫자가 많다. 1개 분대만 외곽경계로 남겨 두고 전원 이동해라. 한꺼번에 청소하자. 자리를 잡으면 보고해라. 이상."

―네! 이동합니다.

김두한은 느낌이 조금 이상했다. 지금쯤이면 이곳에도 베를린 방위사단의 궤멸이 알려졌을 것인데도 병사들의 동요는 보이지 않았고 10여 분 전부터는 19명이나 되는 로스차일드 가문 사람들의 움직임조차 전혀 없었다. 야시경을 벗고 지하 광장의 이곳저곳을 둘러보던 그의 얼굴이 하얗게 변해갔다.

"빌어먹을! 이래서 물비린내가 난 거군. 강물 속으로 통로가 나 있으니 확인이 될 리가 없지. 젠장!"

비전요원들도 찾아내지 못한 다른 통로였다. 광장 정면 독일군이 정렬해 있는 곳의 우측에 폭 3미터 정도의 계단 10여 개가 숨어 있었고 계단 아래로는 슈프레 강물을 끌어들였을 것이 확실해 보이는 대형 수로가 보였다. 계단 아래 접안되어 있는 것은 2척의 중형 잠수정이었다. 많은 사람들을 오랜 시간 동안 수용할 수는 없겠지만 탈출을 기도하는 짧은 시간 동안이라면 한 척당 20명은 소화할 수 있을 것이었다. 잠수정 근처에는 민간인 10여 명의 모습도 보였다. 사라진 로스차일드 가문 사람들일 것이었다. 김두한은 잠수정에서 가장 가까운 곳에 은폐하고 있던 4분대를 호출했다.

"이 중사! 비호-8(대전차 미사일) 가져온 것 있나? 이상."

―아뇨. 없습니다. 신속한 작전에 부담이 될 것 같아 대사관에 놔두고 이동했습니다. 이상.

"젠장! 하기야 나도 그랬으니…… 쩝. 신형복합폭탄을 사용하자. 지금 분대원들 이동시켜서 저놈의 잠수정 두 척 다 날려버려라. 날아가고 나면 공격개시다. 서둘러라. 저기에 히틀러라도 타고 달아나면 곤란하다. 이상."

―알겠습니다. 이동합니다. 이상.

3~4분의 시간이 지나고 김두한이 이 정도면 4분대가 이동을 마쳤겠지 하는 생각을 떠올리는 순간 광장의 좌측진입로에서 귀청을 찢는 듯한 총성이 들려왔다.

―1소대 조기 접촉! 조기 접촉! 교전을 시작합니다.

김두한은 즉시 자신의 소총에 달려 있는 유탄발사기의 방아쇠를 당겼다.

"젠장! 공격 개시! 4분대는 유탄으로라도 잠수정을 잡아라! 움직이지 못하게 해!"

수십 발의 유탄이 정렬해 있던 독일군들에게 날았고 대원들의 기관총 연사가 시작되면서 광장은 순식간에 폭음과 연기로 가득 차버렸다.

완전히 노출된 상태에서 십자포화에 갇힌 어려운 상황에서도 독일군의 저항은 제법 강력했다. 가까운 거리이다보니 MP-40 기관단총의 위력도 무시하기 어려웠고 아군도 은폐할 장소가 마땅치 않아 정상적인 화력 집중이 어려웠다. 하지만 유탄의 폭연에 휩싸여 있는 독일군의 시계는 거의 영에 가까웠다. 초기에 발사된 유탄 수십 발의 타격으로 인해 이미 상당수의 사상자가 발생한 독일군의 저항은 오래 지속되기 힘들어 보였다.

한숨을 돌린 김두한이 수로 쪽을 돌아보자 잠수정 한 척이 막 움직이기 시작했다. 다른 잠수정 한 척은 아직도 민간인들을 태우느라 이동을 시작하지 못하고 있었다. 김두한이 소리쳤다.

"이 중사! 어떻게 된 거야. 어떻게든 잡으라니까?"

―수중에서 작업을 마쳤습니다. 이동은 불가능할 겁니다. 기다리십시오. 이상!

김두한은 안도의 한숨을 내쉬었다.

"휴, 수고했다. 그리고 성질내서 미안하다. 후후."

―중대장님 그 성질 어디 갑니까? 한두 번도 아닌데요 뭐. 하하.

"시끄러워! 빨리 폭파하고 그쪽에 있는 병력이나 확실히 제압해라. 그리고 이 중사는 작전 끝나고 따로 면담 좀 하자."

―후후. 알겠습니다. 지금 잠수정 폭파합니다.

순간 엄청난 굉음이 광장을 뒤흔들었다. 그리고 조금씩 움직이던 잠수정이 한쪽으로 급격히 기울기 시작했다.

빠른 속도로 침몰하던 잠수정이 수로의 바닥에 닿은 듯 갑판만을 아슬아슬하게 수면 위로 내놓은 채 정지하자 승무원들이 허둥지둥 함을 빠져나오는 것이 보였다. 정지해 있던 다른 잠수정 한 척도 폭음과 함께 수로 위로 내려앉기 시작했다. 잠수정의 갑판 위에 설치된 기관포를 가동하려던 병사 서너 명이 아군의 집중 사격에 쓰러졌고 곧바로 유탄에 기관포가 날아갔다. 두 번째 잠수함이 가라앉는 짧은 시간이 지나가자 더 이상 저항하는 병력은 보이지 않았다.

"사격 중지! 4분대는 잠수정 내부를 수색하고 3분대는 광장을 지지하는 내력 구조물들에 폭탄을 설치해라. 1, 2분대는 서류와 고가품들을 모조리 챙기고 1소대 병력은 히틀러와 슈레든 남작을 찾는다. 두 사람의 사체가 확인되어야 광장을 폭파하고 철수한다. 빨리 움직여라."

김두한은 사무실들을 하나씩 점검하기 시작했으나 히틀러와 슈레든의 모습은 보이지 않았다.

"젠장. 이것들은 어디로 사라진 거야? 여러 가지로 골치 아프게 만드네. 빌어먹을 놈들."

김두한이 사무실에 널려 있던 책자 하나를 들추어보는 순간 잠수함을 수색하던 이 중사의 목소리가 들렸다.

─ 중대장님, 목표들을 찾았습니다. 아쉽게도 권총 자살인 것 같습니다. 그런데 와 보셔야겠습니다. 이번에도 곧바로 철수하기는 어려울 것 같은데요?

김두한은 들고 있던 책자를 집어던져버렸다.

"젠장. 이번엔 또 뭐야!"

─ 대량의 금괴와 핵 연료봉인데요.

"빌어먹을! 어쨌든 그놈들은 확인 사살하고 사진 찍어 놔라. 지금 간다."

─ 알겠습니다. 후후.

무전기에 울리는 이 중사의 웃음소리가 그의 신경을 있는 대로 긁어놓고 있었다.

**1942년 11월 10일 14:00 서울, 경복궁**

장석준은 비전의 3차 중동전 관련 최종보고서를 들고 수상 비서실로 들어섰다. 비서실 입구에 앉아 있던 낯익은 30대의 여성이 자리에서 일어나 그를 수상 집무실로 인도했다.

"어서오세요. 장 실장님. 기다리고 계십니다."

그녀는 가볍게 수상 집무실의 문을 두드린 후 자리로 돌아갔다. 장석준이 집무실로 들어서자 유상열, 외무장관 이선철 등 네 사람이 느긋한 자세로 마주 앉아 있는 모습이 그를 기다리고 있었다. 유상열이 손짓으로 앉기를 권하자 그는 재빨리 유상열의 앞에 가져온 최종 보고서를 내려놓고 이야기를 시작했다.

"각하. 중동전은 대략 마무리가 된 것 같습니다. 그래서 최종 분석보고를 드리러 왔습니다."

"알고 있어요. 시작해보십시다. 보고서는 그냥 두고 가시고 간단히 요약해서 이야기를 해주세요. 요즘 체력이 예전 같지 않아서 말이오."

"네, 각하. 우선 이집트와의 전쟁을 요약하겠습니다. 이집트는 어제인 11월 9일 오전 11시를 기해 제국에 항복을 했고, 친 제국 인사를 위주로 정권교체를 단행했습니다. 아군의 피해는 전사 6, 부상 285명으로 최종 확인되었습니다. 이집트군의 피해는 정확히 파악이 어렵습니다만 대략 전사 21,000명 정도로 집계되었습니다. 그리고 텔아비브에 상륙했던 이집트군 병력은 이스라엘군에 의해 소개되었습니다. 당분간 재무장은 어려울 것으로 보이며 카이로와 알렉산드리아 재건공사들을 제국 상단이 수주하는 것으로 조치를 끝냈습니다. 별도의 제재조치는 취하지 않기로 했습니다."

"그런대로 마무리가 잘 된 것 같군요. 우선 국방부는 아군 전사자 가족과 부상자를 돌보는 데 최선을 다해주세요. 내무부와 협조해서 생활이 어렵지 않도록 해주기 바랍니다. 그리고 이집트는 민간인이 제국에 반감을 가지지 않도록 구호 활동 등 사후 조치를 철저히 하세요. 다음으로 갑시다."

"네. 독일 작전도 성공적으로 마무리가 되었습니다. 로스차일드 은행은 독일 정부가 국유화해버렸으며 전쟁 발발의 전말을 확인한 독일과 터키가 휴전협상에 들어갔습니다. 독일이 일부 배상을 해주는 쪽으로 가닥이 잡힐 것 같습니다. 물론 저희가 양국 정부에 전말을 공개했습니다."

외무부 장관 이선철이 물었다.

"역시 히틀러와 로스차일드의 합작품인가요?"

"그렇습니다. 로스차일드가 자금을 대고 히틀러 역시 그간 축적해놓은 비자금을 풀어 군대를 운영한 것으로 보입니다. 게다가 당시까지도 독일군 내부에 나치스 돌격대 인원이 상당히 많이 남아 있었던 것으로 보입니다. 생각보다 아리안족의 우월의식이 상당히 뿌리 깊게 남아 있다고 보아야 할 것 같습니다."

유상열이 혀를 찼다.

"쯧쯧. 어쨌거나 로스차일드 가문은 대단한 사람들이야. 어려움에 처한 동족을 죽이면서까지 가문을 유지하고 싶었나? 거참. 이해하기 힘든 사람들이구먼."

"히틀러가 실권하게 되자 극도의 위기감을 느낀 것 같습니다. 아데나워의 견제도 상당히 부담스러웠을 것이고요. 어쨌거나 슈레든의 저택에서 히틀러와 슈레든이 함께 자살한 것으로 확인되었습니다. 보고서 안에 두 사람의 사망 시 사진도 함께 있습니다. 그리고 예상외의 소득도 제법 있었습니다. 일단 독일 국채를 비롯한 독일 정부 채권은 대 터키 배상금으로 전용하도록 비밀리에 독일 정부에 인도했습니다. 여기서 한 가지 재미있는 것은 천연 우라늄 연료봉 200개를 압수했다는 것입니다. 사실 이것의 가격만 해도 상당할 것입니다만 정작 주목해야 할 것은 히틀러가 핵 발전도 고려하고 있었다는 사실입니다."

"허…… 대단하군. 히틀러도 만만한 사람은 아니었어. 세계 정복을 하겠다는 광기만 아니었다면 사실 여러모로 대단한 인물이었는데 말이야."

"그렇습니다. 그리고 부수입이라고 할 수 있는 유물들과 예술품, 금괴, 귀금속들은 선편으로 국내로 반입하고 있습니다. 이달 말경이면 인천에 도착할 것입니다. 귀금속류의 가격만으로도 본국의 전쟁 비용은 모두 상쇄가 될 수 있을 정도로 엄청난 양입니다. 유물과 예술품의 처리 문제는 내무부에 의뢰해 놓았습니다."

"그래. 이야기는 들었소. 박물관 하나는 새로 지어야 하겠다 하더구먼. 수고들 했소, 허허."

"다음은 오스트리아와 이탈리아의 휴전 문제입니다. 전체적으로 전선의 상황이나 국제 정세가 상당히 불리하게 돌아간다고 판단한 이탈리아의 양보로 나름대로 쉽게 마무리가 되었습니다. 오스트리아 역시 자국에 꼭 필요한 베니스 지역을 확보하고 있는 상황이어서 큰 어려움은 없었다는 지부의 보고입니다. 그리고 이란과 터키의 전쟁이 아직 진행되고 있습니다만 독일 전선이 해소된 터키가 쉽게 제압을 하리라고 판단됩니다. 문제는 마지막 남은 이스라엘의 처리 문제입니다."

"아참. 그 문제는 어찌하면 좋겠소? 그 사람들 로스차일드의 지원이 끊어지는 통에 내가 보기에도 좀 막막하던데."

"우선 터키는 벤구리온과 건국을 약속한 상황이어서 한 발 물러서 있는 상황입니다. 하지만 이들이 완전히 자리를 잡게 되면 여러 가지로 중동에 문제를 발생시킬 수 있습니다. 이미 이스라엘 영토로 인정된 지역의 아랍인들을 소개하는 과정에서 상당한 충돌이 일어나고 있습니다. 민간인의 학살도 심심치 않게 일어나고 있고요. 또한 이집트군 포로의 송환 문제도 심각한 형편입니다. 해서 비전은 일단 이스라엘의 무장 해제를 건의합니다."

잠시 생각에 잠긴 듯하던 유상열이 웃음을 머금었다.

"허허. 우리가 판매한 무기를 우리가 강제로 무장 해제한다? 모양이 좀 우습지 않은가? 그냥은 안 되겠는데?"

"그런 면이 없지 않습니다만 어쩔 수 없습니다. 전투기와 전차만이라도 수거를 해야 할 것 같습니다."

"흠…… 그럼 이렇게 하세나. 강제로 수거하는 것은 모양이 너무 좋지 않으니 차라리 국제평화유지국에 상정해서 평화유지군을 파견하는 쪽으로 하세. 아예 우리가 진주進駐를 해버리지. 이집트군 송환 문제도 그렇고 향후 그들의 준동을 방지하는 의미에서도 필요할 것이고 말일세. 무장 해제는 다음에 꼭 필요하다고 판단되면 그때 다시 생각해보도록 합시다. 그리고 국제평화유지국에 상정하는 문제는 이선철 장관께서 맡아주시고 주둔군 파견 시기와 범위는 국방부에서 검토한 후에 보고해주세요. 오늘은 그만하십시다. 내가 너무 피곤하군요."

유상열의 안색이 상당히 좋지 않아 보이자 네 사람은 급히 자리에서 일어났다. 이선철이 간단히 그에게 말했다.

"알겠습니다, 각하. 내일 개최되는 제국령 5개국 수상 만찬 연설문은 비서실을 통해서 전해 올리겠습니다."

최초로 개최되는 대한제국, 나성, 보르네오, 캐나다, 몽골 등 5개 대한제국령 국가들의 수상들이 모두 모이는 자리인데다 제국이 군정을 하고 있는 미국과 동호주의 처리 문제를 상의하기로 한 상황이어서 아무리 건강이 좋지 않다 하더라도 피할 수는 없는 자리였다.

"알겠소. 그럼 내일 보십시다."

유상열의 집무실을 나서는 네 사람의 얼굴이 조금 어두워졌다. 중요한 시기인 만큼 워낙 고령인 수상의 건강이 신경 쓰이지 않을 수가 없었기 때문이다.


**1943년 12월 10일 07:00 이스라엘, 예루살렘 서쪽 20킬로미터**

벤구리온은 예루살렘의 하늘을 새카맣게 뒤덮은 100여 기의 직승공격기들을 암담한 눈빛으로 바라보고 있었다. 대한제국군의 위력은 여러 번 이야기를 들어 충분히 알고 있었지만 실제로 목격한 것은 이번이 처음이었다. 조금 더 높은 고도의 상공에는 10여 기의 대한-13 전투기들이 초계비행을 계속했고 200여 대의 현무 3세대 전차들이 내뿜는 분진이 지상을 뒤덮었다. 보병수송차량들에서 하차하는 제국군 보병들의 군장은 이름도 알 수 없는 검은색 장비들로 채워져 있었고 대공무기인 것으로 보이는 수없이 많은 이동식 미사일 발사대들이 예루살렘 인근을 차곡차곡 메우고 있었다.

초췌한 얼굴로 제국군의 이동을 지켜보던 벤구리온은 함께 제국군의 이동을 확인하러 나선 벤츠비에게 허탈한 심경을 털어놓았다.

"벤츠비, 이건 대한제국의 경고라고 보아야겠지?"

"그렇다고 봐야지요. 국제평화유지군 파견을 주도한 것도 제국이고 전쟁 상황도 아닌데 수백 대의 항공기를 띄운 것이며 사단병력이 넘는 최신형 전차를 깔아버린 것 등, 아예 문제를 일으킬 생각도 하지 말라는 강력한 경고라고 보아야 할 것 같습니다. 저들은 히틀러가 아닌 우리가 독일과 터키의 전쟁을 유도했다고 단정하고 있는 겁니다. 사실상 로스차일드를 멸문시키다시피 한 것도 제국이에요. 당연히 우리를 문제라고 볼 수밖에 없지요."

"빌어먹을! 터키가 독일과의 전쟁을 조금 더 끌어 약화되었어야 확실한 우리의 자리를 잡을 수 있었는데……. 거기다 이제는 제국의 간섭을 끌어들인 꼴이 아닌가 말이야."

벤츠비가 차가운 웃음을 머금으며 말했다.

"후후. 전범으로 끌려가지 않은 것만으로도 다행이라고 생각하십시오. 그리고 아직 끝난 게 아니에요. 우리에겐 남미와 러시아가 남아 있습니다. 남아공화국도 우리의 손아귀에 있고요. CFR을 너무 우습게 생각하지 마세요. 곧 이름을 바꾸겠지만 얼마든지 재기합니다. 시간이 조금 더 걸릴 뿐입니다. 지금은 대한제국과 독일의 세상이지만 오스트리아는 물론 독일에도 아직 우리 사람들이 엄청나게 숨어 있습니다. 언제든지 우리 손에 거머쥘 수 있습니다. 대한제국을 넘어뜨릴 계획만 차분하게 만들어 가면 되는 일입니다. 나폴레옹전쟁, 미국의 독립전쟁, 남북전쟁, 러시아혁명, 제1차 세계대전, 남미혁명. 무엇 하나 우리 손이 가지 않은 곳이 없어요. 로스차일드는 CFR의 일부일 뿐입니다. 단 하나, 대한제국이라는 거대한 변수를 미리 예측하지 못한 것이 실책이었어요. 저들은 정말 이해할 수 없이 강력했고 너무나도 외부와 단절되어 있었습니다. 하지만 이제는 그들의 실체를 확인했으니 그들도 우리 손 안에 넣을 수 있습니다. 쉽지는 않겠지만 불가능하지도 않아요. 다음 세대쯤에는 다시 한 번 세계를 우리 시온의 앞마당으로 만들어 놓을 수 있을 겁니다. 기다리세요."

초췌했던 벤구리온의 얼굴이 조금 밝아졌다.

"그럴까? 저들의 무장 상태를 보면 그리 쉬운 일이 아닐 거라는 생각이 들어서 말이지. 정말 엄청나구먼."

"하지만 저들의 무장도 돈으로 만들어 내는 겁니다. 후후. 그럼요! 이제 시작이에요. 우리가 작지만 자리를 잡았지 않습니까? 이제까지 그래왔듯이 지금부터 다시 세계를 휘어잡는 겁니다. 세계 최강인 대한제국 육군이 우리의 국방을 책임지고 있는데 뭐가 걱정입니까? 이제부터 돈만 벌면 되는 일입니다. 그건 우리 전문이에요. 하하하."

"하하하."

두 사람의 웃음소리가 이른 아침의 사막 한가운데를 스산하게 휩쓸고 지나갔다.

### 1943년 12월 20일 06:00 서울, 국립묘지

유성훈은 엷은 조명 사이로 끝없이 펼쳐진 하얀 비석의 숲을 내려다보고 있었다. 끝이 보이지 않았다. 수천? 수만? 여기 묻힌 모든 이들은 아직도 끝나지 않은 수많은 전쟁의 어두운 숲을 헤쳐 나와 제국을 반석 위에 올려놓은 사람들이었다. 그의 부하들도 100명 이상이 이곳에 묻혀 있었다. 산허리의 잡목숲은 12월 새벽바람의 서슬에 새된 비명을 질러댔고 비석의 숲 가운데쯤에선 몇몇 방문객이 비석 앞에 꽃을 꽂고 있었다.

유성훈은 천천히 몸을 돌려 자신의 뒤에 서 있는 비석을 돌아보았다. 비석이 보이지 않을 정도로 엄청난 양의 화환들이 묘지를 휘감았고 비석의 중앙에는 그에게 너무나도 낯익은 글귀가 새겨져 있었다.

'승자의 오만을 미덕이라고 생각하고,
정복자의 추악함을 찬양하는 정복된 민족이 되지 않기를……
정치는 교활하고, 칼날이 목에 닿기 전에는 저항하지 않으며,
공물을 바치고 북을 울려 새로운 정복자를 맞아,
그를 위해 과거의 정복자를 야유하는 민족이 되지 않기를……

유 상 열

폭풍 같은 삶을 살다간 불패의 전신 여기 잠들다.

1942년 12월 16일 대한제국 황제 륭무


유성훈이 나직이 중얼거렸다.
"아버지, 대한제국은 이제 시작입니다. 아버지께서 입버릇처럼 말씀하시던 민족이 될 겁니다. 이제부터는 수성을 해야겠지요. 지켜보십시오."
유성훈은 비석을 향해 거수경례를 하고 힘차게 몸을 돌렸다.

(5권에 계속)

1) **보스포루스 해협**　흑해와 마르마라해를 연결하는 해협. 길이 30킬로미터, 폭 550~3,000미터, 수심 60~125미터며, 아시아 대륙과 유럽 대륙의 경계이다. 고대로부터 흑해와 지중해를 연결하는 중요한 수로이며 마르마라해의 출입구에 해당하는 위치에 있어 1453년 오스만투르크가 이 지역을 장악하자 방위를 목적으로 양안을 요새화한다. 지역 최대의 군사적 요충이며, 특히 18세기 이후에는 다르다넬스 해협과 함께 해협 항행권을 둘러싼 분쟁으로 세계의 이목을 끌었다. 일종의 익곡溺谷으로 양안은 급사면을 이루고 있으며 풍경이 매우 아름답다.

2) **천연 우라늄 연료봉**　핵 연료봉. 핵 연료인 우라늄을 피복관被覆管으로 싼 지름 3센티미터, 길이 50센티미터 정도의 원통형 막대. 분열 과정에서 생성되는 폐기물이 냉각제에 섞여 밖으로 유출되지 않도록 알루미늄이나 마그네슘 피막을 사용한다. 경수로의 경우 저농축 이산화우라늄 분말을 지름 2센티미터, 높이 2센티미터인 원기둥의 정제로 성형 소결하여 다갈색의 펠릿pellet을 만들고 이것을 지르코늄 합금으로 피복한 약 3밀리의 가는 금속관에 넣고 양쪽 끝을 밀봉한다. 보통 수백 개를 한 뭉치로 하여 연료집합체를 만들고 하나의 단위로 이용하는데 원자로 안에는 다시 이러한 집

합체 수백 개가 들어간다. 분열시 연료 펠릿의 중심 온도는 약 200℃, 표면 온도는 600℃이며 핵 연료봉의 내면과 표면온도는 각각 400℃와 300℃ 정도이다. 현재 사용하는 핵 연료는 우라늄 235가 약 2~4퍼센트 포함된 농축형이다.

▶ 참고 문헌

《폭격의 역사》
《20세기 전쟁사》
《제2차 세계대전사》
《끝나지 않은 전쟁》
《악마와의 동침》
《제1차 세계대전사》
기타 등등

▶ 참고 사이트

periskop
불타는 하늘
대한민국 합동참모본부
제2차 세계대전의 모든 것
기타 등등